Weitere Titel der Autorin:

Persische Nächte

Titel auch als E-Book erhältlich

Jasmin Eden

HAREM DER LUST

Erotische Storys

BASTEI LÜBBE TASCHENBUCH
Band 17252

Dieser Titel ist auch als E-Book erschienen

Originalausgabe

Dieses Werk wurde vermittelt durch die
Literaturagentur Schmidt & Abrahams
www.schrift-art.net

Copyright © 2015 by Bastei Lübbe AG, Köln
Titelillustration: © shutterstock/Studio10Artur
Umschlaggestaltung: Jana Rumold; Guter Punkt, München
Satz: Urban SatzKonzept, Düsseldorf
Gesetzt aus der Palatino
Druck und Verarbeitung: CPI books GmbH, Leck – Germany
Printed in Germany
ISBN 978-3-404-17252-8

2 4 5 3 1

Sie finden uns im Internet unter
www.luebbe.de
Bitte beachten Sie auch: www.lesejury.de

Ein verlagsneues Buch kostet in Deutschland und Österreich jeweils überall dasselbe.
Damit die kulturelle Vielfalt erhalten und für die Leser bezahlbar bleibt,
gibt es die gesetzliche Buchpreisbindung. Ob im Internet, in der Großbuchhandlung,
beim lokalen Buchhändler, im Dorf oder in der Großstadt – überall bekommen Sie Ihre
verlagsneuen Bücher zum selben Preis.

Inhalt

Die Ankunft	7
Kaltes Wasser	24
Der Ruf des Muezzins	45
Die Statue	56
Ich bin an deiner Seite	70
Die Maske	83
Der Seidenhändler	103
Der Djinn	121
Das Geschenk	129
Verstecktes Verlangen	143
Falkenkrieger	161
Der Mehndi-Maler	176
Tanz um Mitternacht	188
Poojas Geschichte	201

Die Ankunft

Pooja bemühte sich, nicht allzu beeindruckt zu wirken, aber das war unmöglich. Die Pracht, mit der der Palast des Maharadschas Yash ausgestattet war, war reicher und pompöser als alles, was sie bisher gesehen hatte. Nicht einmal der Palast ihres Onkels konnte mit den reich geschmückten Außenfassaden der Befestigungsmauern mithalten, vor denen sie sich befand. Ihre Sänfte schwankte, als die Diener stehen blieben, damit der Herold ihre Ankunft ankündigen konnte. Als frisch vermählte Braut hätte es ihr gut zu Gesicht gestanden, in ihrer Sänfte zu bleiben, den Saum ihres Saris über den Kopf gezogen, bis sie ihrem Ehemann begegnete. Aber die junge Frau war zu aufgeregt und neugierig. Verstohlen schob sie die Vorhänge ihrer Sänfte zur Seite und sah auf das Tor, auf dem riesige Eisenbeschläge prangten und das so massiv wirkte, dass allein der Anblick reichte, um jeden Angreifer in die Flucht zu schlagen; davon war Pooja überzeugt.

»Öffnet das Tor«, rief der Herold. Sein dichter schwarzer Schnurrbart zuckte und sein Pferd tänzelte nervös.

Auf der Mauer oberhalb des Tores erschien ein Mann mit einem orangefarbenen Turban und einem Speer in der Hand. »Wer verlangt Einlass?«, fragte er barsch und ebenso laut wie der Herold.

»Pooja, Nichte des Maharadschas Kunai und Ehefrau des Maharadschas Yash, deines Herrn.«

Der Mann auf dem Tor zögerte, warf einen Blick auf die Sänfte und verschwand. Kurz darauf setzten sich die beiden hölzernen Flügeltüren des Tores knarrend in Bewegung. Die Sänfte begann wieder zu schaukeln und brachte Pooja in das Zuhause ihres Ehemannes. Ihr neues Zuhause.

Im Innern der Mauern war es überraschend kühl. Der Palast lag zwar nah an der Wüste, aber eine geschickte Architektur sorgte dafür, dass der Hof des Palastes im Schatten lag und nicht von der sengenden Sonne erhitzt wurde. Pooja wartete, bis die Sänfte abgesetzt wurde und einer der Diener die Vorhänge zur Seite schob. Erst dann erhob sie sich und betrat, den Sari über ihr schwarzes Haar gelegt, den Hof. Der Herold eilte sofort an ihre Seite, und zwei Männer kamen auf sie zu. Der eine war so alt, dass sein Bart bereits weiß war, aber seine Augen wirkten hell und klug. Er trug Kleidung aus leichtem Leinen, das mit Bordüren und Stickereien verziert war. Eine kleine, goldene Kappe krönte seinen Turban. Wäre Pooja ihrem Gatten Yash nicht schon auf der Hochzeit begegnet, hätte sie den Mann für den Maharadscha halten können.

Der Mann neben ihm war schlichter gekleidet; er trug keinen Turban und sein glattes Haar hatte er zu einem Knoten in seinem Nacken gedreht. Er trug ein weites, weißes Leinenhemd mit einer bunten Weste und eine rote Hose. Auf seinen vollen Lippen spielte ein Lächeln, als er Pooja erblickte, aber als er bemerkte, dass sie ihn ansah, schlug er sofort die Augen nieder.

»Maharani, willkommen!« Der ältere Mann breitete die Hände in einer willkommen heißenden Geste aus und neigte den Kopf vor ihr. Pooja erwiderte das Nicken höflich.

»Mein Name ist Rijad, ich bin der Haushofmeister unter Maharadscha Yash. In seinem Namen heiße ich Euch in seinem Palast willkommen.«

Der junge Mann sagte nichts, verbeugte sich aber tief, als

Poojas Titel fiel. Sie sah sich um. »Wo ist mein Gemahl?«, fragte sie verwundert.

Der Haushofmeister verzog das Gesicht. »Er lässt sich entschuldigen, Maharani. Er hat sich bei der gestrigen Gazellen-Jagd verletzt und kann Euch nicht gebührend empfangen.«

Pooja verspürte einen Stich. Die Ehe war, wie es Tradition war, arrangiert gewesen, aber sie war von klein auf in dem Wissen erzogen worden, dass ihr Onkel sie eines Tages mit einem Rivalen von ihm verheiraten würde. Auf diese Weise erhielt er politische Vorteile und wurde obendrein das Mündel los, das ihm seine verstorbene Schwester hinterlassen hatte. Nicht, dass ihr Onkel sie jemals schlecht behandelt hätte, aber Pooja hatte durch ihn früh gelernt, nicht zu viel vom Leben zu erwarten. Daher war sie umso glücklicher gewesen, als sie während der Hochzeitszeremonie gesehen hatte, wie schön ihr zukünftiger Mann war. Sein Haar war so schwarz wie Kohle. Es ringelte sich in kurzen Locken auf seinem Kopf und seine ebenso schwarzen Augen glühten, als wohne ihnen ein eigenes Feuer inne. Seine Haut war ungewöhnlich hell, eine Farbe wie frisch gebrannter Ton. Sie hatte ihn immer wieder ansehen müssen, während sie gemeinsam um das Feuer schritten, um den Bund der Ehe zu besiegeln. Sie hatte sich darauf gefreut, ihn wiederzusehen. Aber das würde warten müssen.

Pooja versuchte noch, ihre Enttäuschung zu bekämpfen, während der Herold und der Haushofmeister miteinander sprachen. Die Diener, die die Sänfte getragen hatten, beeilten sich derweil, die Pferde mit Poojas Kleidung und der Aussteuer zu entladen und alles fein säuberlich in einer Ecke des Hofes zu stapeln.

»Ich möchte mich ausruhen«, sagte Pooja, die sich dumm vorkam, auf dem Hof herumzustehen und sich von ihrer Dienerschaft auslachen lassen zu müssen, weil sie eine Braut ohne Ehemann war.

Der Haushofmeister sah auf und unterbrach sein Gespräch. »Natürlich.« Rijad klatschte in die Hände und mehrere junge Frauen erschienen und nahmen stumm das Gepäck der zukünftigen Maharani an sich. Rijad trat an Poojas Seite und bedeutete den Sänftenträgern und dem Herold, dass sie nun gehen konnten. Der Tross blickte dennoch zu Pooja, die den Kopf neigte und damit ihre Bediensteten entließ. Es war an der Zeit, die letzten Ketten zu durchtrennen. Sie stand an der Schwelle zu einem neuen Leben. Jetzt musste sie den Mut beweisen, dieses Leben auch anzutreten.

Während der Tross sich wieder in Richtung Ausgang bewegte, bedeutete Rijad ihr mit einer einladenden Handbewegung, ihm zu folgen. Der junge Mann mit den klugen Augen schloss sich ihnen in gebührendem Abstand an. Pooja war sich nicht ganz sicher, was sie von diesem Mann halten sollte, der nicht sprach, ihnen aber so selbstverständlich folgte, als wäre er Teil ihres Gefolges. Aber sie beschloss, das später herauszufinden. Es gab so vieles, was sie von diesem Ort noch nicht kannte oder wusste, und sie freute sich darauf, das alles in den kommenden Jahren zu erkunden.

»Wir haben Euch eigene Gemächer vorbereitet. Sie befinden sich im Harem des Herrn, aber natürlich könnt Ihr Euren Gatten jederzeit besuchen, vorausgesetzt, Ihr lasst Euch ankündigen.«

»Kann ich denn jetzt zu ihm?«, versuchte sie den Haushofmeister zu überreden, aber der schüttelte energisch den Kopf. »Auf keinen Fall«, sagte er mit einem Mal streng und gar nicht mehr so freundlich wie noch zuvor. »Der Herr hat ausdrücklich den Befehl gegeben, dass er sich ausruhen will. Dieses Gesetz darf nicht einmal von seiner Ehefrau gebrochen werden.«

Pooja war erschrocken zusammengezuckt, als Rijad mit einem Mal so ernst wurde, aber sie versuchte, sich nichts anmerken zu lassen. Stattdessen zupfte sie den Saum ihres Saris zurecht und räusperte sich. Rijad ging weiter, als wäre nichts geschehen, und führte sie aus dem Hof. Sie erreichten einen kurzen Durchgang, der direkt in den nächsten Hof führte. »Von hier aus muss ich Euch Tams Händen anvertrauen«, sagte er und deutete auf ein großes schmiedeeisernes Tor, das den Eingang zum Hof versperrte. »Zwar ist es den Frauen erlaubt, die Gemächer des Harems zu verlassen, aber kein Mann darf hineingehen, außer natürlich der Maharadscha, der Eunuch und Tam.«

»Und was ist mit dem Palast?«, entfuhr es Pooja.

Rijad sah sie verwirrt an.

»Ich meine, warum verlassen sie den Palast nicht?«, fuhr sie fort und deutete vage mit der Hand in Richtung des Innenhofes.

»Die Konkubinen unseres Herrn befinden sich aus freien Stücken hier«, erwiderte Rijad stolz. Dann senkte er seine Stimme und sagte: »Außerdem beginnt jenseits des Dorfes und des Palastes die Wüste. Ohne einen erfahrenen Mann wären sie verloren und müssten elend umkommen.«

Pooja starrte ihn entsetzt an, beschloss aber, nicht weiter zu fragen.

Der Mann neben ihr machte eine leichte Verbeugung, und Pooja glaubte, dass er ihr dabei aufmunternd zugezwinkert hatte. Empört wandte sie den Blick ab. »Warum darf er die Räume betreten?«

»Ich bin der Wächter des Harems«, sagte Tam und seine tiefe Stimme sandte Pooja unwillkürlich einen Schauer über den Rücken.

»Das ist er in der Tat«, schmunzelte Rijad. »Er wurde dazu berufen, sämtliche Wünsche der Damen zu erfüllen. Was immer Ihr also auch benötigt, Herrin, wird Tam Euch besorgen.«

Rijad verneigte sich ebenfalls und wandte sich dann ab. Pooja zog den Sari enger um sich und sah sich um. »Wo sind die Diener mit meinen Sachen?«

»Sie nehmen einen anderen Weg. Ich habe Rijad gebeten, dass ich Euch hier entlang führen darf, damit Ihr gleich die schönsten Seiten des Garten kennenlernt.«

Pooja warf einen Blick auf das üppige Grün, das im Innern des Hofes spross. Auf den ersten Blick wirkte es wild und wuchernd, aber auf den zweiten Blick bemerkte sie, dass die hochgeschossenen Pflanzen und niedrigen Büsche in Beeten angeordnet waren und niemals eine Pflanze neben der gleichen ihrer Art stand. Als sie genauer hinsah, bemerkte sie sogar ein sich wiederholendes Muster – eine Palme, ein Strauch, eine Blume und wieder eine Palme.

»Ich hätte nicht gedacht, dass am Rand der Wüste eine solche Vielfalt und Pracht wachsen könnte.«

»Der Maharadscha hat die besten Gärtner des Reiches kommen lassen. Er wollte mit seinem Palast eine Oase erschaffen, ähnlich wie die in der Wüste.«

»Eine Oase in der Wüste«, sagte Pooja nachdenklich und folgte Tam durch dieses Grün, das so lebensspendend wirkte.

Der Garten war viel größer, als sie angenommen hatte – sie folgte Tam lange Zeit durch die Beete hindurch, bis sie schließlich wieder vor einer schmiedeeisernen Tür standen, die aber unverschlossen war. »Es gibt mehrere Konkubinen«, fing Tam unvermittelt an, nachdem er den ganzen Weg über geschwiegen hatte, außer um Pooja einige besonders außergewöhnliche Pflanzen zu zeigen und zu erklären. Sein Blick war bisher fröhlich gewesen, aber jetzt wirkte er niedergeschlagen. »Jede von ihnen besitzt ein eigenes Zimmer, einige wenige sogar mehrere. Ihr als Gemahlin besitzt natürlich die größten Gemächer, aber Ihr seid dennoch im Trakt der Konkubinen untergebracht.«

Seine Wortwahl erstaunte sie – es klang fast so, als würde Tam Yashs Entscheidung missbilligen! Aber das konnte unmöglich sein. Kein Diener würde sich so etwas anmaßen. Sie sagte nichts dazu, sondern folgte Tam durch das Tor. »Ihr müsst die Konkubinen nicht kennenlernen, wenn Ihr es nicht wollt, Herrin.«

Zu ihrer eigenen Überraschung schüttelte sie den Kopf. »Ich möchte es aber.«

Tam hob eine Augenbraue und sah sie verwundert an. Der Anblick brachte sie zum Lachen. »Mein Onkel hatte viele Konkubinen neben seiner Frau. Ich weiß, es ist seltsam, aber meine Tante und ich sind niemals gut miteinander ausgekommen. Für mich waren die Konkubinen im Harem viel angenehmere Gesellschaft. Sie haben mit mir gespielt, sie haben mir vorgesungen, meine Zöpfe geflochten und mir Geschichten beigebracht. Für mich war es immer etwas ganz Besonderes, in den Harem zu gehen.« Sie zögerte. »Außerdem kenne ich Yash noch nicht gut genug, um Eifersucht zu empfinden. Ich weiß, dass er mich gewählt hat, und er hat mich als seine Frau anerkannt. Das bedeutet, dass ich immer mehr zählen werde als eine Konkubine, nicht wahr?«

Tam antwortete nicht, aber das mochte auch daran liegen, dass er damit beschäftigt war, eine weitere Tür zu öffnen. Dahinter lag ein langer breiter Flur, dessen Boden mit Marmor ausgekleidet war. Zu seiner Linken befanden sich Türen, zu seiner Rechten eine Brüstung, die den Blick auf einen weiteren Teil des üppigen Gartens gewährte. »Hier befinden sich Eure Gemächer«, sagte Tam und deutete auf die drei Türen auf der linken Seite. »Ihr habt auch ein eigenes Bad. Der Harem ist von zwei Seiten zugänglich, das heißt, wenn der Maharadscha ihn betritt, kommt er entweder als Erstes oder als Letztes an Euren Gemächern vorbei.« Tam räusperte sich. »Es gibt noch zwei andere Wege in den Harem und wieder hinaus, aber diese sind seit dem letzten Angriff verschüttet.«

»Und was ist dort?« Sie deutete auf die vierte Tür neben den anderen. »Das ist der Zugang zum Harem«, erwiderte Yash und deutete mit einem Nicken auf die Sonne, deren Licht bereits blutrot war. Lange würde es nicht dauern, bis sie ganz verschwunden wäre und die Nacht hereinbrechen würde. »Es steht Euch bereits ein heißes Bad zur Verfügung. Ich werde dafür sorgen, dass Ihr auch etwas zu essen bekommt und Euch genügend ausruhen könnt, ehe Ihr morgen den Maharadscha trefft.« Pooja nickte und entließ Tam mit einer freundlichen Geste. Er verneigte sich vor ihr und ging zurück in den Garten. Pooja aber dachte gar nicht daran, sich in ihre Gemächer zurückzuziehen. Sie konnte ihre Neugierde nicht mehr zügeln und wollte wissen, wie der Harem hinter dieser geheimnisvollen Tür aussah. Sobald Tam außer Sichtweite war, schlich sie zur Tür und öffnete sie. Wie die anderen Türen innerhalb des Harems war sie nicht abgeschlossen – die Frauen konnten sich in diesem Flügel des Palastes frei bewegen.

Pooja staunte, als sie sah, was sie erwartete. Sie stand in einem riesigen Saal, dessen Decke sich als hohe Kuppel über ihr erstreckte. In der Mitte befand sich eine Vertiefung, in der sich ein großer Brunnen befand. Dort war alles mit feinstem Marmor ausgekleidet und rings um den Brunnen hatte man Bänke und andere Sitzgelegenheiten in den Stein geschlagen, die mit Kissen, Decken und Fellen ausgekleidet waren. Eine niedrige Treppe führte von dort hinunter in den Garten. Pooja vermutete, dass es sich dabei um den gleichen Garten handelte, den man vom Balkon ihrer Gemächer aus sah.

Um die Vertiefung herum gab es in einem großen Kreis mehrere Türen. Pooja vermutete, dass dies die privaten Räume der Konkubinen waren. Da es bereits spät am Abend war, nahm sie an, dass die Frauen gerade ihre Mahlzeiten zu sich nahmen. Pooja wollte sie dabei nicht stören, war aber auch nicht gewillt, bereits in ihre eigenen Gemächer zurückzukehren. Sie ging hinunter zum Brunnen. Er war mit Mosaiken geschmückt, deren Steine nicht größer als winzige Perlen waren. Die Bilder, die sie darstellten, zeigten Reiter, die hinter einem Elefanten herjagten. Da sie kreisrund im Brunnen angeordnet waren, wie auch sonst alles im Harem, würde diese Jagd ewig andauern. Ein Lichtstrahl traf das Wasser und blendete Pooja. Sie blinzelte und sah hinauf – jetzt erst bemerkte sie die winzigen Spiegel in der hohen Decke, die das Licht von draußen reflektierten und die Kuppel erhellten. Alles an diesem Ort war so raffiniert und fremd, dass Pooja nicht wusste, ob sie eingeschüchtert oder fasziniert sein sollte.

Aus dem Garten drang der heiße Wind der Wüste zu ihr her. Sie beschloss, sich zumindest noch ein wenig den Garten anzusehen, ehe sie in ihre Gemächer zurückkehrte, denn langsam übermannte sie die Erschöpfung der Reise. Pooja setzte gerade den Fuß auf den mit Kies ausgelegten Weg, als sie etwas hörte. Es klang wie ein Wimmern oder Ächzen, ganz so, als würde jemand leiden. Besorgt folgte Pooja dem Pfad und versuchte herauszufinden, wer oder was dieses seltsame Geräusch machte. Je tiefer sie in den Garten vordrang, umso deutlicher wurden die Laute. Nun klangen sie in Poojas Ohren deutlich wie ein Stöhnen. Der Weg machte eine Biegung und sie folgte ihm – und prallte plötzlich zurück. Sie stand direkt am Rand einer Lichtung, auf der sich eine Bank befand, ähnlich wie die, die sie schon im Harem gesehen hatte. Darauf lag eine Frau. Ihr Sari war bis zum Kinn hochgeschoben, ebenso wie ihre Choli. Sie hielt die Beine weit gespreizt und ein Mann stand dazwischen. Ihr linkes Bein hielt er an sich gepresst und ihre Wade ruhte auf seiner Schulter. Er grunzte leise und sie stöhnte wild unter seinen Stößen.

Pooja sah ihn nur von hinten; er trug zwar sein Hemd noch, aber seine Hose lag achtlos beiseite geschleudert neben der Bank. Die beiden waren so in ihr Liebesspiel vertieft, dass sie Pooja gar nicht bemerkten. Rasch machte sie zwei Schritte zurück und versteckte sich hinter einem Baum. Sie hatte schon die Frauen im Harem mit ihrem Onkel beobachtet, daher war es für sie nicht völlig fremd, einem Mann dabei zuzusehen, wie er eine Frau bestieg. Aber, wenn das der Harem ihres Mannes war, und niemand sonst ihn betreten durfte, dann musste das ... Die Erkenntnis traf Pooja wie ein Blitz und genau in diesem Moment warf der Mann den Kopf in den Nacken und sie konnte sein Profil erkennen. Es war tatsächlich Yash, der seinen Samen in diese Frau ergoss, die mittlerweile so laut schrie und wimmerte, dass Pooja wirklich glaubte, sie hätte Schmerzen.

Pooja wandte sich ab und lief zum Harem zurück. Es war eine Sache, Tam zu sagen, dass sie es billigte, wenn Yash Konkubinen hatte, aber eine ganz andere, wenn sie ihm dabei zusehen musste. Dabei konnte sie nicht einmal sagen, was genau sie empfand. Wut war es nicht. Eher schämte sie sich, weil sie das Gefühl hatte, etwas Unrechtes getan zu haben. Vielleicht mochte auch Eifersucht eine Rolle spielen, das konnte Pooja nicht so genau sagen. Sie rannte einfach blindlings zurück, bis ihre Flucht von einem Hindernis gebremst wurde, kurz bevor sie den Harem erreichte. »Ah!«

Der Aufprall schleuderte Pooja zu Boden und, wie sie bald feststellen musste, nicht nur sie. Offensichtlich hatte Pooja in ihrer wilden Flucht ein Mädchen umgerannt, das nun ebenfalls rücklings am Boden lag und sich die schmerzende Brust rieb. »Bei allen Göttern, was ist denn in dich gefahren?«

Pooja versuchte, sich aufzusetzen. Ihre Brust schmerzte auch, ebenso wie ihr Kopf. »Verzeih mir«, sagte sie. »Ich habe dich nicht gesehen.«

»Das habe ich bemerkt«, erwiderte das Mädchen aber es wirkte nicht wütend. »Ist ein Tiger hinter dir her?«

Pooja lächelte schief. »Nein, das nicht, nur...« Sie verstummte, als ihr keine kluge Ausrede einfiel.

Das Mädchen musterte sie aufmerksam. Ihr Gesicht wirkte noch sehr jung, aber ihr Körper war eindeutig der einer erwachsenen Frau. Sie trug nichts weiter als ein Tuch um die Brust und eine Pluderhose, die so tief saß, dass es nur eine Haaresbreite brauchen würde, bis man die schwarzen Locken auf ihrem Lusthügel sah. »Ich habe dich noch nie gesehen – bist du neu hier?«

»Ich bin heute erst angekommen. Mein Name ist Pooja, ich bin die Frau des Maharadschas.«

Die Augen des Mädchens wurden rund wie Granatäpfel. »Seine Frau?! Yash hat geheiratet?«

Pooja nickte. Offensichtlich hatte sich die Nachricht in seinem Harem noch nicht herumgesprochen. Das Mädchen rappelte sich auf und umfasste Poojas Handgelenk mit einem erstaunlich festen Griff. »Das müssen die anderen unbedingt erfahren! Das glauben die mir nie!«

Pooja stand zwar auf, blieb aber stehen, als das Mädchen sie mit sich ziehen wollte. »Langsam ... bitte. Ich kenne ja noch nicht einmal deinen Namen.«

Der Mund der Fremden formte sich zu einem runden O, und sie wurde tatsächlich rot. »Verzeiht, Herrin.« Sie verneigte sich. »Mein Name ist Abhaya. Ich bin eine der Konkubinen des Maharadschas und stehe zu Euren Diensten.«

Diese Floskel kannte Pooja bereits aus dem Harem ihres Onkels. »Bitte nicht. Ich bin allein hier und kenne niemanden – ich werde Freunde brauchen und ich glaube, es ist gut, wenn ich gleich mit dir beginne.«

»Also, keine Herrin?«, fragte Abhaya zweifelnd nach.

Pooja schüttelte den Kopf. »Nur Pooja.«

Abhaya lachte leise und ihre Hand glitt von Poojas Handgelenk zu ihrer Hand. »Gut, ›nur Pooja‹«, zog sie sie auf, »dann sollte ich dich trotz allem den anderen vorstellen. Sie sind sicher mit dem Essen fertig, und Yash sollte ja auch bald kommen, also ...«

»Yash ist bereits hier«, unterbrach Pooja sie. »Ich habe ihn mit einer Frau im hinteren Teil des Gartens gesehen.«

Abhayas Gesicht verdüsterte sich mit einem Mal, und Pooja fragte sich, was eine derartig abweisende Reaktion in dem sonst so freundlichen Gesicht der jungen Frau ausgelöst haben mochte. »Das hätte ich mir denken können«, sagte sie. »Sicherlich ist es Naruda gewesen, sie hat ja die letzten Tage schon wie ein Hund am Zaun gewartet, dass er wieder kommt.« Sie schnaufte und Pooja hatte fast den Eindruck, dass sie ausgespuckt hätte, wenn sie allein gewesen wäre.

»Naruda und du, ihr versteht euch nicht?«

»Niemand versteht sich mit Naruda, was aber eher an ihr als an den anderen liegt.« Abhaya atmete tief aus. »Aber ich will dich nicht gleich negativ einstimmen. Im Großen und Ganzen kommen wir hier alle gut miteinander aus, du wirst schon sehen.«

Pooja sah gedankenverloren in die Richtung, aus der sie gekommen war, aber diesmal ließ sie zu, dass Abhaya sie mit sich zog, in den Harem, wo die anderen Frauen schon auf sie warteten.

Tatsächlich war der Platz um den Brunnen herum nicht mehr leer. Auf den Bänken befanden sich fünf Frauen und ein Mann, die Pooja neugierig ansahen, als sie hinter Abhaya die Stufen heraufstieg.

Die fünf Frauen waren so unterschiedlich, wie sie nur sein

konnten. Pooja sah eine hochgewachsene Frau, die das perfekte Gegenstück zu Abhaya bildete, die Pooja gerade einmal bis zur Nasenspitze ging. Sie war schlank, und ihr Körper wirkte wie der einer jungen Frau, aber um ihre Augen zeigten sich bereits erste Fältchen und auch um die Mundwinkel hatte die Zeit ihre Spuren hinterlassen. Neben ihr saß eine Frau mit einer fast weißen Haut. Ihr Haar war so schwarz wie Kohle und fiel ihr glatt bis auf den Rücken. Ihre Kleidung wirkte fremdartig auf Pooja, und sie kannte auch die aufgestickten Verzierungen darauf nicht. Sie mochten Blumen oder Tiere darstellen, aber Pooja hatte keine Vertreter des einen oder des anderen jemals gesehen. Das Auffälligste an der Frau waren jedoch ihre Augen. Sie waren lang gezogen, fast wie spitze Mandeln. Ihr Gesicht mit dem winzigen Kussmund und den hohen Wangenknochen glich dem einer Puppe. Der einzige Mann der Runde war gerade dabei, ihr Haar zu bürsten. Er hatte ein hübsches Gesicht, wenn auch etwas zu jung für Poojas Geschmack, und seine Locken waren ebenso schwarz wie das Haar, das er gerade kämmte. Er trug ein einfaches Tuch, das er sich um die Hüften geschlungen hatte, und hielt mitten in seiner Arbeit inne, als Pooja und Abhaya an den Brunnen traten.

Auf der anderen Seite saßen drei weitere Frauen. Eine von ihnen hatte derart üppige Rundungen, dass Pooja unwillkürlich das Bedürfnis verspürte, sich an sie anzulehnen. Sie sah weich und anschmiegsam aus, wie ein Kissen. Ihr Haar war rot und ihre Augen grün – eine solche Kombination war für Pooja ebenfalls neu, und sie bemühte sich, nicht allzu auffällig zu starren. Neben ihr saßen zwei Frauen etwa in Poojas Alter, die sich zum Verwechseln ähnlich sahen. Die beiden waren mit einer Art Steinspiel beschäftigt und blickten auf, als Abhaya und Pooja herantraten.

So viel Aufmerksamkeit machte Pooja nervös, und sie senkte den Blick. »Ihr werdet euch nicht vorstellen, was geschehen ist!«, platzte Abhaya heraus.

»Yash ist ausgerutscht und hat sich ein Bein gebrochen?«, fragte die Frau mit den Mandelaugen.

»Oder besser noch, den Hals?«, warf die runde Frau ein.

Abhaya schüttelte heftig den Kopf. »Nein, nein. Nicht so etwas. Es ist viel besser – er hat eine Braut mitgebracht.«

Nun starrten die Frauen alle unverhohlen in Poojas Richtung. »Inwiefern ist das besser?«, fragte eine der Zwillingsschwestern. »Denkst du, das wird irgendetwas ändern?«

»Für uns mit Sicherheit nicht«, erwiderte ihre Schwester.

»Ach, kommt schon, freut euch doch ein bisschen«, versuchte Abhaya die Stimmung zu heben.

Die ältere Frau stand auf und kam auf sie zu. Ihr Blick lag auf Pooja, die am liebsten zurückgewichen wäre, aber das wäre gegen jeden Anstand gewesen. Hatte sie sich anfangs noch auf die Konkubinen gefreut, musste sie jetzt rasch feststellen, dass hier längst nicht alles so war wie zu Hause. Dort belogen die Ehemänner ihre Frauen beispielsweise nicht und ließen sich auch nicht mit Ausreden verleugnen.

Die ältere Frau bewegte sich so elegant und grazil, dass es aussah, als würde sie schweben. Der Sari war in einem hellen Grün gehalten, ebenso wie die Choli darunter. Nur die aufgemalten Schmuckborten verrieten, wie teuer dieser Sari wirklich gewesen sein mochte. Sie trug ihn mit einer lässigen Anmut, von der Pooja ahnte, dass es Jahrzehnte dauern würde, bis sie selbst sie auch nur im Ansatz nachahmen könnte. Die Frau sah auf sie herab und berührte ihre Stirn. »Verzeiht mir, Herrin, dass wir Euch einen solchen Empfang bereiten, aber man hat uns Eure Ankunft nicht angekündigt. Mein Name ist Sita, ich bin die älteste Konkubine im Harem. Ich stehe zu Euren Diensten.«

Pooja spürte, wie ihre Wangen zu brennen begannen.

»Ich ... bitte, ich habe es Abhaya schon gesagt, bitte nennt mich nicht Herrin. Ich bin Yashs Braut, aber ich möchte gerne eure Freundin sein. Bitte nenn mich Pooja, wie sie auch.«

Die ältere Frau namens Sita sah über ihre Schulter hinweg zu der Frau mit den exotischen Augen. Erst als diese nickte, wandte sie sich wieder Pooja zu und verneigte sich. »Wie du es wünscht«, sagte sie und Pooja konnte nicht heraushören, ob darin Missbilligung oder Einverständnis lagen.

Sita wandte sich halb um und deutete auf die Frau mit den Mandelaugen. »Da wir wohl viel Zeit miteinander verbringen werden, solltest du unsere Namen kennenlernen. Meinen habe ich dir bereits genannt. Diese Dame ist Xiao, sie ist eine Konkubine aus Han. Der Eunuch, der ihre Haare kämmt, heißt Harun. Er steht dir als Diener zur Verfügung und kümmert sich darum, dass jeder unserer Wünsche erfüllt wird. Die Frau dort«, sie deutete auf die rundliche Dame, die Pooja leicht zunickte, »heißt Ingrid. Sie kommt aus dem Land der Barbaren. Und die Zwillinge heißen Meena und Meera. Mach dir nichts daraus, wenn du sie nicht gleich auseinanderhalten kannst. Den meisten hier fällt es schwer, und sie machen sich oftmals einen Spaß daraus, sich als die jeweils andere auszugeben.«

Pooja verneigte sich vor ihnen und richtete sich dann wieder auf. »Was ist mit Naruda?«, fragte sie und schämte sich dieser Frage sofort. »Ist sie auch eine Konkubine?«

Sita hob überrascht die Augenbraue. »Hast du sie schon kennengelernt?«

»Offensichtlich ist Yash gerade schwer damit beschäftigt, sie hinten im Garten zu bespringen«, warf Abhaya ein, was ihr sowohl von Sita als auch Pooja einen entrüsteten Blick einbrachte. Nur die Zwillinge brachen in gackerndes Gelächter aus.

Sita nahm wesentlich sanfter Poojas Hand als Abhaya und

führte sie zu der Steinbank, auf der sie selbst bisher gesessen hatte. Gehorsam ließ Pooja sich neben sie auf die Kissen sinken. »Naruda ist ein ... Sonderfall«, sagte die ältere Frau behutsam. »Sie hält nicht viel von unserer gemeinsamen Zeit hier. Lass dich von ihr nicht hinters Licht führen und sei auf der Hut.«

Pooja biss sich auf die Unterlippe. »Das klingt so, als wärt ihr euch spinnefeind«, sagte sie.

»Ach was«, warf die Frau namens Ingrid ein und legte sich, die Arme hinter dem Kopf verschränkt, auf den Rücken. »Die meiste Zeit ist das Leben hier eher langweilig. Es gibt kaum etwas zu tun, also versuchen wir, uns gegenseitig ein wenig Gesellschaft zu leisten. Fast jeden Tag erzählen wir uns Geschichten.«

Nun wurde Pooja hellhörig. »Was für Geschichten denn?«, hakte sie nach.

»Verschiedene Geschichten«, erwiderte Ingrid. »Jeden Tag ist jemand anderes damit dran, eine zu erzählen. Ich hoffe, du kennst ein paar gute.« Sie zwinkerte Pooja zu.

Pooja lächelte. »Ich denke schon. Aber ich weiß nicht, wie viel Zeit ich haben werde. Immerhin bin ich Yashs Ehefrau, und ich schätze, ich werde ihm gegenüber einige Pflichten wahrnehmen müssen. Sicherlich wird er auch viel Zeit mit mir verbringen wollen, um einander besser kennenzulernen. Wir kennen uns ja kaum.«

Die Frauen tauschten untereinander Blicke aus.

»Oder etwa nicht?«, fragte Pooja verunsichert.

»Ich glaube, ich weiß eine Geschichte«, warf Ingrid hastig ein. Der plötzliche Themenwechsel verwirrte Pooja, aber sie war müde von der Reise und noch immer erschrocken darüber, dass Yash sich nach seiner Ankunft verleugnen ließ und sie nicht willkommen hieß, sondern die Zeit lieber dafür nutzte, sich mit einer Konkubine zu vergnügen.

Die anderen Frauen machten es sich bequem, kuschelten sich aneinander oder lehnten sich etwas tiefer in die Kissen. Selbst der Eunuch Harun hörte auf, Xiaos Haar zu bürsten, und bot ihr seinen Schoß als Kissen an. Abhaya setzte sich neben Pooja auf die Bank und legte den Kopf auf ihre Schulter. Das Gewicht war ungewohnt, aber nicht unangenehm. Pooja war froh über diese offenherzige Geste.

Ingrid setzte sich als Einzige auf. Sie warf einen langen Blick in die Runde und begann zu erzählen.

Kaltes Wasser

Die Sonne brannte so heiß, dass Irias Haut nass vom Schweiß war, noch bevor sie sich von ihrem Schlaflager erhoben hatte. Das Laken unter ihr fühlte sich ebenso feucht und klamm an wie ihre Haut. Iria schluckte hart, aber ebenso gut hätte sie einen Mundvoll Sand schlucken können. Sie versuchte es noch einmal, aber alles, was geschah, war, dass ihre Kehle schmerzte.

Sie versuchte sich daran zu erinnern, was sie geweckt hatte, aber erst als ihre Schenkel gegeneinanderrieben, fiel es ihr wieder ein – ein Traum. Sie hatte von Berührungen geträumt, von groben Händen auf ihrem nackten Körper, die sie berührten, sie begrapschten, sie streichelten, sie ganz und gar in Flammen setzten. Sie hatte nicht erkennen können, wem diese Hände gehörten, aber es hatte sie auch nicht gekümmert – alles, woran sie im Traum hatte denken können, war das Verlangen, das sie in ihr auslösten.

Diese Hände hatten ihre Yoni umfasst, sich daran gerieben und mehrere Finger hineingeschoben. Iria hatte sich hingegeben und bald schon hatte sie sich dem Höhepunkt genähert, aber dann ... war sie aufgewacht. Jetzt spürte sie ein durchdringendes Pochen zwischen ihren Schenkeln und eine Leere, die sie sich nicht recht erklären konnte.

Die junge Frau schlug die Augen auf und blinzelte in das helle Licht. Durch die hohen Fenster des Steinhauses fielen die Strahlen der Sonne ungehindert ein, Iria hatte keine Möglichkeit, sich gegen das Licht und die Hitze zu schützen.

Einen Moment lang lag sie reglos auf dem harten Lager, spürte das feuchte Laken unter sich und die winzigen Schweißtropfen, die sich auf ihrer Haut sammelten, sich fanden und zwischen ihren Brüsten und an ihrer Seite entlangliefen. Iria musste trotz der Hitze schaudern, als die nassen Tropfen die einzelnen Härchen ihrer Haut streiften und sie zum Erzittern brachten.

Sie gab einen zufriedenen Laut von sich und zuckte zusammen, als etwas Weiches ihren nackten Bauch streifte. Als sie die Augen aufschlug, sah sie, wie die Katze Madra ihren rotbepelzten Kopf an ihr rieb. »Erschreck mich nicht so«, sagte sie lächelnd und kraulte den Kopf der Katze, die hingebungsvoll schnurrte. »Du brauchst dich nicht bei mir einzuschmeicheln«, fuhr sie fort und schwang die Beine über den Rand ihres Schlaflagers, »ich gebe dir auch so etwas zu fressen. Aber vorher brauche ich etwas zu trinken.« Mit Schwung stand sie auf und durchquerte den kleinen Raum bis zur Tür, neben der die Krüge standen, die das Regenwasser auffingen. Madra folgte ihr mit erhobenem Schwanz und strich ihr immer wieder um die Beine. Irgendwann wurde es Iria zu viel – sie nahm die Katze hoch und trat dann vor die Tür. Die Steinmauern des Hauses sollten das Innere eigentlich kühl halten, aber nach der schweißgetränkten Nacht, die Iria hinter sich hatte, zweifelte sie daran. Als sie jedoch vor das Haus trat, traf sie die geballte Hitze des Sommers. Hastig ließ sie die Katze fallen, die sich maunzend beschwerte, und schob den Deckel des Regenwasserkrugs zur Seite, um etwas zu trinken. Enttäuscht musste sie feststellen, dass der kleine Rest, den sie am Vorabend noch darin gesehen hatte, in der Hitze verdunstet war. Nur ein kläglicher feuchter Film unter dem Deckel bewies, dass in dem Krug einmal Wasser gewesen war.

Iria biss sich auf die Lippe und zuckte zusammen – sie waren vor Trockenheit und Durst spröde, und ihre Zähne durchschlugen die trocken gewordene Haut mit Leichtigkeit.

Madra maunzte. »Später, Kätzchen. Ich fürchte, ich muss erst einmal zur Wasserstelle gehen.«

Madra maunzte abermals, fauchte leise und stolzierte beleidigt mit hoch erhobenem Schwanz zurück ins Haus. Iria sah ihr lächelnd nach, folgte ihr dann und nahm sich ein Tuch und einen Rock aus einer Truhe. Ihre Choli lag noch neben dem Bett – sie streifte sie über und schlüpfte in ihren Rock. Der Stoff war zwar bauschig, aber leicht, ebenso wie der Stoff ihres Saris, den sie mit wenigen Handgriffen wickelte. Kurz bedauerte sie, sich nicht waschen zu können, aber sie tröstete sich damit, dass sie am See baden würde. Geübt steckte sie ihr langes schwarzes Haar mit einem Seidenband hoch und nahm sich dann das Tuch. Mit wenigen Handgriffen hatte sie es zu einem kleinen Ring eingedreht und ging damit wieder hinaus. Sie nahm den kleinsten der drei Krüge vom Boden auf, platzierte das Tuch auf dem Kopf und stellte den Krug darauf. Noch war er leicht, aber Iria wusste, dass er mit jedem Schritt hinunter zur Wasserstelle schwerer werden würde. An den Rückweg, wenn der Tonkrug bis zum Rand gefüllt wäre, mochte sie gar nicht denken. Das Schlimmste war, dass der Inhalt des Krugs gerade einmal für einen Tag reichen würde. Wenn nicht bald der Regen kam, würde sie bald zweimal am Tag die Strecke gehen müssen, um genug Wasser im Haus zu haben. Zum Glück waren ihr Vater und ihr Mann nicht da – beide waren aufgebrochen, um als Holzfäller Arbeit zu finden. Zu dritt war es zwar einfacher, die Arbeit des Wasserholens zu teilen, aber man benötigte auch viel mehr Wasser. So brauchte Iria nur Madra und sich selbst zu versorgen, und die Katze war mit Wasser und den Resten des Essens der jungen Frau zufrieden.

Iria seufzte, rückte den Krug zurecht und machte sich auf

den Weg. Unter ihren nackten Füßen wirbelte bei jedem Schritt der Staub der Straße auf und binnen weniger Minuten waren sowohl ihre Choli als auch ihr Rock schweißdurchtränkt. Iria versuchte, sich auf den Weg zu konzentrieren, aber die Schweißtropfen im Nacken führten ihre Gedanken immer wieder zurück zu ihrem Haus und dem Bett darin. Sie schlief seit vielen Wochen schon allein. ›Wahrscheinlich war das der Grund für den Traum.‹ Iria leckte sich über die Lippen und verließ die staubige Straße. Der Weg durch den Wald dauerte zwar länger, aber sie konnte ihn im Schatten zurücklegen. Unwillkürlich seufzte sie auf, als ihre Fußsohlen nicht mehr von winzigen Steinen malträtiert wurden, sondern auf weichem Laub gingen. Im Schatten der Bäume waren die abgefallenen Blätter noch nicht völlig ausgetrocknet, und doch raschelte es immer wieder unter ihren Füßen, als sie sich ihren Weg durch den schattigen Wald bahnte. Dennoch war es selbst hier im Schatten noch immer unglaublich heiß, und Iria spürte, wie die Innenseiten ihrer schweißnassen Schenkel aneinanderrieben. Das Gefühl von Haut, die an Haut rieb, zog ihre Gedanken unweigerlich zurück zu ihrem Traum. Iria leckte sich über die trockene Oberlippe, sie schmeckte salzig. Schweiß sammelte sich direkt unter ihrer Nase zu runden Tropfen und floss über ihre spröden Lippen. Salz ...

Im Traum hatte sie über ebenso salzige Haut geleckt. Ihr Mund hatte heißes, pulsierendes Fleisch umschlossen, und ebenso heißes, hartes Fleisch war in sie eingedrungen. Hände auf ihrem Körper ...

Iria trat mit dem Fuß auf einen morschen Ast am Boden – er brach mit lautem Krachen, und sie kam ins Straucheln. Noch ehe sie ihr Gleichgewicht wiederfinden konnte, packte eine schwielige Hand ihren Oberarm und bewahrte sie davor, dass sie hinfiel. Nur der Krug fiel von ihrem Kopf, aber Iria konnte ihn im letzten Moment am Rand fassen, ehe er auf dem Boden zerschellte.

»Vorsicht«, sagte jemand, und erst jetzt konnte Iria sich auf den Mann konzentrieren, der sie aufgefangen hatte. Er war groß, seine Haut war dunkel, gefärbt von der Arbeit unter der Sonne. Nur seine Augen leuchteten hell – sie glitzerten wie grüne Smaragde.

Seine Hand, die noch immer ihren Arm umfasst hielt, glich der Pranke eines Tigers und unter der Haut spielten beeindruckende Muskeln. Bis auf eine Hose und eine offene Weste war er nackt.

Iria blinzelte und trat einen Schritt zurück, ihr Arm wand sich ganz von allein aus dem Griff des Mannes. »Danke«, murmelte sie hastig und platzierte den Krug wieder auf ihrem Scheitel.

»Habt Ihr ...«

Iria ließ ihn nicht zu Wort kommen. »Ich habe keine Zeit. Auf Wiedersehen.«

Ohne auf die verdutzte Miene des Mannes zu achten, legte sie die Hand an den Krug, um ihn zu stützen, und setzte ihren Weg durch den Wald fort.

Nach einiger Zeit hatte sie den großen Bach im Wald erreicht. Auch hier hatte die Hitze ihre Spuren hinterlassen – der Wasserspiegel des Baches lag viel tiefer als sonst. Man sah deutlich am Ufer, wo der Bach sonst entlangfloss. Aber noch war genug von dem kühlen Nass im Bachlauf zu finden.

Iria zog den Saum ihres Rocks höher und watete bis zur Mitte des Baches. Das Wasser floss kühl und erfrischend um ihre Knöchel und sie seufzte tief. Etwas raschelte im Gebüsch am Ufer und erschrocken fuhr sie herum. Im nächsten Moment hätte sie fast laut über sich selbst gelacht – das Rascheln kam von den Blättern der Bäume, durch die der Wind fuhr. Iria schmunzelte über ihre eigene Dummheit, aber ein Bild schob sich vor ihr inneres Auge, das sich hartnäckig dort festsetzte: ein Mann, vielleicht sogar der, der ihr geholfen hatte, der dort zwischen den Bäumen und Büschen stand, verborgen zwischen grünem Laub. Er beobachtete sie, sah ihr dabei zu, wie sie ihren Rock und die Choli abstreifte, um sich in dem kühlen Bach zu erfrischen. Sie konnte förmlich sehen, wie er seine Hand langsam, fast schon träge über die ausgebeulte Vorderseite seiner Hose gleiten ließ, die Augen dabei unverrückbar auf ihren nackten Körper gerichtet. Diese Vorstellung fachte das Feuer, das ihr nächtlicher Traum entzündet hatte, zu neuem Leben an und sie spürte ein Lodern in ihren Lenden.

Iria zog sich wirklich aus, wie sie es sich vorgestellt hatte, aber jedes Kleidungsstück streifte sie nur langsam ab, ließ es aufreizend von ihrem Körper gleiten, ehe sie es mit dem Fuß ans Ufer warf. Ob die Sachen dabei nass wurden, kümmerte sie nicht – sie würden wieder trocknen.

Als ihr Rock fiel, drehte sie sich im letzten Moment um, sodass der Zuschauer aus ihrer Vorstellung keinen Blick auf das dunkle, krause Dreieck zwischen ihren Schenkeln werfen konnte, sondern nur ihren Rücken und den prallen, runden Po zu Gesicht bekam. Vor Irias innerem Auge stöhnte der Mann unterdrückt auf und seine Hand rieb nicht mehr nur an der Außenseite seiner Hose, sondern war unter dem Bund vergraben. Iria malte sich aus, wie die Hand sich unter dem weichen Stoff bewegte, wie sie genau sehen konnte, was seine Finger taten, während er sie weiter ansah, wartend, lauernd, auf das, was sie noch tun würde. Und sie hatte nicht vor, ihren eingebildeten Liebhaber zu enttäuschen. Mit zierlichen Schritten ging sie in die Mitte des Baches und kniete sich nieder, um sich einige erfrischend kühle Hand voll Wasser über den Körper zu gießen. Sie spülten den Schweiß fort, aber das Feuer zwischen ihren Schenkeln konnten sie nicht löschen.

Iria wusste, dass, wenn sie ihre Yoni berühren würde, sie bereits nass und angeschwollen wäre. Aber noch wollte sie den Moment auskosten – sie würde an diesen Punkt kommen, aber jetzt noch nicht.

Iria stand noch immer mit dem Rücken zu ihrem eingebildeten Zuschauer und wusch sich. Dabei wiegte sie leicht die Hüften, berührte die weichen Rundungen, bis sie sich mit einem überraschenden Ruck umdrehte. Nun konnte er alles sehen, wenn er wollte. In ihrer Fantasie ergötzte er sich ausgiebig an ihren runden, prallen Brüsten, deren Nippel sich bei der Berührung mit dem kalten Wasser bereits erwartungsvoll zusammengezogen hatten. Die Tropfen, die von dort herunterfielen, glitzerten in Irias dunklen Löckchen, die sich verheißungsvoll zwischen ihren Schenkeln kringelten. Hinter ihr befand sich ein großer, flacher Fels, der halb aus dem Wasser ragte. Iria ließ sich rücklings darauf sinken. Ihr nasses Haar breitete sich wie eine kühlende Decke unter ihr aus und fast wie von selbst spreizten sich ihre Schenkel. So weit, dass ihre Finger sich bequem dazwischen vergraben konnten, aber nicht weit genug, dass er die empfindliche Stelle dazwischen erblicken konnte. Iria schloss die Augen, die Sonne brannte auf sie herab, aber das Wasser verschaffte ihr Linderung – Hitze und Kälte peitschten ihren aufgeregten Sinneszustand an, und sie umfasste ihre Brustwarzen, rieb sie, bis sie sich wie kleine harte Kiesel in ihrer Hand anfühlten. Während ihre linke Hand fortfuhr, ihre Brüste zu kneten und zu streicheln, wanderte die rechte tiefer hinab, über ihren bebenden Bauch zu der feuchten Quelle.

Iria wusste, wie sie sich selbst am besten Lust verschaffte, daher fand ihre Fingerspitze mit geübtem Griff die winzige Haube aus Fleisch, unter der sich bereits ihre Knospe zitternd aufgerichtet hatte und nach der Berührung durch Irias Finger lechzte. Sie legte die Fingerkuppen um die harte Klitoris und rieb sie. Auch wenn sie es selbst war, die sich so berührte, war das Gefühl doch atemberaubend. Hinter Irias geschlossenen Augenlidern tobte ein Sturm, und sie wollte das mit ihrem erfundenen Beobachter teilen, auch er sollte sich an ihrer Lust laben. Sie spreizte die Schenkel so weit, wie es ihr möglich war, und ließ ihrer Lust freien Lauf. Ihre Stimme hallte zwischen den Bäumen wider, als sie laut stöhnte und ihre Finger immer heftiger an ihrer Klitoris rieben. Die Lust verdrängte jeden anderen Gedanken, sie wollte nur noch Befriedigung, sie wollte einen harten Schwanz zwischen ihren Lippen spüren, aber alles, was ihr blieb, war, zwei ihrer Finger tief in ihre hungrige Spalte zu schieben. Ein trauriger Ersatz für eine Frau, die seit Wochen nach einem harten Stück Holz lechzte.

Plötzlich spürte sie etwas Weiches zwischen ihren Schenkeln, und etwas, das eine Zunge sein mochte, leckte an ihrer zitternden Knospe. Iria riss erschrocken die Augen auf und sah auf den Mann herab, der zwischen ihren Schenkeln kniete. Er hatte die Weste abgestreift und seine Hose war nicht geschlossen wie in ihrer Vorstellung, sondern bis auf die Mitte der Oberschenkel geöffnet. Dazwischen sah sie seinen steifen Lingam aus einem Nest dunkler Haare hervorstehen. Er zitterte, als würde er angesichts der Hitze zusammenbrechen, aber Iria wusste, und der Gedanke ließ sie leise frohlocken, dass sein steifes Glied wegen ihr zitterte. Sie zog bereitwillig ihre Finger weg und ergab sich der gierig leckenden Zunge und dem saugenden Mund des Mannes, der sie vor dem Sturz bewahrt hatte.

Er war begierig, aber nicht grob, seine Zähne streiften manchmal als Reiz über ihre Schamlippen, aber ihre Klitoris bearbeitete er nur mit Zunge und Lippen. Als er sie sanft in den Mund nahm und daran saugte, glaubte Iria den Verstand zu verlieren. Sie spreizte die Beine so weit, wie es ihr nur möglich war, und hob bettelnd das Becken. Sie schielte zwischen seine Beine, blickte auf die purpurne Eichel, die Spitze eines Pfeils, der in ihre Spalte drängte.

Der Mann verstand ihre Bitten, aber als er nur langsam von ihrem Schoß abließ, befürchtete Iria schon, dass er sie quälen würde, indem er sich Zeit ließ. Aber sie hatte ihn unterschätzt. Er wischte sich mit dem Handrücken über die Lippen, beugte sich über sie und schob sich mit einem einzigen mächtigen Stoß bis zum Anschlag in sie hinein. Iria blieb die Luft weg, sie versuchte ihre Lust hinauszuschreien, aber alles, was hervorkam, war ein heiseres Ächzen. Sie krallte ihre Hände in seine Schultern und ergab sich seinen pumpenden Stößen, ließ sich von ihm immer weiter dem Gipfel ihrer Lust entgegenschleudern. Zwischendurch variierte er das Tempo, stieß nicht einfach nur wild und besinnungslos in sie, sondern wechselte zwischen langen Zügen und kurzen, knappen Stößen ab. Manchmal zog er sich fast ganz aus ihr zurück, bis nur noch seine Eichel zwischen ihren Schamlippen steckte. Er rieb sich dann an ihr, und Iria umklammerte ihn mit ihrem Schoß, wollte ihn dazu drängen, dass er weitermachte, dass er sie wieder vollständig ausfüllte. Schließlich aber wurde es zu viel – sie hatte die Spitze des Bergs erreicht, sie war am Gipfel angekommen und blickte hinab. Und der Mann, ihr wilder Liebhaber, stieß sie von der Klippe, warf sie in das weit gähnende Loch ihrer Ekstase, die sie verschlang, und in der sie sich vollständig auflöste. Iria glaubte, sich selbst aufschreien zu hören, dann sank sie in sich zusammen.

Als sie die Augen aufschlug, lag der Mann neben ihr, die Hand auf ihren nackten Bauch gelegt, und betrachtete sie. »Passiert das immer, wenn du Wasser holen gehst?« Er grinste.

Iria stieß ihn gegen die Brust. »Ich müsste ja kein Wasser holen, wenn du und Vater öfter zu Hause wärt.«

Das Grinsen wich einem weichen Lächeln. »Ich hätte nichts dagegen, wenn du das übernimmst, auch wenn wir wieder da sind.«

Nun musste auch Iria leise lachen. Sie schmiegte sich an ihren Mann. »Ich muss morgen übrigens wieder Wasser holen...«

Nach Ingrids Geschichte saßen die Frauen noch beisammen, aber Pooja musste sich bald verabschieden, denn sie spürte die Erschöpfung stärker denn je, und obwohl Ingrids Geschichte ihr gefallen und sie für kurze Zeit abgelenkt hatte, so kam sie doch bald wieder ins Grübeln. Warum ließ Yash sich vor ihr verleugnen?

Als sie ihre Gemächer erreichte, sah sie überrascht, dass die Kerzen in den Leuchtern bereits entzündet waren, ebenso wie die Öllampen. Durch die großen offenen Fenster wehte ein kühler Wind und bauschte die Vorhänge davor auf. Ein großes Bett dominierte die rechte Hälfte des Raums. Die Kissen und Decken darauf waren in Blau mit silbernen Ornamenten gehalten. Auch das Bett strahlte silbern und der Baldachin, der sich darüber spannte, war ebenso blau wie die Decken. Auf der linken Seite des Raumes stand ein Tisch und darauf verschiedene Schüsseln mit Reis, Curry, Naan-Brot und Früchten. Neben dem Tisch stand Tam und sah sie mit einer Mischung aus Strenge und schiefem Lächeln an. »Wolltet Ihr nicht etwas essen, Herrin?«

Pooja blieb der Mund offen stehen. »Wie lange wartest du schon hier?«

Tam zuckte mit den Schultern und zog den Stuhl am Tisch etwas zurück. »Bitte, Ihr seht hungrig aus.«

Pooja seufzte und folgte seinem Wunsch, auch wenn sie keinen Hunger verspürte. »Ich wollte dich nicht warten lassen.«

»Ihr seid mir keine Rechenschaft schuldig.«

Das stimmte, dennoch fühlte Pooja sich schlecht. Um ihr Gewissen zu besänftigen, nahm sie etwas von dem Reis, mischte ihn mit dem scharf gewürzten Curry und aß es mit Brot. Sie hustete, als die Schärfe ihre Wirkung in ihrem Mund entfaltete. »Alles in Ordnung, Herrin?«, fragte Tam besorgt und reichte ihr ein Glas Pantsch, ein Mischgetränk aus Gewürzen, Arrak und Tee, als er sie husten hörte, aber Pooja winkte ab. »Ich habe vergessen, wie scharf hier gegessen wird.«

Tam lachte leise. »Ja, die Menschen hier lieben den Chili. Ich habe auch lange gebraucht, bis ich mich daran gewöhnt habe.«

»Das heißt, du kommst nicht von hier?«

Tams Miene wurde ernst. »Nein«, sagte er nur. »Ihr solltet den Pantsch kosten, er ist wirklich gut.«

Pooja unterdrückte ein Seufzen und nahm den Kelch, um etwas zu trinken. Unter Tams Blicken aß sie noch etwas, schob die Schüssel aber dann von sich. »Ich bin müde«, sagte sie. »Aber bevor ich zu Bett gehe, will ich mich noch waschen.«

»Wollt Ihr das hier oder im gemeinsamen Bad des Harems tun?«, erkundigte Tam sich.

Für einen Moment war Pooja versucht, ins gemeinsame Bad der Frauen zu gehen, aber für den Abend hatte sie genug Gesellschaft gehabt, und ein winziger Teil von ihr fürchtete, dort auf Naruda zu treffen. Der erste Eindruck, den sie von ihr hatte, war nicht der Beste gewesen – immerhin hatte sie zu dem Zeitpunkt die beine um den Mann geschlungen, den Pooja als ihren Ehemann betrachtete – und die Reden der anderen Frauen hatten nicht dazu beigetragen, dass ihre Meinung sich besserte. »Ich möchte gerne in mein eigenes Bad.« Sie stand auf und wollte dorthin gehen, aber Tam blieb, wo er war. »Ist es für Euch ein Problem, wenn ich Euch im Bad assistiere, Herrin?«, fragte er vorsichtig.

»Gibt es dafür keine Dienerin?«

»Normalerweise schon, aber es ist spät und ich will die Mädchen nicht wecken.«

Das war eine seltsame Ausrede und Pooja sah ihn an. »Bist du ein Eunuch?«, fragte sie ihn direkt. Seine Stimme war tief, wenn, dann hatten sie ihm seine Männlichkeit genommen, nachdem er bereits dem Knabenalter entwachsen war.

Tam räusperte sich. »Nein, Herrin.«

»Und ich soll dich trotz allem mit ins Bad nehmen?«

Tam verneigte sich. »Ich bin der Wächter des Harems«, sagte er beschämt. »Aus dem Grund hat der Maharadscha mir das Versprechen abgenommen, dass ich an Eurer Seite bleibe, egal, was geschieht. Auch wenn ich dem Harem vorstehe, ist es doch seit Eurer Ankunft meine oberste Pflicht, mich um Euch und Eure Wünsche zu kümmern. Um jeden Eurer Wünsche.«

Pooja verstand erst nicht. Dann wurden ihre Augen groß und sie riss erstaunt den Mund auf. »Du sollst mich beschlafen?!«, entfuhr es ihr.

Tam legte den Finger an die Lippen. »Was immer Ihr wünscht, Herrin«, sagte er. »So wurde es mir aufgetragen.«

Das war ungeheuerlich. Erst die Episode im Garten, dann diese Enthüllung – Pooja hätte am liebsten ihre Sachen sofort wieder eingepackt und wäre direkt zurück zu ihrem Onkel geritten. Stattdessen drehte sie sich abrupt um und öffnete die Tür zum Bad. Als Tam ihr nicht sofort folgte, rief sie: »Kommst du endlich?«, und verschwand im Bad.

Ihr Badezimmer war ebenso groß wie ihr Schlafzimmer. Den Boden nahm ein zentrales, riesiges Becken ein, in dem warmes, leicht dampfendes Wasser schwappte. Einige Rosenblüten waren darauf verteilt und auf den mit Mosaiken ausgelegten Bereichen um das Becken herum lagen einzelne Rosenblätter. Drei Stufen führten in das Becken hinein und Pooja streifte sich, ohne mit der Wimper zu zucken, ihre Kleidung ab und band sich das Haar hoch. In diesem Moment trat Tam durch die Tür herein und senkte hastig den Blick, als er sie nackt vor sich stehen sah. »Massier mir den Nacken«, wies sie ihn an und setzte sich auf die unterste Stufe des Beckens, sodass das warme Wasser ihr bis zu den Schultern reichte. Offensichtlich hatte Tam sich darum bemüht, das Wasser auf der immer gleichen Temperatur zu halten, was bedeutete, dass er immer wieder warmes Wasser nachgefüllt haben musste. Angesicht der Größe und Tiefe des Beckens musste das viel Arbeit gewesen sein.

Pooja sah einfach stur auf die Wasseroberfläche vor sich, während Tam seine Hosenbeine hochkrempelte und sich hinter sie setzte. Er bewegte sich hinter ihr, das konnte sie deutlich spüren, aber erst als etwas Kühles ihren Nacken streifte, wusste sie, dass er eine Lotion aus einem der Körbe am Beckenrand genommen hatte. Mit starken, aber doch weichen Fingern begann er, sie zu massieren. Pooja sah dabei weiter auf die Rosenblüten, die auf dem Wasser trieben, ziellos, sinnlos und so vergänglich, dass es fast eine Schande war, sie von ihren Sträuchern gerissen zu haben. Würde es ihr auch so ergehen? Eine Rosenblüte, gepflückt, um ihren Mann zu erfreuen, doch ohne jede Chance, dass er sie je ansehen würde? Tränen sammelten sich in ihren Augenwinkeln und ein leises Schluchzen drang zwischen ihren Lippen hervor. »Herrin?«

Pooja presste die Lippen aufeinander, aber es half nichts. Sie weinte und konnte es nicht verhindern. Tams Finger hatten aufgehört, sie zu massieren, stattdessen strichen sie tröstlich über ihre Haut. »Habe ich Euch wehgetan?«

Pooja schüttelte den Kopf. »Warum will er mich nicht hier

haben, Tam?«, fragte sie mit tränenerstickter Stimme. »Warum lässt er sich verleugnen?«

»Wie kommt Ihr darauf?«

»Ranjid hat gesagt, dass Yash mich nicht empfangen könnte, weil er sich unwohl fühlte. Aber nicht unwohl genug, dass er nicht seine Konkubine Naruda im Garten besteigen konnte. Und jetzt sagst du mir, dass er dich an meine Seite gestellt hat, damit du mich besteigst! Ich weiß nicht, was ich falsch gemacht habe.«

Das Schluchzen kam nun unkontrolliert und schüttelte ihren Körper. Ihre Tränen tropften in das warme Wasser. Tams Hände lagen auf ihren Schultern und strichen darüber, tröstlich und sanft. »Yash ist ein komplizierter Mann«, sagte Tam, als sie sich langsam beruhigt hatte. »Aber ich bin mir sicher, dass er Euch nicht kränken wollte. Vielleicht war sein Trieb nach der Jagd so groß, dass er befürchtete, er könnte Euch damit Angst machen, und möglicherweise hat er deswegen erst seine Konkubine aufgesucht anstatt Euch. Mir sagte er, dass ich Euch jeden Wunsch erfüllen und für Eure Sicherheit sorgen sollte. Warum sollte er das tun, wenn nicht aus Sorge um Euch und Euer Wohlergehen?«

Pooja schniefte. »Meinst du wirklich?«

Tams Finger glitten über ihren Nacken. »Davon bin ich überzeugt.«

Am nächsten Morgen wusste Pooja nicht, wo sie war. Sie schlug die Augen auf und war irritiert, nicht die gewohnte Decke in ihrem Zimmer zu sehen, sondern einen blausilbernen Baldachin über sich. Nur langsam kam die Erinnerung an den gestrigen Tag zurück – ihre Ankunft, der Garten, die Frauen, Tam. All das wirbelte in ihrem Kopf durcheinander, und Pooja fühlte sich mit einem derartigen Schwall an Gefühlen konfrontiert, dass sie die Augen wieder zukniff und darauf wartete, dass sich das Gefühlschaos endlich verzog. Viel Zeit blieb ihr nicht dafür, denn nach einem kurzen Klopfen an der Tür trat Tam ein. Seine langen Haare lagen diesmal in einem geflochtenen Zopf, und er trug, außer dem gleichen Hemd wie am Tag zuvor, eine weite Pluderhose und ein Tablett in den Händen. »Verzeiht, habe ich Euch geweckt?«, fragte er, schien aber keine ehrliche Antwort zu erwarten, denn er stellte das Tablett auf dem Tisch ab und wandte sich dann Pooja zu, die noch immer im Bett lag und versuchte, sich zu sammeln. »Ich wusste nicht, was Ihr zum Frühstück bevorzugt, daher habe ich Linsenbrei, Papadam, Ladu und Früchte bringen lassen.«

Pooja stand auf und wickelte die Decke um sich. Die braunen Schüsselchen auf dem Tisch und der große Teller mit den Früchten wirkten sehr einladend. Sie setzte sich und brach etwas von den knusprigen dünnen Bohnenfladen, den Papadam, ab. Sie waren mit Gewürzen versetzt, und auch hier hatte der Koch etwas Chili untergemischt, damit Pooja ja nicht vergaß, wo sie sich befand. Anders als im Curry war die Schärfe aber nur mild und brannte nur leicht auf der Zunge. Sie entdeckte auch ein kleines Töpfchen mit Joghurt, in das sie Granatapfelkerne mischte und das Ganze mit einem Löffel aß. Die Linsen rührte sie nicht an. Sie war sich fast sicher, dass Tam genau darauf achtete und am nächsten Tag nur die Dinge bringen würde, die sie gerne aß.

»Musst du immer an meiner Seite sein?«, fragte sie neugierig, während sie die letzten Reste des Joghurts aus seinem Behältnis löffelte. »Nur, wenn Ihr es wünscht und zu den Zeiten, wenn Ihr Hilfe benötigt. Wenn Ihr wünscht, bin ich Euch auch beim Ankleiden behilflich. Ansonsten steht es Euch frei, meine Dienste in Anspruch zu nehmen oder nicht.«

Pooja antwortete nicht darauf, sondern stand auf. »Dann

möchte ich jetzt gerne allein sein«, sagte sie. »Ich möchte mich gerne weiter im Harem umsehen und die anderen Frauen besuchen. Und das gerne allein.«

In Tams Gesicht flackerte kurz der Anflug eines Widerstandes auf, aber schließlich senkte er den Blick und verneigte sich ein wenig. In dieser Stellung verharrte er, bis Pooja durch die Tür und nach draußen getreten war.

Diesmal betrat sie den Weg in den Harem ohne jedes Zögern und machte sich gezielt auf die Suche nach den Konkubinen. Als sie sie nicht am Brunnen fand, beschloss sie, in den Garten hinauszugehen. Auf der Treppe kam ihr eine Frau entgegen, deren Gesicht sie bisher nicht zu Gesicht bekommen hatte, dafür aber ihren Unterleib. Pooja blieb stehen, unsicher, wie sie jetzt reagieren sollte. Naruda war eine echte Schönheit, ihr Haar war nicht schwarz wie Poojas, sondern von einer hellen, rotbraunen Farbe, die perfekt zu ihrer cremezart wirkenden, hellbraunen Haut passte. Ihre Augen, blau wie Eis, musterten Pooja kühl. In ihrer Haltung lag kein Respekt, nur Abneigung und ihr Blick glitt abschätzig über Poojas Gestalt. Pooja runzelte die Stirn. »Einen guten Morgen wünsche ich dir«, sagte sie dennoch, weil es die Höflichkeit so gebot.

»Du bist also Yashs Frau? Kein Wunder, dass er dich ausgesucht hat – mit diesen Hüften bist du wohl dazu auserkoren, viele Kinder auszutragen.«

Pooja glaubte, ihren Ohren nicht zu trauen. »Was hast du da gesagt?«

Naruda presste die Lippen aufeinander. Während Pooja noch nach einer schlagfertigen Antwort suchte, hatte die Konkubine bereits den Kopf zurückgeworfen und verließ den Innenhof, ohne sich noch einmal umzudrehen.

Pooja fühlte sich gedemütigt und wandte sich ab. Sie lief in ihre Gemächer zurück und schloss sich ein. Sie bewegte sich den ganzen Tag nicht, sondern lag nur auf dem Bett und starrte den Baldachin an. Erst als von draußen das erste Rot des frühen Abends hereinsickerte, hob sie den Kopf, weil es klopfte. »Herrin?«, rief Tam von draußen. »Herrin, warum habt Ihr abgeschlossen? Geht es Euch nicht gut?«

Pooja schloss die Augen. »Geh weg.«

»Herrin, ich bitte Euch, lasst mich herein.«

»Geh weg!«, rief sie lauter und legte den Arm über ihre Augen.

»Wenn Ihr die Tür nicht freiwillig öffnet, werde ich es mit Gewalt tun müssen.«

Pooja schnaubte nur ungläubig. Was sollte dieser zahme Zuchthengst schon gegen eine verschlossene Tür ausrichten...

Es knallte laut, die Tür brach auf und stieß mit einem Krachen gegen die Wand. Im Türrahmen stand Tam. Von einem zahmen Zuchthengst war nichts zu sehen – seine Haltung war wachsam, seine Augen funkelten und unter seinen hochgekrempelten Ärmeln spielten die Muskeln dicht unter seiner Haut. Er sah sich rasch im Zimmer um und entdeckte Pooja schließlich auf dem Bett. Die Anspannung fiel sichtlich von ihm ab und er trat ans Bett. »Maharani«, sagte er und musterte sie intensiv. »Was bekümmert Euch?«

Pooja, noch immer überwältigt von dem Schauspiel, das Tam ihr geboten hatte, konnte ihn nur anstarren. Schließlich presste sie ein »Danke« hervor.

»Wofür?«

»Dass ich jetzt meine Tür reparieren lassen muss.«

Tam starrte sie mit großen Augen ungläubig an – und brach dann in schallendes Gelächter aus. Anfangs musste Pooja nur grinsen, aber je länger er lachte, desto mehr drängte das Lachen auch in ihr hoch, bis sie beide auf dem Bett saßen und lachten, als wären sie verrückt geworden. Schließlich beruhigte er sich wieder und auch Pooja schnappte nach Luft und kam langsam zur Ruhe. Sie wischte sich die Lachtränen aus den Augenwinkeln und sie beide grinsten sich so verschwörerisch an wie Kinder, die einen Pakt eingegangen waren.

»Ihr wollt mir nicht erzählen, was vorgefallen ist, nicht wahr?«

Pooja atmete tief aus. »Du bist sehr neugierig.«

»Nein, ich bin gewissenhaft und nehme meine Aufgabe ernst. Wenn Euch etwas Kummer bereitet, dann will ich es ausmerzen.«

»Das wird unmöglich sein.«

Tam legte den Kopf schief. »Das werde ich entscheiden.«

»Ich habe noch gar nicht gesagt, dass ich es dir erzählen werde«, protestierte sie, aber dann grinste er sie wieder auf diese entwaffnende Art an, dass sie nicht anders konnte, als es zu erwidern. »Na gut, du Nervensäge«, begann sie. »Es geht um die anderen Frauen.«

Der Schalk verschwand aus Tams Gesichtszügen, und mit einem Schlag wurde er ernst. »Waren sie unfreundlich zu Euch?«

»Nicht alle«, wiegelte Pooja gleich an. »Aber Naruda ... sie war unverschämt und beleidigend. Ich weiß nicht, was sie gegen mich hat, aber auf diese Weise würde ich nicht einmal meinen schlimmsten Feind behandeln.«

Tam runzelte die Stirn und rieb sich über das Kinn. »Naruda bleibt gerne für sich und sie hat eine ganz eigene Art, das anderen klarzumachen«, sagte er vorsichtig.

»Du bist niemals jemandem böse, was?«

»Oh doch.« Ihr Scherz hatte die Atmosphäre zwischen ihnen auflockern sollen, aber stattdessen hatte sich Tams Miene verändert, und sie spürte, dass sie unbewusst ein unangenehmes Thema angeschnitten hatte.

»Es gibt sogar Zeiten, in denen ich Menschen hasse«, fügte er leise hinzu. Pooja wagte nicht, etwas dazu zu sagen, aus Angst, wieder etwas falsch zu machen.

Tam sah auf, und als er in ihre Augen blickte, verschwand der ernste Zug um seinen Mund. »Was ich damit sagen wollte, ist, dass Naruda nur eine von Yashs Konkubinen ist. Die anderen sind wesentlich umgänglicher. Ihr solltet sie aufsuchen, um diese Zeit sind sie meist am Brunnen und ...«

»Erzählen sich Geschichten. Ja, ich weiß, ich war gestern dabei«, sagte sie freundlich. »Es hat mir Spaß gemacht, ihnen zuzuhören.«

Tam lächelte und Pooja fühlte, wie ihr ein Stein vom Herzen fiel. »Das wundert mich. Ich hätte gedacht, dass eine so unschuldige Frau wie Ihr bei solchen Geschichten vor Scham im Boden versinkt.«

»So unschuldig bin ich nicht. Im Harem meines Onkels habe ich viel gesehen und...« Sie verstummte erschrocken, als sie merkte, dass sie zu weit ging. Tam wirkte aber nicht unangenehm berührt. »Ist das so?«, fragte er nach und etwas in seiner Stimme sandte ihr einen Schauer über den Rücken.

Pooja räusperte sich. »Ich denke, ich sollte in den Innenhof gehen. Sonst haben die anderen schon mit ihrer Geschichte begonnen und ich verpasse den Anfang.«

»Ja, Ihr solltet euch beeilen«, erwiderte er, aber noch immer war etwas in seiner Stimme und in seinem Blick, das es Pooja schwer machte, sich loszureißen. Sie stand schnell auf, nickte Tam zu und verschwand durch die Tür.

Die anderen Frauen saßen, wie schon am Abend zuvor, um den Brunnen. Diesmal hatte Xiao ihren Kopf in Sitas Schoß gebettet und diese fuhr ihr sanft mit den gespreizten Fingern durch das offene Haar. Meena und Meera unterhielten sich mit Ingrid, und Abhaya lag bäuchlings auf einer der Bänke und genoss seufzend eine Massage, die Harun ihr verabreichte. Die Frauen sahen auf, als Pooja sich zu ihnen setzte. »Da bist du ja endlich. Nachdem wir den ganzen Tag nichts von dir gesehen haben, dachten wir schon, du wärst heimlich wieder abgereist«, begrüßte Ingrid sie. Pooja nahm sich eine Banane von einem der Teller, die auf kleinen Sockeln standen, schälte sie und biss hinein. Erst jetzt merkte sie, wie hungrig sie war. Den ganzen Tag im eigenen Zimmer zu schmollen und nichts zu essen forderte seinen Tribut. Hungrig schlang sie die ganze Banane auf einmal herunter. »Keine Sorge, ich bleibe hier«, sagte sie mit vollem Mund, was Abhaya zum Kichern brachte. »Dann müssen wir vorher aber an deinen Manieren arbeiten«, lachte sie.

Pooja schluckte mühsam und bekam dann einen Hustenanfall.

»Hat dir etwas hier Unbehagen bereitet?«, schaltete Sita sich ein. »Vielleicht waren die Geschichten doch etwas zu viel für ein junges Mädchen...«

»Nein, nein, nein, nein!«, wehrte Pooja hastig ab, aus Angst, dass die älteste Konkubine sie in Zukunft von den abendlichen Geschichten der Frauen ausschließen würde. »Das war es nicht. Ich hatte heute Morgen nur ... einen kleinen Zusammenstoß mit Naruda.«

Sita presste die Lippen aufeinander. Abhaya verdrehte die Augen. »Das kam schneller als erwartet«, sagte sie und die anderen nickten. An Pooja gewandt fragte sie: »War sie sehr unausstehlich?«

Pooja senkte den Kopf aus Angst, wieder weinen zu müssen, und nickte unmerklich.

Abhaya bedeutete Harun aufzuhören, stand auf und legte ihren Arm um Poojas Schultern. »Ach Pooja, nimm es dir nicht so zu Herzen.« Offensichtlich hatte sie gleich erkannt, dass Pooja den Tränen nahe war. »Naruda ist zu jedem so. Du hättest gleich zu mir kommen sollen, dann hätte ich dir das sagen und dich trösten können.«

»Das hat Tam schon besorgt.«

Mit einem Mal wurde alles still und sieben Augenpaare starrten sie an. »Was habt ihr?«

»Verzeih, wir dachten nur alle, dass du, als Braut, noch jungfräulich wärst und ...«

»Oh nein, das meinte ich nicht! Tam hat mich wirklich nur getröstet«, sagte Pooja, dann runzelte sie die Stirn. »Woher wisst ihr von Tams Diensten für mich? Hat Yash ihm etwa auch befohlen, euch zu ... zu begatten?«

»Das würde der gute Yash doch niemals zulassen«, sagte Ingrid. »Nein, der arme Tam muss nur einer einzigen Frau zu Diensten sein, zumindest war das bisher so.«

»Welcher denn?«

»Naruda.«

Poojas Kopf ruckte zu Abhaya herum, um sie zu fragen, ob das stimmte, aber sie brauchte gar nichts mehr zu sagen. In Abhayas Augen konnte sie die Antwort deutlich sehen. »Aber wieso?«, entfuhr es ihr.

»Das weiß keiner«, erwiderte Meena und zuckte mit den Schultern. »So ist es, seit Naruda hier lebt. Keine von uns konnte bisher herausfinden, warum Yash ihr das zugesteht.«

»Einige Frauen haben eben ihre ganz eigene Art, Männer um den Finger zu wickeln und sich das zu holen, was sie wollen«, warf ihre Schwester Meera ein. »Da fällt mir ein, ich glaube, ich habe eine passende Geschichte dazu.«

Pooja lehnte sich an Abhaya und auch die anderen machten es sich bequem. Meera wartete, bis alle sich zurechtgelegt hatten, und begann dann zu erzählen.

Der Ruf des Muezzins

Achmed liebte den Basar. Auch wenn seine Freunde die Märkte unter offenem Himmel in Isfahan bevorzugten und sich nach ihren anstrengenden Studien dort vergnügten, mochte er den überdachten Markt lieber, in dem sich die Geschäfte und fliegenden Händler drängten. Er genoss den Duft von Pilaw, von gebratenem Hammelfleisch und Linsen. Er konnte stundenlang durch die weit verzweigten Gassen und Gänge schlendern, sich Stoffe und kunstvoll gefertigtes Geschirr aus Messing ansehen. Wann immer sein Weg ihn zu dem Bereich führte, in dem Papier, Tinte und Federkiele verkauft wurden, die ein Student benötigte, dann nahm er den Umweg über den Hauptgang des Basars und nahm sein Mittagessen dort ein, kurz nachdem der Muezzin zum Mittagsgebet gerufen hatte. Mittlerweile kannten ihn viele der Händler beim Namen und grüßten den angehenden Beamten freundlich.

Auch an diesem Tag schlenderte Achmed wieder durch die Gänge des Basars, sah sich um und hielt manchmal einen kleinen Plausch mit den Händlern. Heute war es ungewöhnlich voll, der Schah wollte demnächst eine Feier abhalten, zu Ehren seines Neffen, der heiraten würde, und das lockte nicht nur die Einheimischen auf die Straßen von Isfahan, sondern auch viele Menschen aus weiter entlegenen Städten Persiens, die einem solch großen Fest beiwohnen wollten. Fast schon ärgerte Achmed sich, dass er nicht einen Tag nach dem Fest gewählt hatte, um den Basar zu besuchen, aber andererseits ging ihm das Papier aus und er musste einkaufen gehen. So schob er sich durch das Gedränge der Menschen, die sich in der Mittagshitze in die schattigen Bereiche des Basars verkrochen hatten, um der sengenden Sonne wenigstens für wenige Minuten zu entgehen.

Immer aufmerksam nach Taschendieben Ausschau haltend, folgte Achmed dem Strom der Menge in der Hoffnung, dass sie ihn von alleine zur Gasse der Schreiber und Papierhändler führen würde. Er war gerade in Gedanken an die nächste Vorlesung versunken, als jemand ihn am Rücken berührte. Er zuckte zusammen und blickte über seine Schulter zurück. Eigentlich erwartete er jemanden, der versehentlich gegen ihn gestolpert war, aber er sah nur eine breite Matrone, die verständnislos seinen fragenden Blick erwiderte.

Achmed runzelte die Stirn und ging weiter. Wieder berührte ihn jemand, diesmal am Po und wesentlich deutlicher als zuvor. Er riss den Kopf zur Seite, aber diesmal stand ein junger Mann hinter ihm, der ebenso irritiert wirkte wie die Matrone zuvor. Achmed runzelte die Stirn. Erlaubte sich jemand einen Scherz mit ihm? Er ging weiter und machte einige Schritte, nur um dann blitzschnell herumzuwirbeln. Der junge Mann, der noch immer hinter ihm lief, sah nun nicht mehr nur irritiert, sondern fast schon wütend aus. »Kann ich Euch helfen?«, fragte er scharf. Achmed lag eine spitze Antwort auf der Zunge, aber er schüttelte den Kopf und beschloss, lieber einen anderen Weg durch das Gewirr der Gassen zu nehmen, auch wenn ihn das um das Vergnügen bringen würde, sich weiter umzusehen. Er hielt gerade Ausschau nach einer Möglichkeit abzubiegen, als eine Frau vor ihm stehen blieb. Offensichtlich hatte sie etwas verloren und bückte sich danach; da sie aber so nah vor Achmed stand, rieb ihr Hinterteil sich unbeabsichtigt am Vorderteil seiner Hose.

Achmed lief rot an und wollte zurückweichen, um die Frau

und sich selbst nicht in Verlegenheit zu bringen, aber die Menge hinter ihm drängte unbarmherzig nach vorn und ihn weiter gegen die Frau. Spätestens jetzt hätte er damit gerechnet, dass sie die missliche Lage, in die sie ihn und sich selbst gebracht hatte, bemerken und aufstehen würde, aber sie blieb gebückt. Ja, ihr Hintern rieb sich sogar noch fester gegen ihn!

Achmed spürte, wie das Blut in seine Lenden schoss. Ihr Reiben blieb nicht ohne Auswirkungen, aber in diesem Moment richtete sie sich auf und verschwand in der Menge, ohne auch nur einen Blick zurückzuwerfen. Ahmed richtete seinen Mantel neu, damit niemand auf seine beginnende Erektion aufmerksam wurde, und beeilte sich, den Hauptgang zu verlassen.

Er fand sich in einer Seitengasse wieder, in der offensichtlich Parfüms gemischt und verkauft wurden. In den engen Läden standen riesige Flaschen mit Rosenwasser, Blütenöl und anderen Zutaten für die betörenden Düfte. Man konnte fertig gemischtes Parfüm kaufen und sich in kleine, kunstvoll geblasene Glasphiolen abfüllen lassen, oder man nahm die Einzelzutaten einfach mit nach Hause und mischte alles selbst an. Diese Gasse hatte er bisher nur wenige Male betreten, da er sich nicht viel aus Parfüm machte, und er bereute es jetzt schon, nicht auf einen anderen Weg ausgewichen zu sein. In dieser Gasse drängten sich noch mehr Menschen, denn Isfahan war berühmt für sein Rosenwasser und jeder, der zu Besuch in der Stadt war, wollte etwas davon mitnehmen. Auch die Einheimischen kauften viel davon ein, denn vor den Feierlichkeiten des Schahs wurde in den Häusern gebacken und gekocht, und gerade für süßes Gebäck wurde oftmals Rosenwasser benötigt. Dementsprechend voll war es auch hier und Achmed kam noch langsamer voran als zuvor. Aber zumindest hatte sich, seitdem er die Gasse betreten hatte, noch niemand an ihm gerieben oder ihn angefasst.

Er begann gerade, sich etwas zu entspannen, als eine Hand kurz und flüchtig über seine Lenden strich. Diesmal konnte er auch genau sehen, wer es war – die Frau, die schon vor ihm gestanden und sich gebückt hatte, durchquerte die Gasse und hatte die Gunst der Stunde genutzt, um ihn wieder zu berühren! Er erkannte sie genau an der Farbe ihres Schleiers. Zu verdutzt, um etwas zu sagen, vergaß er auch ganz, sie aufzuhalten, und wie ein Fisch in einem Schwarm war sie schnell wieder verschwunden, untergetaucht in der Menge der Besucher.

War sie auch diejenige gewesen, die ihn zuvor berührt hatte? Aber was wollte sie? Achmed wurde nicht schlau daraus, aber er merkte, dass er seinen Mantel wieder neu richten musste, denn seine Lenden erinnerten sich nur zu genau daran, wie ihr kleiner runder Hintern sich an ihm gerieben hatte. Er räusperte sich und schwor sich, diesmal besser aufzupassen, als er weiterging. Langsam näherte er sich dem Ende der Gasse. Dahinter kam die Gasse der Seidenhändler – vielleicht war es dort etwas leerer. In diesem Moment drängte sich jemand an seine Seite. Achmed reagierte blitzschnell, er packte den Arm der Person und zerrte sie zu sich heran – nur um in das bestürzte Gesicht des jungen Mannes zu sehen, der bereits zuvor hinter ihm gegangen war. »Was erlaubt Ihr Euch?«, fuhr der ihn an. Achmed wurde rot, er ließ den Arm des Mannes rasch los. »Ver... verzeiht«, stammelte er, und diesmal war er derjenige, der versuchte, so schnell wie möglich in der Menge unterzutauchen. In seiner Panik bemerkte er nicht, wie die Frau im Schleier sich ihm wieder näherte, und er sah sie erst, als sie gegen ihn fiel. »Verzeiht mir«, hauchte sie und tat, als wäre sie gestolpert. Aus einem Reflex heraus fing Achmed sie auf, aber als sie durch ihren Sturz und die Menge so aneinandergedrängt wurden, spürte er, wie ihre Hand sich unter seinen Mantel schob, seinen aufgerichteten Schwanz umfasste und zudrückte. »Was tut Ihr da?«, knurrte er heiser und sah sich hastig um, ob jemand es bemerkt hatte, aber die Leute um ihn herum waren so sehr mit ihren Einkäufen beschäftigt, dass keiner von ihnen Notiz nahm.

»Ich spreche eine Einladung aus«, sagte die Frau leise und ihre dunklen Augen über dem Schleier funkelten. Achmed biss die Zähne zusammen, als sie noch einmal über seinen Schwanz streichelte und ihn prüfend drückte. Unter der Berührung zuckte das angeschwollene Fleisch, als wollte es dem Druck ihrer Hand standhalten. »Es liegt an Euch, ob Ihr ihr folgen wollt, oder nicht.«

So schnell, wie sie gekommen war, so schnell war sie wieder verschwunden, und Achmed stand, mit einer immer härter werdenden Erektion geschlagen, mitten im Weg. Hatte er sie richtig verstanden? Konnte er es richtig deuten? Eine Einladung ... was sollte es sonst auch bedeuten? Aber wieso? Wieso er? Was bezweckte eine Frau wie sie damit? Soweit er es hatte erkennen können, war sie eine echte Schönheit, und ihr Körper hatte sich in seinen Armen so schlank und geschmeidig angefühlt wie eine Bogensehne. Eine Frau wie sie konnte es unmöglich nötig haben, sich einem Fremden hinzugeben, noch dazu mitten auf dem Basar. Oder doch?

Die Menschen hinter ihm begannen ihn anzurempeln, weil er ihnen den Weg versperrte, und das war, im wahrsten Sinne des Wortes, der letzte Anstoß, den er gebraucht hatte. Er sah sich noch einmal um und folgte ihr dann in die Gasse.

Sie schien sich genau in dem Gewirr aus winzigen Gassen und Läden auszukennen, besser noch als Achmed selbst. Sie verschwand zwischen einigen Eckständen und Achmed hatte Mühe, ihr zu folgen. In diesen Teil des Basars kamen kaum Leute, und die Gassen waren nicht mehr auf eine einzige Handelsware spezialisiert, sondern boten vielerlei Waren an, in der Hoffnung, irgendeine Art von Geschäft machen zu können. Immer öfter sah man jetzt auch leere Marktstände, und die wenigen Händler, die Achmed auf seiner Jagd nach der unbekannten Schönheit sah, kannte er nicht.

Schließlich fing er seine Beute ein – sie stand vor einem leeren Geschäft, das sich damit in guter Gesellschaft befand: Auch die umliegenden Stände waren leer. Nur aus der Ferne war noch das Gemurmel der Händler zu hören. Die Frau wich spielerisch vor ihm zurück, als würde sie sich fürchten, aber ihre Augen lockten ihn noch immer. Er folgte ihrem gekrümmten Finger, der ihn heranwinkte, und trieb sie bis zur Wand. Sie lachte heiser und kehlig, ein Ton, der sich bis tief in seine Knochen zu graben schien und seine Erregung in unbekannte Höhen schraubte. Er drückte sich so fest an sie, dass sie zwischen der Wand und ihm eingeklemmt war, und schob seine Hände zwischen ihren Po und dem Hindernis in ihrem Rücken. Mit einem zufriedenen Keuchen vergrub er seine Finger in dem weichen Fleisch, das sie so aufreizend an ihm gerieben hatte. Sie sah ihm tief in die Augen, und er wollte ihr den Schleier abnehmen, um ihr Gesicht erkennen zu können, aber sie wandte den Kopf ab. »Alles kannst du haben«, flüsterte sie, »aber nicht das.«

Wäre er noch bei Verstand gewesen, hätte er möglicherweise sogar protestiert, aber diese Wildkatze, die ihn mit nur wenigen Griffen so sehr erregt hatte, machte irgendetwas mit seinem Verstand, das er sich nicht erklären konnte. »Warum ich?«, fragte er und versuchte leise zu sein, da sich immer noch Menschen in Hörweite befanden. »Warum hier?«

»Ich wünsche mir schon lange, es hier im Basar zu tun«, erwiderte sie und legte die Arme um seinen Nacken. Ihr Becken rieb sich, wie zuvor schon ihr Hintern, an seinem mittlerweile steif aufragenden Schwanz, und am liebsten hätte

Achmed ihr direkt den Rock heruntergerissen und sich tief in sie hineingestoßen. Stattdessen knurrte er frustriert, packte noch fester in das Fleisch ihres Pos und hob sie hoch. Sie verstand ihn ohne Worte und schlang ihre Beine um seine Hüften, bis sie nichts weiter trennte als zwei Lagen dünner Stoff. »Mein Mann verabscheut den Basar«, fuhr sie fort und flocht ihre Finger in sein Haar, sodass sein Turban herunterfiel.

»Dein Mann?«, murmelte er atemlos und koste ihren Nacken mit seinem Mund. Seine Zähne ritzten die weiche Haut an und sie sog scharf die Luft ein, aber so, wie sie sich ihm entgegendrängte, spürte er, dass ihr diese Art der Behandlung gefiel.

»Ja«, erwiderte sie nur knapp. »Heute aber sah ich dich, und ich wusste, dass du der richtige Mann bist, um mir meinen Traum zu erfüllen ...« Die letzten Worte gingen in ein leises Stöhnen über, das abrupt abbrach, als sie die Lippen zusammenpresste. »Ich will dich spüren«, keuchte sie atemlos an seinem Ohr. »Jetzt und hier. Hier, mitten im Basar. Gib mir, was ich brauche.«

Der letzte, hauchdünne Rest von Achmeds Selbstbeherrschung zerbrach. Er presste sie noch fester an die Wand, um ungehindert seine Hose öffnen und ihren Rock beiseitezerren zu können. Sein Mund legte sich auf ihren, seine Zunge strich über den Schleier, der sie voneinander trennte, aber auf eine seltsame Weise erregte es ihn, dass er ihr Gesicht nicht sehen konnte. Sie war eine geheimnisvolle Frau, die gekommen war, um ihm dieses Geschenk zu machen, und er war sich sicher, dass er es bis zum letzten Moment auskosten wollte.

Sie war ebenso ungeduldig wie er. Während er sich noch an seiner Hose zu schaffen machte, öffnete sie ihre Bluse und zog sie so weit herunter, wie es ihr möglich war. Ihre Brüste, groß und schwer wie Melonen, viel zu schwer für diesen zarten

Körper, flossen ihm entgegen und hungrig nahm er einen der steif gewordenen Nippel in den Mund. Er wollte sie ein wenig quälen, den Moment des Eindringens hinauszögern und sie dazu bringen, irgendeinen Laut ihrer Erregung von sich zu geben. Aber so viel er auch an ihren Nippeln knabberte und saugte, so sehr sie sich auch wand und versuchte, nach seinem Schwanz zu tasten, sie blieb stumm. Nur in ihrem Gesicht sah er, wie viel es sie kostete, nicht zu schreien.

Achmeds Ehrgeiz war geweckt. Er hielt sie noch immer fest, genoss das Gefühl des weichen Fleisches ihrer Brüste auf seinen Lippen, den leicht salzigen Geschmack ihrer Haut. Mit der Hand lenkte er seinen steif aufragenden, tropfenden Schwanz hin zu ihrem Schoß, aber anstatt tief in sie zu stoßen, wie ihre Augen es erflehten, glitt er mit der Eichel zwischen den weichen, nassen Lippen entlang, immer wieder, bis er selbst ganz glitschig von ihrem Saft war. Sie zuckte mit den Hüften, ihre Finger verkrallten sich in sein Haar, um ihn anzutreiben, aber er ignorierte sie und fuhr einfach fort, mit ihr zu spielen. Langsam schob er sich in sie, gerade so weit, dass sie sich etwas entspannte, nur um sich dann wieder zurückzuziehen. Sie schnaufte empört.

»Ich will, dass du schreist«, raunte er an ihrem Ohr. Sie hielt die Augen fest zusammengekniffen und schüttelte den Kopf.

»Schrei für mich.«

Wieder ein Kopfschütteln. Achmed schnaufte, aber er hatte seine eigene Geduld überschätzt. Frustriert stieß er in sie und schlug dabei gleich einen so harten Rhythmus an, dass ihre Brüste vor seinen Augen hüpften und tanzten. Er nahm wieder eine in den Mund, gab sich ganz seiner eigenen Lust hin und spürte wie in Trance ihre Nägel, die über seinen Rücken kratzten.

Das Spiel hatte ihn viel seiner Beherrschung gekostet. Er saugte immer wilder an ihren Brüsten, knabberte und leckte daran, aber er hatte sie unterschätzt – auch ihre Lust war unbändig angeschwollen, ihre Spalte pulsierte bereits regelrecht unter seinen Stößen, und er ahnte, dass es nicht mehr lange dauern würde. Jetzt ließ auch er sich ganz gehen, zog seinen Schwanz bei jedem Stoß kaum noch ganz aus ihr heraus, zu gut fühlte es sich an, zu heiß, zu köstlich. Seine Finger kratzten Striemen in ihre Haut, aber es war egal, für sie beide zählte nur noch eines, die Klimax, der Höhepunkt, den sie hier erleben würden, mitten auf dem Basar. Dann spürte Achmed, wie seine Hoden sich zusammenzogen, sein Samen spritzte tief in sie und in diesem Moment erhielt er das Geschenk, um das er so ausgiebig gefleht hatte: Sie schrie. In dem Augenblick, als ihre Ekstase sie überwältigte, legte sie den Kopf in den Nacken und stieß einen lauten Schrei aus. Gleichzeitig setzte der Ruf des Muezzins ein und beide Geräusche vermischten sich in dem dunklen Gang des Basars und hallten dort noch lange wider.

Achmed hockte noch erschöpft in dem verlassenen Stand, als seine Geliebte schon längst verschwunden war. Nachdem sie gekommen war, hatte sie hastig ihren Schleier und den Rock zurechtgezogen und war, ohne einen Gruß, verschwunden. Er brauchte länger, um sich zu erholen, und er fürchtete auch, dass ihn einige der Händler möglicherweise gehört hatten und sich jetzt über ihn lustig machen würden. Aber er hatte Glück – die meisten hatten sich zum Mittagsgebet zurückgezogen und Achmed traf auf kaum eine Menschenseele, bis er die großen Gänge des Basars wieder erreicht hatte. Ein wenig fühlte er sich schuldig, weil er das Gebet verpasst hatte, aber er hoffte, dass Gott in einem solchen Fall nachsichtig wäre.

Rasch ging er in Richtung Ausgang und stutzte, als er in

der Ferne einen ihm wohlbekannten Schleier erkannte. Tatsächlich. Es war die geheimnisvolle Geliebte, die gemächlich am Arm eines Mannes dahinschlenderte, den Achmed ebenfalls kannte. Es war der junge Mann, mit dem er zuvor schon zweimal aneinandergeraten war.

Achmed konnte nicht anders, als leise zu lachen. Er drehte sich um und verließ den Basar auf anderem Wege, wohl wissend, dass dieser Ort heute noch mehr an Zauber für ihn gewonnen hatte.

Pooja spürte einen sachten Schauer, als Meera endete und Abhayas Haut fühlte sich an, als würde sie glühen. Ingrids Geschichte hatte sie gestern schon angeregt, aber Meera verstand es, mit ihren Worten regelrechte Bilder zu schaffen. Pooja hatte Achmed und seine verschleierte Geliebte nicht nur vor sich sehen können, sie hatte sogar ihre Gefühle geteilt! Sie hatte die Gewürze des Basars riechen können, spürte die Hitze der Luft auf ihrer Haut. Die Erregung, die beide erfasst und so zügellos gemacht hatte, dass sie – trotz oder gerade wegen der Gefahr, entdeckt zu werden – übereinander hergefallen waren.

Sita hatte recht, Pooja hatte noch nie bei einem Mann gelegen, obwohl sie wusste, wie es zwischen einem Mann und einer Frau zuging. Aber bisher hatte sie ihre Erfahrungen nur durch Zusehen erlangt. Ingrids und auch Meeras Geschichten zeigten ihr, wie Frauen und Männer sich bei solchen Begegnungen fühlten und warum sie immer wieder und wieder dafür zusammenkamen.

Den anderen schien es genauso zu gehen. Xiao schmiegte ihre Wange wie eine Katze an Sitas Oberschenkel und deren Finger strichen nicht mehr nur durch das schwarze Haar, sondern glitten über die schmale Silhouette der Han und streiften immer wieder über die winzigen Erhebungen ihrer Brüste.

»Das war eine wundervolle Geschichte«, schnurrte Meena. »Aber dazu habe ich auch noch eine. Wollt ihr sie hören?«

Pooja lächelte – es erschien ihr richtig, dass die Zwillinge zwei Geschichten erzählten und nicht nur eine. Sie nickte, und auch die anderen sahen Meena erwartungsvoll an. Meena setzte sich aufrecht hin und ihre Schwester lehnte sich an ihre Schulter. Meena legte eine Hand auf deren Oberschenkel und begann zu erzählen.

Die Statue

Die Luft war erfüllt von Steinstaub. Er schwebte haarfein, fast wie Nebel, und färbte die Strahlen der untergehenden Sonne milchig. Mahud ließ Hammer und Meißel sinken und blinzelte in den Sonnenuntergang, der durch das offene Fenster seines Hauses flutete und das Innere mit goldenem Schein auskleidete.

Mahud blinzelte angesichts der Schönheit, die so unerwartet seinen Arbeitstag beendete. Bald würde es dunkel werden, dann war es Zeit, seine Arbeit mit einem Tuch zu bedecken und schlafen zu gehen, um die Ruhe zu finden, die er sich verdient hatte. Aber diese letzten Strahlen der Sonne übten einen ganz eigenen Zauber aus, der den Moment zu einer Ewigkeit ausdehnte.

Die Werkzeuge in seiner Hand fühlten sich mit einem Mal viel zu schwer an. Mahud ließ sie fallen und bemerkte das Klirren gar nicht, als sie auf dem Boden aufschlugen. Seine Augen folgten den dünnen Fäden aus Licht, die immer näher krochen, über die Steinblöcke, die in seiner Hütte standen und darauf warteten, von seinem Hammer und seinem Meißel in kunstvolle Statuen verwandelt zu werden, für die Mahud im ganzen Land berühmt war.

Die Sonnenstrahlen erreichten endlich den Sockel der Figur, an der er die letzten Wochen gearbeitet hatte. Die untere Hälfte bestand noch aus grobem, unbehauenem Stein, an dem die Spuren des Steinbruchs noch deutlich zu sehen waren. Aber die obere Hälfte bewies, dass diese Statue Mahuds Meisterwerk werden würde. Sie zeigte den Oberkörper einer Frau, einer Tänzerin, in der Bewegung erstarrt, für alle Ewigkeit festgehalten. Das Sonnenlicht tauchte sie jetzt vollständig in goldenes Licht, und Mahud glaubte, die Figur zum ersten Mal wirklich zu sehen. Wie flüssiges Gold perlte das Licht über ihre Lippen, über ihre angehobenen Arme, die einen runden, nahezu perfekten Bogen formten, und sie lächelte, lockend und schüchtern zugleich, während ihr ganzer Körper sich zu drehen schien.

Unter der Choli zeichneten sich ihre Brüste und sogar die Brustwarzen ab. Mahud musste unwillkürlich lächeln, als er an ihr Lächeln dachte – so schüchtern, und doch offenbarte sie ihre Reize, als wüsste sie ganz genau, was sie damit in einem Mann auszulösen vermochte. Er spürte, wie sein Lingam unter dem Lendenschurz hart wurde und sich gegen den Stoff drückte.

Sie war eine Frau, eine verführerische, verlockende Frau, und sie hatte ihn auserkoren. Ihr Tanz galt ihm – nur ihm. Sein Lächeln wurde breiter, und er streckte die Hand aus. Seine Handfläche legte sich auf die verlockende Rundung ihrer Brust, spürte den harten Nippel, der sich darunter abzeichnete, sich drängend in seine Haut presste ... doch dann ging die Sonne vollständig unter und der Zauber war gebrochen. Es wurde dunkel in der Hütte, und Mahud stand vor einem Stück Gestein, die Hand auf eine künstliche Brust gelegt und mit einer steinharten Erektion unter dem Lendenschurz.

Er kam sich wie ein Narr vor und zog rasch die Hand zurück. Zum Glück hatte niemand gesehen, wie er sich wie ein halbstarker Junge aufführte, der so eifrig darauf aus war, seinen Samen zu verspritzen, dass er nicht einmal vor einem Stück Stein Halt machte.

Über sich selbst den Kopf schüttelnd sammelte er seine Werkzeuge auf und legte sich auf der anderen Seite der Hütte auf sein schmales Lager. Doch bevor er die Augen schloss, wanderten seine Gedanken zurück zu der Frau aus Stein, die noch immer geheimnisvoll lächelnd am Fenster stand.

Am nächsten Tag machte er sich schneller als sonst an die Arbeit. Sein Frühstück aus Linsen und Reis schlang er hastig hinunter und konnte es kaum erwarten, Hammer und Meißel wieder aufzunehmen. Auch wenn er seine Reaktion vom Vorabend für übertrieben hielt, konnte er seine Augen kaum von dem lächelnden Mund der Statue abwenden, während er Splitter um Splitter von dem groben Fels abtrug und damit mehr und mehr von dem steinernen Körper herausarbeitete. Ursprünglich hatte Mahud vorgehabt, die Figur unterhalb des Bauchnabels mit einem züchtigen Rock auszustatten, aber mit einem Mal erschien ihm dieser Gedanke nicht mehr passend. Rasch änderte er die Vorlagen und Skizzen, die er zuvor angefertigt hatte, und machte sich wieder an die Arbeit. Sie ging ihm leichter von der Hand als die Tage zuvor, aber dennoch war er noch lange nicht fertig, als es endlich dunkel wurde.

Als er merkte, dass die Sonne unterging, hielt er inne. Er hatte den ganzen Tag über nichts gegessen oder getrunken, war viel zu vertieft in seine Arbeit gewesen. Aber die Erschöpfung bemerkte er nicht – wie besessen starrte er zum Fenster, wartete auf die Welle aus Licht, die selbst Stein Leben einzuhauchen vermochte, aber zu seiner Enttäuschung blieb sie aus. Die Sonne ging ohne einen letzten Zauber unter, und der Stein blieb nichts weiter als ein Stein. Verärgert warf Mahud sein Werkzeug in die Ecke und verließ die Hütte.

In den kommenden Wochen änderte sich an seinem Verhalten nichts – er aß und trank kaum, arbeitete wie besessen, um die Statue vollständig aus ihrem steinernen Mantel herauszuschälen, und immer, pünktlich zum Sonnenuntergang, hielt er inne und wartete auf die Magie der letzten Strahlen des Tages. Immer wartete er vergeblich.

Mehrere Käufer, die Mahuds Statuen sonst kauften, wenn sie sie nicht ohnehin selbst in Auftrag gaben, hatten ihn besucht und hatten ihm Unsummen für die noch unfertige Statue geboten. Aber er hatte immer abgelehnt, mit der Begründung, dass er sie erst zum Verkauf anbieten würde, wenn sie ganz fertig war. Seine Käufer waren solch exzentrisches Verhalten von ihm gewohnt – immerhin musste er sich um Geld keine Sorgen mehr machen, lebte aber trotz seines Reichtums in einer einfachen Hütte, in der er gleichzeitig auch noch arbeitete. Also ließen sie ihm die Zeit und fragten auch nicht mehr, wem er die Statue zu welchem Preis verkaufen würde.

Schließlich war es so weit – den ganzen Tag über hatte Mahud der Frauenfigur den letzten Schliff gegeben. Die Tänzerin war fertig. Er atmete tief ein und legte sorgsam das Poliertuch beiseite. Die Figur schimmerte leicht, da er den Stein mehrere Stunden lang mit Öl eingerieben hatte, um die Oberfläche zu glätten. Jetzt wirkte es fast so, als ob die Haut der tanzenden Frau vor Schweiß glänzte. Sie hielt die Arme noch immer in einem lockenden Bogen über den Kopf gewölbt, den Kopf leicht zur Seite geneigt, aber jetzt konnte man auch ihre Beine erkennen, die den Tanzschritten folgten. Sie waren in einer kompliziert wirkenden, aber anmutigen Bewegung verschränkt. Anstelle eines Rocks hatte Mahud ihr nur einige Bauch- und Hüftketten als Schmuck gegeben, die mitten in der Bewegung, im Zucken ihrer Hüfte und Kreisen ihres Bauches erstarrt waren. Sie lenkten den Blick automatisch tiefer, unterhalb ihres Bauchnabels. Mit einem feinen, dünnen Meißel hatte Mahud jedes einzelne Haar auf ihrem Lusthügel herausgearbeitet. Selbst der Ansatz der fleischigen, weiblichen Lippen war zwischen den Schenkeln zu erkennen.

Die letzten Tage ohne Pausen und fast ohne Nahrung forderten jetzt ihren Tribut; Mahud fühlte sich müde und erschöpft. Dennoch verspürte er die gleiche Faszination, die ihn schon bei dem ersten Sonnenuntergang überwältigt hatte, und er wollte sie nicht ignorieren. Er hätte es nicht gekonnt, selbst wenn er gewollt hätte. Morgen müsste er die Statue endgültig verkaufen, sonst würde er sein Gesicht als Künstler verlieren. Ein Teil von ihm wollte auch diesen Quell des Wahns loswerden, damit er sich wieder auf andere Dinge konzentrieren konnte. Aber der größere Teil von ihm, der, der dafür sorgte, dass ihm abermals das Blut in die Lenden schoss, konnte nur an diese Frau denken, die seinem Hirn entstiegen war und steinernes Fleisch als Hülle erwählt hatte.

Mahud leckte sich über die trockenen Lippen und trat nah an die Figur heran. Sie tat, als bemerke sie ihn gar nicht, war vertieft, erstarrt in ihrem Tanz, die Augen dabei auf einen unbestimmten Punkt neben ihn gerichtet.

Er war so nah, dass er die Kühle des Steins spürte, die sie ausstrahlte. Wie von unsichtbaren Fäden gezogen, streckte er die schwielige Hand aus und legte seine Handfläche auf den steinernen Venushügel. Die marmornen Härchen bildeten eine reliefartige Struktur unter seiner tastenden Hand, fast so weich wie ihr echtes Vorbild. Er erschauerte und spürte, wie seine Lenden sich schmerzhaft zusammenzogen, als plötzliches Verlangen mit ihm bisher unbekannter Macht über ihn hereinbrach. Seine Hand streichelte fester, begieriger über die marmornen Haare, und fast glaubte er, Nässe dazwischen hervorperlen zu sehen. Seine Erektion war mittlerweile fast ebenso hart wie der Marmor, und er senkte den Kopf, um eine der künstlichen Brustwarzen zwischen die Lippen zu nehmen. Er saugte und lutschte an ihnen, als würden sie einer echten Frau gehören, und seine Hand streichelte immer hitziger über ihren Lusthügel.

Schließlich hielt er es nicht mehr aus – er riss seinen Lendenschurz beiseite und hörte nicht auf, sie zu lecken und zu streicheln, während seine Hand seinen steif aufragenden Lingam umfasste und ihn im gleichen Takt rieb, wie seine Hand ihre Scham und über ihr Haar streichelte.

Es dauerte nicht lange, bis seine Lust überkochte und er sich mit rauem Keuchen auf ihrem steinernen Bauch ergoss. Zitternd und nach Luft ringend wegen der Heftigkeit seines Orgasmus lehnte er noch lange Zeit an der steinernen Statue, deren Lächeln sich nicht verändert hatte. In diesem Augenblick ging die Sonne unter und Gold durchflutete die Hütte.

Als Mahud sich in dieser Nacht in sein Bett legte, verspürte er eine Mischung aus Scham, Wehmut und Befriedigung. Scham, weil er sich derart hatte gehen lassen; Wehmut, weil es ein Abschied war, den er hinter sich gebracht hatte; und Befriedigung, weil ihm die einfache Berührung von nacktem Stein einen Orgasmus geschenkt hatte, der in seiner Heftigkeit alles übertraf, was er jemals zuvor verspürt hatte. Dennoch schlief er ein, sobald er den Kopf auf das Kissen gebettet hatte.

Mitten in der Nacht schreckte er auf. Er glaubte ein Geräusch gehört zu haben, aber alles, was seine angestrengt lauschenden Ohren vernahmen, waren die Rufe einiger Zikaden, die sich vor seinem Fenster versammelt hatten, um zu singen. Er seufzte leise und legte sich wieder hin. Erst dann bemerkte er die Veränderung im Raum – etwas war anders, aber auf den ersten Blick konnte er nicht sehen, was es war. Er schreckte auf, als er es entdeckte: Dort, wo die Steinstatue stehen sollte, war nichts. Kein Marmor reflektierte das spärliche Mondlicht, das durch das Fenster drang. Mit einem Mal war Mahud hellwach und saß aufrecht auf seiner Pritsche. Wo war sie? Hatten Diebe sie entführt? Aber der Marmor war schwer und konnte nicht bewegt werden, ohne dass Mahud es bemerkt hätte. Er fluchte leise und wollte gerade aufstehen und suchen, als etwas ihn am Fuß berührte. Er zuckte zusammen und versuchte angestrengt, etwas zu erkennen, aber auf dieser Seite der Hütte gab es keine Fenster und die wenigen Mondstrahlen reichten nicht bis hierhin. Alles, was Mahud erkennen konnte, war tiefe Dunkelheit. Er hielt den Atem an. Was war das gewesen? Etwa eine Schlange? Er lauschte wieder, versuchte sich zu konzentrieren und hätte dann beinah aufgeschrien. Ganz schwach, so schwach, dass er glaubte, seine Augen spielten ihm einen Streich, erkannte er die Andeutung eines weiblichen Gesichts. Es lächelte und verschwand. Mahud keuchte, und in diesem Augenblick wurde die Decke, die über seinen Beinen gelegen hatte, weggezogen und weiches Haar – weiches, echtes Haar!, – streifte seine Schenkel. Wer oder was war das? »Wer bist du?«, flüsterte er in die Dunkelheit hinein, aber zur Antwort spürte er nur die Berührung einer weichen Hand, die sich auf die Vorderseite seines Lendenschurzes legte und sanft zudrückte. Fast schon gegen seinen Willen erwiderte sein Glied den Druck durch ein aufgeregtes Zucken.

Vom Fußende der Pritsche ertönte ein leiser, amüsierter Laut. Mahud wagte noch immer nicht, sich zu bewegen, aber er ließ den angehaltenen Atem entweichen und atmete tief aus. Die Hand ging dazu über, seinen Lingam durch den Stoff hindurch zu greifen und sanft zu reiben. Es handelte sich offensichtlich wirklich um eine Frau, denn die Finger waren schmal und filigran. Er träumte nicht, er konnte jede einzelne Bewegung spüren, jeden Strich ihrer Hand, und sein ausgehungerter Körper, dem der eine Höhepunkt noch lange nicht reichte, begann, auf die Liebkosungen zu reagieren. Mahuds Verstand jedoch beschäftigte sich mit anderen Dingen. Ihm kam ein Gedanke, der so wahnsinnig, so unvorstellbar war, das er sich kaum traute, ihn in Worte zu kleiden. Aber er musste. »Bist du es? Bist du meine Geliebte aus Marmor?«

Wieder erhielt er keine Worte zur Antwort, aber dennoch sprach ihr Mund zu ihm, denn Mahuds Lendenschurz wurde zur Seite geschlagen und weiche, heiße Lippen nahmen seine Eichel und saugten an dem bereits sanft pulsierenden Fleisch. Nun übernahm sein Körper das Kommando und sein Verstand schaltete sich aus – sollte es wirklich so sein, sollte es die Frau aus Marmor sein, die vom Sonnenuntergang zum Leben erweckt worden war, dann war er zufrieden damit. Er konnte und wollte nicht weiter über dieses Wunder nachdenken, sondern nur die Lust genießen, die ihr Saugen an seinem Lingam in ihm auslöste. Und sie war geschickt. Langsam nahm sie immer mehr von seiner Erektion in ihren Mund auf, und was nicht mehr in ihre Mundhöhle passte, das rieb sie mit massierenden Fingern, bis er keuchende Laute von sich gab, sich wand und stöhnte. Solch eine geschickte Zunge hatte er noch nie erlebt, aber er wollte mehr davon, wollte sie packen und stoßen, wollte –

Sie entzog ihm ihre Lippen, und kurz darauf spürte er, wie etwas Weicheres, noch Heißeres sich um seinen Penis schmiegte. Mahud atmete scharf ein. Langsam gewöhnten seine Augen sich an das Halbdunkel, und er konnte den nackten Frauenkörper auf sich ausmachen. Seine Hände fanden nun zielsicher die winzigen, frech aufragenden Brüste. Er zwirbelte die Brustwarzen zwischen seinen harten schwieligen Fingerkuppen und merkte befriedigt, wie sie sich zusammenzogen und die Frau – seine Göttin aus Marmor, die zu Fleisch geworden war – leise wimmerte. Ihre Hüften bewegten sich wilder auf seinem Schoß, die winzigen Glöckchen an den Ketten um ihre Hüften klimperten leise, sangen im Rhythmus ihrer Lust. Mahud wusste, dass allein die Tatsache, dass er mit seiner steinernen Schöpfung schlief, ihn so unerbittlich und schnell an den Rand seines Höhepunktes bringen würde, dass er nicht lange durchhalten konnte. Keuchend sagte er ihr das, aber seine Geliebte schien es herauszufordern. Sie ließ das Becken kreisen, hob den Po und ließ ihn dann immer wieder so hart auf ihn sinken, dass er glaubte, explodieren zu müssen. Wenn sie sich wieder erhob, umklammerten ihre Muskeln ihn so fest, dass er meinte, ohnmächtig zu werden. Es brauchte nicht mehr als einige wenige solcher Stöße, und seine Finger gruben sich tief in die weiche Haut ihrer Hüften, er versteifte sich, jeder Muskel seines Körper angespannt, und sein Samen schoss aus seiner Eichel tief in ihren Schoß.

Seine Göttin wiederholte das noch einige Male, und jedes Mal zuckten Blitze durch seine Lenden, bis sie endlich von ihm abließ und er erschöpft und geschlagen zusammenbrach.

Panjali sah nach, ob der Steinmetz wirklich schlief. Dann stand sie auf, wobei sie sich so geschickt bewegte, dass ihre Ketten nicht mehr klimperten, und durchquerte die Hütte, um ihren schwarzen Mantel von der Statue zu nehmen. Offensichtlich hatte der Steinmetz wirklich gedacht, sie wäre die lebendig gewordene Statue – wie es schien, waren seine Fähigkeiten als Steinmetz um einiges besser als die als Gelehrter. Sie streifte den Mantel über und verließ die Hütte. Ihr Vater hatte recht gehabt, als er sie zur Hütte geschickt hatte, um sich die Statue anzusehen, die er für sie kaufen wollte. Sie ähnelte ihr wirklich und war wunderbar gearbeitet. Dass ihr Schöpfer ebenso wunderbar gearbeitet war, hatte ihr Vater ihr allerdings verschwiegen. Hätte sie nicht zufällig mitangesehen, wie der Steinmetz sich beim Anblick seiner Statue selbst Erleichterung verschafft hatte, wäre ihr sicherlich niemals die List eingefallen, wie sie ihr Vergnügen mit ihm und obendrein die Statue haben konnte. So aber ging sie zufrieden nach Hause. Morgen würde sie ihren Vater mit einem Beutel Gold und dem Auftrag, ihr diese Statue zu kaufen, zur Hütte schicken. Sie lächelte leise, den Kopf zur Seite geneigt, und die Glöckchen an ihren Ketten klimperten fröhlich vor sich hin.

Die beiden Geschichten hatten bis tief in die Nacht gedauert, und als Pooja ins Bett wankte, zeigte sich bereits das erste Leuchten der Morgenröte. An diesem Morgen war es ihr egal, ob Tam die Tür wieder eintreten würde oder nicht, sie wollte nur noch schlafen. In ihrem Bett fiel sie in Schlaf, sobald ihr Kopf das Kissen berührte, und sie träumte von Basaren, von Tänzerinnen, von verschwitzten Leibern und keuchenden Lustschreien.

Sie erwachte, als jemand ihre Wange berührte. Pooja drehte sich zur Seite, näher zu der Hand hin. Sie glaubte, dass es Tam war, der versuchte, sie auf diese Weise zu wecken, aber als sie die Augen aufschlug, sah sie Yash auf dem Rand ihres Bettes sitzen. Er war in blütenweiße Seide gekleidet und ein roter Turban bedeckte sein Haar. Nach allem, was sie inzwischen herausgefunden hatte, hatte Pooja sich ihre erste Begegnung anders vorgestellt. Es wäre Pooja sogar recht gewesen, wenn sie ihren Mann erst in ferner Zukunft getroffen hätte. Sie war davon ausgegangen, dass er distanziert zu ihr sein würde, abweisend und kühl. Aber der Mann an ihrem Lager sah sie freundlich und mit einer solchen Zuneigung an, dass Poojas Ärger und Enttäuschung alleine dadurch schon fast wegschmolzen.

Sie drückte die Decke gegen ihren blanken Busen und setzte sich auf. »Herr«, sagte sie überrascht.

»Herr?«, wiederholte er schmunzelnd. »Ich bin dein Ehemann. Du kennst meinen Namen.«

Pooja lächelte. Natürlich kannte sie seinen Namen. »Yash«, sagte sie, als müsste sie sich an den Klang erst wieder gewöhnen.

Er schien damit zufrieden zu sein. »Verzeih, dass ich bisher noch keine Zeit gefunden habe, um dich gebührend willkommen zu heißen, aber ...«

»Ich habe dich gesehen«, platzte Pooja heraus. Yash sah sie fragend an. »Ich habe dich gesehen. Im Garten. Mit Naruda.«

Yash runzelte die Stirn. »Wann?«

»Vorgestern.«

Er seufzte. »Meine liebe Gemahlin, es tut mir leid, dass du das gesehen hast. Ich wollte dir das gerne ersparen – weißt du, wenn Männer lange allein sind, dann stauen sich in ihnen Bedürfnisse an, die sie dann möglichst schnell befriedigen müssen. Dafür sind Konkubinen da. Ich bin noch nicht daran gewöhnt, so eine bezaubernde und schöne Frau zu haben. Nach der Jagd direkt in den Harem zu gehen, na ja«, er zuckte leicht mit den Schultern. »Es war ein Reflex. Vergibst du mir?«

Pooja legte den Kopf schief und sah ihn an. Den Sinn seiner Worte verstand sie nicht ganz, und es waren noch immer Fragen offen, doch sie wollte keinen Streit beginnen. Immerhin hatte Yash sich bei ihr entschuldigt, und sie wollte diesen versöhnlichen Neubeginn zwischen ihnen nicht gleich wieder trüben. »Ich vergebe dir«, sagte sie.

Yash strahlte und zog sie in seine Arme. Er roch aufregend nach Bittermandel und Moschus. Pooja schloss die Augen und lehnte sich an seine Brust. »Leider habe ich schlechte Neuigkeiten«, unterbrach er die Umarmung und Pooja löste sich etwas, um ihm in die Augen sehen zu können. »Ich muss heute für ein paar Tage fort. Eigentlich hatte ich gehofft, dass wir endlich dazu kommen, unser Ehegelübde zu vollziehen, aber ... ich muss gehen. Es geht um wichtige Handelsbeziehungen mit dem Nachbarreich, und das gestattet keinen Aufschub. Das ist alles sehr kompliziert und wahrscheinlich ohnehin zu schwierig für dein hübsches Köpfchen, also mach dir darum keine Gedanken.«

»Aber was ist mit unserer Hochzeitsnacht?«, fragte sie fassungslos.

»Die werden wir nachholen und ich werde mir viel Zeit dafür nehmen.« Yash umfasste ihr Gesicht mit seinen Händen und sah ihr tief in die Augen. »Ich schwöre dir, dass wir es beide genießen werden. Kannst du noch einige Tage auf mich warten?«

Pooja war wie benebelt von seinem Duft und der Zärtlichkeit seiner Hände. Allein die Vorstellung, dass dieser Mann ihren Körper berühren würde, was für Vergnügungen er ihr versprach, all das versetzte ihr Blut in Wallung. »Aber nicht mehr viele Tage«, erwiderte sie.

Yash nickte zufrieden und seine Lippen streiften flüchtig Poojas Mund. Diese kurze Berührung reichte aus, um tausende Schauer durch ihren Körper rasen zu lassen. »Komm bald zu mir zurück«, flüsterte sie an seinen Lippen. Yash nickte und ließ sie dann allein.

An diesem Nachmittag beschloss Pooja, das Gemeinschaftsbad des Harems aufzusuchen. Tam ließ sie in ihren Gemächern zurück, denn sie wollte mit den Frauen alleine sein. Den Weg dorthin fand sie leicht – es war die blau bemalte Tür gegenüber der Treppe, die zum Garten hinabführte. Als Pooja sie öffnete, quoll ihr warmer Dampf entgegen. Sie trat in den Vorraum, in dem es mehrere Regale mit Tüchern gab, in die man sich wickeln oder mit denen man sich abtrocknen konnte. Mehrere Schemel standen an der Wand und auf zweien davon sah sie bereits Kleiderhaufen liegen. Ohne jede Scheu entkleidete sich Pooja und nahm sich eines der flauschigen Tücher aus Baumwolle, ehe sie den Vorhang beiseiteschob, der den Vorraum vom Baderaum trennte. Der Raum dahinter ähnelte dem in Poojas Gemächern. Auch hier gab es eine große rechteckige Wanne in der Mitte und mehrere Schalen und Karaffen, in denen sich Öle und Lotionen befanden. Außerdem gab es noch einige kleinere Becken, in denen das Wasser klar wie ein Spiegel war und im Gegensatz zum Wasser im großen Becken nicht dampfte.

In dem großen Becken befanden sich bereits zwei Personen, die sich leise miteinander unterhielten und sich dabei gegenseitig den Rücken wuschen. »Darf ich dazukommen?«, fragte Pooja. Sita sah kaum auf, weil Xiao ihre Sache offensichtlich so gut machte, dass die älteste Konkubine wie in Trance wirkte. »Setz dich dazu«, lud Xiao sie ein. Zum ersten Mal fiel Pooja auf, dass sie mit einem Akzent sprach. Er war nicht besonders auffällig, aber er war da.

Sie kam der Einladung nach und stieg über die Stufen in das Becken. Das Wasser war wärmer als in ihrem Bad, fast schon unangenehm heiß. Bereits nach wenigen Sekunden darin brach Pooja der Schweiß aus. Sita, die ein Auge geöffnet hatte und Pooja ansah, sagte: »Das liegt an Xiao«, ganz so, als hätte sie ihre Gedanken gelesen. »Sie sagt, es ist am gesündesten, heiß zu baden, und ich widerspreche ihr nicht.«

Xiao schnaubte amüsiert, und Pooja sah von der einen zur anderen. »Wieso nicht?«

Diesmal schielte Sita zu der Frau hinter sich, die kurz innehielt und dann mit den Fingernägeln über Sitas Rücken kratzte. Sita sog zischend die Luft ein. »Deswegen.«

Pooja musste schmunzeln, und eine Weile genoss sie einfach das heiße Wasser, die Gegenwart der beiden Frauen und die Aussicht, dass ihr Leben doch noch eine positive Wendung zu nehmen schien. Dabei sah sie Xiao zu, wie sie Sitas Rücken wusch und massierte.

»Wie seid ihr so enge Freundinnen geworden?«, fragte sie schließlich.

Sita schlug die Augen auf. »Freundinnen sind wir eigentlich nicht.«

»Nicht? Aber ihr seht so vertraut aus. Was seid ihr dann?«

Xiao hielt inne. »Willst du das wirklich wissen?«, fragte sie und Pooja nickte.

»Also gut«, sagte Xiao. Und dann begann sie zu erzählen.

Ich bin an deiner Seite

Xiao wusste nicht, was genau sie erwartet hatte. Natürlich wusste sie, dass die Männer in Indien anders aussahen als die Männer aus Han, die sie bisher gesehen hatte. Dennoch war sie überrascht, als Yash ihre Gemächer betrat und nackt vor ihr stand. Sein Gesicht war so eigenartig mit den runden Augen und der scharfkantigen Nase, die aussah, als könnte sie einem Falken gehören. Was die Größe seines Gemächts anging, schien es aber keine großen Unterschiede zu geben. Xiao kannte diesen Teil der männlichen Anatomie zur Genüge – sie war als Konkubine erzogen worden und wusste, wie Männer beschaffen waren. In ihrer Zeit unter Schwester Schmetterling hatte sie oft gesehen, in welchen Formen, Längen und Größen der Stolz der Männer existierte, aber im Grunde ähnelten sie sich doch alle.

»Du bist also mein exotisches Geschenk«, sagte Yash und trat auf das Bett zu. Xiao wich ein wenig vor ihm zurück und senkte den Blick. Nicht aus Scham, sondern in dem Wissen, dass Zurückhaltung sein Verlangen weiter anfachen würde.

»Exotische kleine Blume«, fuhr der Maharadscha im Flüsterton fort und umfasste ihr Gesicht. Sein Griff war grob, als er ihren Kopf hob, und aus den Augenwinkeln bemerkte sie, dass er bereits hart wurde. Dabei hatte Xiao noch nicht einmal ihr Gewand geöffnet. Feinste Seide aus Yangmu, aber der Maharadscha würdigte die kostbar gestickten Verzierungen keines Blickes. Er riss das Gewand einfach auf und zog es ihr bis zum Bauchnabel herunter.

»Herr!«, empörte sich Xiao und stieß ihn ein wenig zurück. Auch wenn er ein König und sie eine Konkubine war, dieses Verhalten war schlicht und ergreifend unhöflich!

»Keine Blume, sondern eher eine Katze, scheint es mir«, lachte Yash und beugte sich, ohne auf ihren Protest zu achten, herunter und nahm ihre milchweißen Brüste zwischen die Lippen. Fast hätte Xiao verärgert geseufzt, aber sie konnte es gerade noch in ein lustvolles Murmeln umwandeln, ehe es ihr aus dem Mund schlüpfen konnte. Sie musste in ihrer ersten Nacht einen guten Eindruck machen, wenn sie ihre Stellung in diesem Haus festigen wollte. Immerhin hatte der Kaiser sie als Geschenk geschickt, um den guten Willen zwischen beiden Ländern zu untermauern, so wie auch jeder andere Maharadscha in diesem Land eine Konkubine und Seidenballen erhalten hatte. Der Kaiser war großzügig und vor allem wusste er, dass solche Geschenke ihn weniger kosteten, als ein Krieg es tun würde.

Yash wühlte mit der Hand zwischen Xiaos Schenkeln und versuchte sie auseinanderzudrücken, um ihre weiche Mitte zu finden und zu befingern. Xiao hätte fast wieder geseufzt, verkniff es sich aber und spreizte gehorsam die Beine. Sofort fanden Yashs Finger ihre Spalte und strichen darüber, als wäre sie eine Pforte, die man nur mit einem Zauberwort und einer bestimmten Geste öffnen konnte. Dafür hatte man sie jahrelang unterrichtet?! Xiao war mehr als nur enttäuscht. Am Hof des Kaisers hatte sie nur selten Besuch von ihm gehabt – es ging das Gerücht um, der Kaiser sei impotent oder würde gar die Eunuchen den Frauen vorziehen, aber Xiao glaubte, dass der Kaiser schlicht und ergreifend noch kein Interesse an Frauen hatte. Die meisten zwölfjährigen Jungen, die sie kannte, hatten mehr Freude daran, mit Hunden zu spielen oder auf Pferden zu reiten. Wenn er Xiao besuchen kam, hatte sie ihm meist etwas vorgesungen und er war auf ihrem Bett eingeschlafen. Dabei hatte Schwester Schmetterling ihr alles gezeigt – den Lotusfächer, die betende Hindin am Palmenbaum, den tanzenden Schleier... Sie hatte gehofft, ihr Wissen und ihre Fähigkeiten endlich anständig einsetzen zu können, aber Yash schien keinen Wert darauf zu legen. Anfangs, während er noch in ihrer Spalte stocherte, bemühte sie sich noch, Lustlaute von sich zu geben, leises Stöhnen und lauteres Ächzen, aber er schien das kaum wahrzunehmen. Schließlich sagte sie gar nichts mehr. Er drang in sie ein und umklammerte ihre Brüste, als wären es Haltegriffe, während er hektisch in sie stieß. Xiao hoffte, dass es wenigstens nicht lange dauern würde, aber was ihm an raffiniertem Liebesspiel fehlte, machte er durch Ausdauer wieder wett. Er stieß immer wieder in sie, bis Xiao einen Anflug von Erregung verspürte, aber gerade, als sie gehofft hatte, dass mehr kommen würde, war es schon wieder vorbei. Sichtlich mit sich zufrieden hob Yash den Kopf und küsste ihren Hals. »Was für ein Geschenk«, raunte er, und sein Gewicht drückte sich schwer auf ihre Brust. »Ich denke, das werde ich öfter genießen.«

Xiao lächelte nur und tat, als verstünde sie nicht genau, was er sagte, dabei hatte sie ausgiebig Hindi studiert, nachdem ihr klar wurde, wo sie hinkommen würde.

Der Maharadscha küsste noch einmal ihren Hals, stand dann auf und verließ ohne einen Blick zurück das Gemach. Xiao seufzte, diesmal laut, und nahm sich ein neues Gewand. Sie wollte sich waschen gehen. Vor ihrer Tür traf sie auf eine Frau, die sie noch nicht gesehen hatte. Sie war groß und besaß die Figur einer jugendlichen Tänzerin, mit sanft gerundeten Hüften und kaum erblühten Brüsten. Aber ihr Gesicht war das einer Frau, und nur die winzigen Fältchen um die schwarzen Augen zeigten an, dass sie kein jugendliches Mädchen mehr war. Ihr Haar war schwarz, lang und in der Mode des Landes geflochten. Ihr Gewand – Sari und Choli, ermahnte Xiao sich im Stillen – war farbenfroh und kostbar verziert. Auch ihr Schmuck zeugte von Reichtum; Gold und farbige Diamanten funkelten im Kerzenlicht um die Wette. Wie auch ihre Augen. »Du bist also der Neuzugang?«, fragte die Frau kühl.

Xiao straffte sich. »Mein Name ist Xiao Bejfing«, sagte sie und verneigte sich gerade tief genug, um der älteren Frau den nötigen Respekt zu zollen. »Ich bin die Konkubine des Maharadschas, gesandt vom Kaiser und Herrscher der Verbotenen Stadt.«

Die Frau sah sie lange an, aber der Ausdruck auf ihrem Gesicht wurde nicht freundlicher. »Ich heiße Sita«, sagte sie schließlich, »und bin die älteste Konkubine hier. Das heißt, dass ich weiß, was vor sich geht, und ich sage auch, wie die Dinge ablaufen. Am besten ist, du gewöhnst dich sofort daran, ansonsten wird das Leben hier sehr schwer für dich werden.«

Xiao presste die Lippen zusammen. Was für eine Unverschämtheit! Dennoch verbeugte sie sich zum Abschied, wie es die Höflichkeit gebot, und ging dann an der hochgewachsenen Konkubine vorbei, ohne sie weiter zu beachten.

Das Leben in Indien war anders als am kaiserlichen Hof, aber gewisse Dinge ähnelten sich doch. Xiao lebte als Konkubine in ihrem eigenen Flügel und machte nach und nach Bekanntschaft mit den anderen Frauen, wobei sie sich bewusst war, dass jedes Gespräch, das sie führte, von Sita mit Argusaugen beobachtet wurde. Irgendwann vertraute sie sich einem der Mädchen an, mit dem sie sich bisher gut verstanden hatte. »Weißt du, was Sita gegen mich hat, Abhaya?«

Abhaya, noch so jung aber schon länger im Harem, zuckte mit den Schultern. »Wie meinst du das?«

»Sie hat mich gleich angefahren, als Yash mich das erste Mal besucht hat, und hat sich aufgeführt wie eine Löwin, die ein Lamm in ihrem Revier willkommen heißt.«

Abhaya lachte. »Du hast ein gutes Händchen für Bilder«, sagte sie. »Aber mach dir nichts draus. Sita ist die erste Konkubine, die Yash hergeholt hat, und lange Zeit war sie sein Liebling. Sie hat ihm sogar einen Sohn geschenkt, das hat ihr natürlich eine ganz besondere Stellung eingebracht. Aber ihr Stern beginnt zu sinken. Immerhin wird sie auch nicht jünger. Man merkt, dass Yash beginnt, sich nach einer anderen Nummer eins umzusehen. Ich an ihrer Stelle hätte auch Angst davor, verstoßen zu werden. Und so oft, wie Yash sich bei dir herumtreibt, ist es verständlich, dass du dir ihren Zorn zugezogen hast.«

Xiao dachte lange über diese Worte nach. Es stimmte, dass Yash seit ihrer Ankunft fast jede Nacht bei ihr gewesen war. Sie hatte sich nichts dabei gedacht, sondern war davon ausgegangen, dass es allen neuen Konkubinen so ging. Aber offensichtlich hatte sie sich den falschen Zeitpunkt ausgesucht, um in den Harem des Maharadschas zu kommen. Sie war mitten in ein Wespennest gefallen, ganz ohne Absicht. Aus ihrer Zeit bei Schwester Schmetterling wusste sie, dass das Geflecht der Beziehungen von Konkubinen untereinander sehr empfindlich war. Es galt, seine Feinde im Auge zu behalten und sich möglichst viele loyale Freunde zu schaffen, die treu zu einem standen. Xiao war nie gut in diesem Spiel gewesen, wahrscheinlich auch einer der Gründe, warum man ausgerechnet sie so weit weg geschickt hatte. Eine andere Konkubine hätte Sita bei ihrer ersten Begegnung wahrscheinlich ein Lächeln geschenkt, oder hätte sich gleich erboten, ihre Freundin zu sein, aber dazu war Xiao zu ehrlich.

Es war die siebente Nacht in Folge, in der Yash zu ihr kam und die Nacht bei ihr verbrachte. Mittlerweile nahm er sich mehr Zeit beim Liebesspiel, und Xiao war angenehm überrascht, dass er ihre Kunstfertigkeiten im Bett zu schätzen wusste. So machte es auch Xiao mehr Freude und sie war mehr als erfreut, als der Maharadscha sich nach ihrer Begegnung zu ihr beugte und sagte: »Du bleibst an meiner Seite.« Dann zog er sich an und ging. Xiao schmunzelte noch immer über diese Worte, als sie, wie sonst auch, nach ihrem Gewand griff und es überstreifte, um das Bad aufzusuchen. Diesmal war sie wirklich verschwitzt und sehnte sich nach heißem Wasser und etwas Entspannung. Als sie aber gerade den Flur betreten wollte, der zum Bad führte, hörte sie etwas – ein leises hohes Schluchzen, mit dem sie zuerst nichts anzufangen wusste. Der Ton war so seltsam und fremd, dass Xiao sich entschloss, ihr Bad warten zu lassen und auf die Suche nach dem Ursprung zu gehen. Sie folgte dem dünnen Ton, der immer lauter wurde, je näher sie dem Springbrunnen kam. Er befand sich in einem der vielen Höfe des Gebäudes und war umsäumt von Palmen und Hibiskus. Die Jasminblüten dufteten schwer in der kühlen Abendluft.

Direkt vor dem Brunnen, der mit bunt bemalten Fliesen eingefasst war, kauerte jemand und weinte. Xiao wurde langsamer.

»Hast du dir wehgetan?«, fragte sie so vorsichtig wie möglich.

Die Gestalt schreckte auf, streckte sich und starrte Xiao mit rot verweinten Augen an. »Nein«, sagte Sita brüchig und strich sich das Haar über die Schulter.

Die Herrin des Harems so aufgelöst zu sehen, war eine ganz neue Erfahrung für Xiao. Sie trat näher. »Warum weinst du dann?«, fragte sie ernst und wagte es, die Schulter der anderen Frau zu berühren.

Sita zuckte zusammen, zog sich aber nicht zurück. »Weil ich bald gehen muss«, flüsterte sie.

»Hat Yash das gesagt?«

Sita lachte bitter. »Nein. Es war das, was er zu dir gesagt hat.«

Xiao runzelte die Stirn, aber Sita kam ihrer Erinnerung zuvor. »›Du bleibst an meiner Seite.‹ Das war das, was er mir damals gesagt hat, als er mich zu seiner Lieblingskonkubine auserkoren hat. Aber diese Tage sind vorbei. Jetzt sagt er es zu dir, und ich bin alt und werde gehen müssen.«

Xiao musterte die andere Konkubine. Sie hatte nicht geahnt, dass es Angst war, die sie antrieb, nicht Machthunger. Sie fürchtete um ihre Zukunft, nicht um ihre Stellung. »Das ist noch nicht gesagt.«

»Ich habe es doch gehört.«

»Und ich habe in dieser Sache auch noch etwas zu sagen«, erwiderte Xiao inbrünstig, auch wenn sie sich dessen noch nicht ganz sicher war. Sie umfasste Sitas Hand und drückte sie sanft. »Niemand wird meinetwegen gehen müssen«, sagte sie leise.

Sita sah sie an und seufzte, als Xiao die Hand ausstreckte, um ihr die Tränen von den Wangen zu streifen. Xiao wusste nicht, woher dieser Impuls kam – ob sie sie trösten wollte oder ob es einen anderen Grund gab –, aber sie stellte sich auf die Zehenspitzen und küsste Sita auf die Lippen.

Die ältere Frau wich erschrocken zurück und starrte sie an. Xiao wurde rot. »Verzeih mir, wenn ich dich in Verlegenheit gebracht habe.«

Sita schüttelte nur den Kopf, starrte Xiao aber immer noch an wie einen bösen Geist. Xiao wusste nicht, ob das Kopfschütteln ihr galt oder dem Kuss. Sie kam auch nicht dazu, nachzufragen, denn Sita drehte sich um und floh.

In den folgenden Tagen begegnete die Lieblingskonkubine des Maharadschas Xiao nicht mehr mit Ablehnung und Misstrauen. Vielmehr ging sie ihr aus dem Weg, und wenn ihre Blicke sich doch einmal zufällig kreuzten, war es die ältere Frau, die den Blick senkte. All das verwirrte Xiao. Im Haus von Schwester Schmetterling war es durchaus üblich gewesen, dass Frauen sich küssten, streichelten oder sogar miteinander schliefen. Xiao wusste von mehr als nur einem Mädchen, dessen Beziehung zu ihrer Freundin so innig war, dass sie fast schon einer Ehe glich. All das wurde gebilligt und akzeptiert. Man hatte sie aber gewarnt, dass dies in Indien ein Tabuthema war. Sie hatte es schlicht und ergreifend vergessen. Was sie aber am meisten irritierte, war die Tatsache, dass Sitas Verhalten sie schmerzte. Sie fühlte sich zurückgewiesen und, was noch überraschender war, sie fühlte sich einsam. Wann immer sie Sita sah, sog sie deren Anblick in sich auf. Zuvor war ihr nie aufgefallen, wie geschmeidig die Konkubine sich bewegte, wie grazil und anmutig sie war. Jede ihrer Bewegungen schien auf den Punkt genau zu sein, und wenn sie lächelte, dann tat sie das mit dem ganzen Körper. Nur hatte sie lange nicht mehr gelächelt. Xiao war erst seit wenigen Wochen im Harem, und schon hatte sie so viele Seiten an Sita bemerkt wie noch nie zuvor an einem anderen Menschen. Aber das war ihr nicht genug. Sie wollte mehr von ihr wissen.

Als Yash in dieser Nacht zu ihr kommen wollte, wies sie ihn ab. »Was meinst du damit?«

»Damit meine ich, mein König, dass ich Euch heute Nacht nicht empfangen kann.«

»Was soll das heißen? Ich bin dein Herr!«, sagte er gereizt, während sie beide an der Tür standen, Yash bemüht, sie abzuschließen, Xiao in dem Bestreben, sie schnellstmöglich für ihren Herrn zu öffnen, damit der gehen konnte. Sie hatte eigene Pläne. »Ich blute zurzeit«, seufzte sie und kam sich selbst furchtbar schäbig vor, weil sie diese billige Ausrede benutzte. Allerdings brachte die endlich den gewünschten Erfolg. Yash verzog das Gesicht. »Beeil dich damit«, sagte er und war schließlich selbst derjenige, der die Tür öffnete, um für diese Nacht zu verschwinden. Xiao wartete, bis er um die Ecke verschwunden war, und lief dann los. Diesmal wusste sie genau, wohin sie musste. Kurz vor Sitas Gemächer holte sie diese ein. »Warte!«

Die ältere Frau blieb tatsächlich stehen und drehte sich zu Xiao um. »Woher wusstest du, dass ich es war?«, fragte sie.

»Ich habe schon mehrmals deinen Sari aufblitzen sehen, wenn du weggelaufen bist, nachdem du Yash aus meinem Zimmer hast gehen sehen.«

Sita seufzte. »Offensichtlich bin ich nicht mehr so schnell wie früher.«

»Du bist immer noch schnell – ich bin nur schneller«, erwiderte Xiao mit einem Grinsen, das aber schnell wieder erlosch. »Warum gehst du mir tagsüber aus dem Weg, aber belauschst mich nachts? Hast du solche Sehnsucht nach Yash?«, fragte sie leise. Diese Frage lag ihr schon länger auf der Seele, aber sie jetzt auszusprechen, machte sie real. Schmerzhaft real.

Sita lächelte schwach. »Nein«, sagte sie. »Nicht nach Yash.«

Xiao hob ruckartig den Kopf. »Was meinst du damit?«

Sita wirkte mit einem Mal verlegen. »Du fehlst mir«, brachte sie schließlich heraus, und Xiao hätte sie fast nicht verstanden. »Ich ... dir?«

Sitas Blick verdunkelte sich. Sie drehte sich auf dem Absatz um und riss die Tür zu ihrem Zimmer auf. Xiao folgte ihr, packte sie am Arm und wirbelte sie zu sich herum. Ohne jedes weitere Wort küsste sie die Lieblingskonkubine des Maharadschas. Es war ein langer Kuss, zart und unschuldig, und doch schwelte eine Leidenschaft darin, von der Xiao ahnte, dass sie sich nicht mehr lange würde zügeln lassen. Sie löste sich als Erste, die Hände um das schöne Gesicht ihrer Konkurrentin gelegt. »Du fehlst mir auch«, sagte sie mit einem Lächeln.

Sitas Gesichtsausdruck war bestürzt, erschrocken, aber auch freudig erregt. Sie starrte Xiao an, die noch immer ihr Gesicht koste. Schließlich machte Sita sich los, umfasste aber Xiaos Hand und zog sie ins Zimmer. Xiao war überrascht, mit welcher Leidenschaft die ältere Frau sie küsste und wie viel verborgenes Verlangen darin schwelte. Sie warf die Tür hinter sich zu und ließ sich von Sita zu dem Bett in der Mitte des Raumes führen. Es war groß, kreisrund und ausgestattet mit weichen Kissen und Decken, die einladend lockten. Xiao leckte sich über die Lippen und legte die Hände auf Sitas Hüften. Sita nickte leicht, als Xiao den Stoff des Saris packte und mit einem kurzen Ruck über die Hüften ihrer Geliebten herabzog. Der Stoff riss dabei, und es war mit Sicherheit unangenehm für Sita, aber sie ließ sich nichts anmerken. Stattdessen umfing sie Xiao mit ihren Armen, drückte sie an sich und setzte den Kuss fort. Ihr Becken bewegte sich dabei kreisend an ihrem, und Xiao glaubte, aus Zunder zu bestehen, der durch Sitas Bewegungen entfacht wurde. Ihre Zunge umkreiste Sitas, ihre Hände fanden die Rückseite der Choli und öffneten sie. Sie fiel zu Boden auf die Überreste des Saris. Xiao machte sich los. Sie wollte ihre Geliebte sehen. Sie wollte ihre Augen an dem Geschenk weiden, das ihr gemacht worden war. Sita war seit Jahren Konkubine, aber Xiao merkte ihr an, dass sie noch nie mit einer Frau zusammen gewesen war – sie wurde unter ihren sanft tastenden Blicken rot wie ein junges Mädchen. »Jetzt du«, flüsterte Sita, und Xiao tat ihr den Gefallen. Sie wollte gerade das Gewand abstreifen, aber Sita hielt sie davon ab. Sie selbst öffnete die Bänder und Schnüre und streifte Xiao Schicht um Schicht ab, bis Xiao nackt vor ihr stand. Ohne ein Wort ging Sita auf die Knie und sah zu Xiao auf. Xiao schluckte, stellte die Füße weiter auseinander und sah atemlos auf Sita herab. Ihre Hände lagen sanft auf Sitas Kopf, streichelten das Haar, das in dem festen Zopf gefangen war. Sita küsste ihre Knie, die Oberschenkel. Durch ihre Größe machte es ihr keine Mühe, zu Xiaos Schoß zu gelangen. Die Han-Konkubine schloss die Augen und spreizte die Beine noch ein wenig weiter, bis sie endlich eine zarte Zunge zwischen ihren Schenkeln spürte. Genüsslich seufzte sie auf, ihre Hände strichen drängender über Sitas Kopf. Man merkte ihr an, dass sie in der Kunst der Liebe bewandert war, auch wenn sie bisher niemals diese Art von Liebe gemacht hatte. Aber binnen kürzester Zeit war Xiao nass und ihre Knie drohten nachzugeben. Sita hatte ihre erste anfängliche Scheu überwunden, und nun erforschte ihre Zunge jede noch so kleine Falte und den allerkleinsten Winkel, sie leckte Xiaos würziges Wasser auf und weitete sie mit geschickten Fingern.

»Sita«, stöhnte Xiao und sah auf ihre Geliebte herab.

Sita hielt inne und blickte hinauf. »Was, Liebste?«, flüsterte sie.

Xiao lächelte – sie war überrascht darüber, wie leidenschaftlich Sita vorging, obwohl sie anfangs so gezögert hatte. Aber hier ging es nicht darum, dass Xiao allein Befriedigung empfand. Sie wollte mehr, sie wollte ihre Leidenschaft mit Sita teilen. Daher ging sie zum Bett und legte sich darauf. Diesmal brauchte es keinen Wink – ihre Geliebte folgte ihr direkt und setzte sich zu ihr. Xiao musste lächeln. »Spreiz deine Beine«, bat Xiao und Sita tat es. Doch anstatt sich zwischen die wundervoll dunklen Schenkel zu legen und ihre eigene Zunge in Sitas Nest zu tauchen, spreizte Xiao ebenfalls die Beine und schob sie, wie eine Schere, zwischen Sitas. Ihre Spalten lagen nun voreinander. Xiaos Lächeln wurde breiter – wieder warf sie Sita, die sie neugierig ansah, einen verheißungsvollen Blick zu, dann schob sie sich näher. Als Spalte sich auf Spalte drückte, schloss Xiao mit einem Seufzen die Augen. Sie stützte sich mit den Händen hinter ihrem Rücken ab und genoss für einen Moment das Gefühl, wie sich Saft mit Saft mischte und Haut an Haut rieb. Dann begann sie, ihr Becken zu bewegen. Sita keuchte, aber sie nahm Xiaos Rhythmus auf, bewegte ihre Hüften auf und ab, ließ sie kreisen, sodass ihr Schoß sich fester und in immer neuen Variationen an Xiaos rieb. Xiao stöhnte und hielt dagegen, ihre Klitoris, ein einziger pochender Ball voller Verlangen, wurde auf diese Weise gerieben, gestreichelt und geleckt. Das Gefühl war unbeschreiblich, und es steigerte sich noch, wann immer Xiao die Augen aufschlug und auf Sita blickte, die sich ganz ihrem Liebesspiel hingab.

Sitas Bewegungen wurden wilder, heftiger, drängender und auch Xiao spürte, wie ihr Höhepunkt nahte. Nun wagte sie es nicht mehr, die Augen zu schließen, ihr Blick lag fest auf Sita. Sita schien das zu spüren, denn nun schlug auch sie die Augen auf, und ihre Blicke trafen sich. Xiao hatte so etwas noch nie gefühlt, aber ehe sie auch nur versuchen konnte, diesem Gefühl einen Namen zu geben, traf sie der Orgasmus, und sie explodierte in tausend Sterne, die durch das gesamte Universum prasselten, an jeden nur denkbaren Ort, und sie strahlten hell auf, leuchteten in einem Licht, das alles blendete. Als ihr Höhepunkt langsam verebbte, kroch sie an Sitas Seite. Die Konkubine legte wie selbstverständlich den Arm um sie und zog sie an sich. »Ich bleibe für immer an deiner Seite«, murmelte Xiao und küsste Sita. Sita lächelte, und im nächsten Moment hörte Xiao schon ihre tiefen Atemzüge, die ihr sagten, dass Sita eingeschlafen war.

An diesem Abend war Pooja wesentlich besserer Stimmung als noch am Tag zuvor. Sie war froh, dass Xiao und Sita ihre

Geschichte mit ihr geteilt hatten, und sie fühlte sich den beiden Frauen dadurch verbunden, auch wenn sie mit deren Art der Liebe nicht viel anfangen konnte. Umso gespannter wartete sie darauf, wer an diesem Abend eine Geschichte zum Besten geben würde. Nachdem Meera und Meena am Abend zuvor zwei Geschichten erzählt hatten, und auch Xiao heute bereits Pooja eine hatte zuteilwerden lassen, war es wohl an der Zeit, dass entweder Abhaya oder Sita eine Geschichte vortrugen. Aber weder bei der einen noch bei der anderen konnte sie sich eine Erzählung vom Kaliber der Geschichte von Ingrid oder den Zwillingen vorstellen. Sie wusste noch nicht, wie sehr sie sich täuschen sollte.

Als sie sich zu den anderen setzte und sich fast schon automatisch an Abhaya lehnte, sah diese sie auffordernd an. »Ich glaube, ich möchte heute etwas erzählen«, sagte Abhaya. »Es ist eine Geschichte, die meiner Tante widerfahren ist. Meine Mutter war dabei, und sie hat sie mir genau so erzählt, wie ich sie gleich aufsagen werde.«

Pooja war überrascht. Bis auf Xiaos Geschichte hatte keine der anderen den Eindruck erweckt, als wäre sie ihnen oder jemandem, den sie tatsächlich kannten, passiert. Dass Abhaya mit der Protagonistin bekannt, ja, sogar verwandt war, machte sie zu etwas ganz Besonderem. »Dann erzähle bitte – ich sterbe vor Neugierde.«

»Hey, hier wird nicht getuschelt!«, rief Meera. »Entweder ihr erzählt es uns allen oder gar nicht.«

Abhaya rollte mit den Augen und setzte sich auf. »Na gut, aber sei nicht so ungeduldig. Ich erzähle euch meine Geschichte.« Und damit begann sie zu erzählen.

Die Maske

Die Liebe einer Frau ist etwas, das nicht leichtfertig verschenkt werden darf, das wusste Sola. Sie hatte diese Weisheit, die ihre Mutter ihr anvertraut hatte, immer im Herzen getragen, und daher hatte sie lange auf den Mann gewartet, dem sie ihr Herz schenken konnte. Es stimmte, dass sie ihn bei einem arrangierten Treffen durch ihre Eltern kennengelernt hatte, aber ihr Vater, der sie ebenso sehr liebte, wie ihre Mutter es tat, hatte seiner Tochter die Entscheidung überlassen, ob sie Jarib heiraten wollte oder nicht. Sie hatte diesem Mann mit den wachen Augen und dem sanften Lächeln von der ersten Sekunde an vertraut, und als ihr Vater sie fragte, ob sie einer Vermählung mit ihm zustimmen würde, hatte sie freudig eingewilligt.

Jaribs Eltern waren froh, eine Frau für ihren Sohn gefunden zu haben, denn er war schüchtern und der Jüngste von vier Söhnen, was bedeutete, dass er nicht viel von dem Erbe seiner Eltern bekommen würde. Sie nahmen sogar in Kauf, dass Sola keine große Mitgift in die Ehe bringen würde, denn auch sie war das jüngste Kind, und mit drei älteren Schwestern blieb den Eltern nicht viel Geld für ihre Mitgift übrig. Dennoch freute Sola sich auf die Hochzeit, und die Wochen vor dem großen Ereignis bemühte sie sich besonders um ihr Aussehen. Bis die schreckliche Nachricht ihr Haus erreichte.

Jarib hatte einen Unfall gehabt – während er für den Teehandel seines Vaters auf Reisen gewesen war, hatte er in einem Gasthaus übernachtet, dass durch einen unglückseligen Zwischenfall Feuer gefangen hatte. Er hatte zwar überlebt, war aber schwer verletzt und grausam entstellt. Die gesamte Familie war fassungslos, Solas Vater bot ihr sogar an, die Verlobung zu lösen, aber sie lehnte ab. Alles, was sie wollte, war, diesen Mann zu heiraten. Die Hochzeit wurde dennoch verschoben, da Jarib sich zunächst von seinen Verletzungen erholen musste. Aber schließlich war es doch so weit, und Sola reiste mit ihrer ältesten Schwester Djuna, die ihr über die erste Zeit des Heimwehs hinweghelfen sollte, nach Orissa. Wegen der weiten Entfernung und Jaribs geschwächtem Zustand hatten Solas Eltern eingewilligt, auf die Tradition des Vorreitens des Ehemannes vor dem Haus der Braut zu verzichten, und sowohl die Feierlichkeiten als auch die Zeremonie sollten auf das Nötigste beschränkt bleiben.

Am Abend, im Haus ihrer zukünftigen Schwiegereltern, saß Sola vor dem Spiegel und sah Djuna dabei zu, wie sie ihr Haar flocht und kleine Sträuße mit Jasminblüten hineinknüpfte, die in der warmen Nachtluft süß dufteten. Dabei warf ihre Schwester ihr immer wieder fragende Blicke zu. »Was hast du?«, fragte Sola schließlich. Sie kannte ihre Schwester sonst nicht so zurückhaltend – Djuna sagte immer, was sie dachte, geradeheraus und ehrlich.

»Ich mache mir Sorgen, kleine Schwester«, platzte es endlich aus ihr heraus. »Ich habe die Gespräche einiger Diener belauscht. Jarib scheint in dem Feuer schlimmere Verletzungen davongetragen zu haben, als wir alle bisher dachten. Sein Gesicht besteht nur noch aus Brandnarben und sein Oberkörper ist ebenfalls empfindlich geschädigt. Es ist nicht einmal sicher, ob er weiter im Geschäft seines Vaters arbeiten kann. Vielleicht wird er für immer auf die Hilfe seiner Eltern angewiesen sein. Willst du wirklich die Frau eines solchen Mannes werden? Er ist doch kaum noch ein Mann, wie will er dich ernähren, wie wollt ihr gemeinsam Kinder haben, und ...«

»Djuna!«, fuhr Sola ihre Schwester an, und zum ersten Mal erwies sie der älteren Frau nicht den Respekt, den sie verdiente. Sie sah die Reaktion im Gesicht ihrer Schwester und sofort bereute Sola ihren Ausbruch. »Djuna«, fügte sie sanfter hinzu und umfasste die schmalen Hände ihrer Schwester. Djuna zitterte leicht und senkte den Blick. »Sei nicht böse mit mir«, bat Sola leise. »Aber immerhin sprichst du da von meinem zukünftigen Mann. Er ist derjenige, den ich mir erwählt habe, und das mit ganzem Herzen. Und du weißt doch, die Liebe einer Frau ...«

»Darf nicht leichtfertig verschenkt werden. Ja, ich kenne Mutters Reden«, stimmte Djuna ein, und auch wenn ihre Stimme bitter klang, sah Sola doch ein Lächeln in ihren Augen aufblitzen. »Ich mache mir doch nur Sorgen um dich, kleine Schwester. Ich will, dass du so glücklich wirst wie Ranjid und ich, aber ich habe Angst, dass du dir mit einer falschen Entscheidung alles verdirbst.«

Sola schüttelte den Kopf und drückte die Hände ihrer Schwester leicht. »Das musst du nicht. Ich habe mich nicht entschieden, sondern mein Herz hat es getan. Dieser Entscheidung will ich vertrauen. Vertraue du ebenso in mich, Schwester.«

Djuna lächelte, auch wenn es schief und ein wenig beschämt wirkte. »Offensichtlich geben wir heute wirklich eine Frau aus unserer Familie und kein kleines Mädchen.«

Sola lachte. »Aus der Hochzeit wird nichts, wenn diese Frau mit halb gemachten Haaren, ohne Schmuck und Sari um das Feuer gehen muss. Also los, weiter, weiter!«

Djuna lachte und fuhr fort, Solas Haar zu flechten. Und doch hörte Sola sie noch einmal leise seufzen.

Als sie zum Feuer trat, schlug Sola das Herz bis zum Hals. Sie hatte allen gesagt, dass sie sich ihrer Entscheidung völlig sicher war, und dass sie Jarib heiraten würde, komme was wolle. Genau deshalb hatte sie niemandem sagen können, dass sie sich doch ein wenig vor dem Moment fürchtete, in dem sie Jarib das erste Mal wiedersehen würde. Wenn er wirklich so entstellt war, wie alle sagten, könnte sie ihren Schreck womöglich nicht verbergen und würde ihn damit kränken. Das konnte und wollte sie nicht. Daher zog sie den Saum ihres Saris noch einmal etwas tiefer. Der Schleier sollte ohnehin dafür sorgen, dass der Bräutigam die Braut noch nicht sah, aber von Djunas Hochzeit wusste Sola, dass viele Bräute schummelten und den Schleier aus besonders durchsichtigem Material fertigen ließen oder kleine Schlitze hineinritzten. Wenn der Bräutigam dem Gesicht der Braut sehr nahe kam, konnte er so doch genug von ihr sehen. Sola hatte auf all das verzichtet, aber als sie jetzt den Schleier tiefer zog, merkte sie, dass Djuna ihr zuvorgekommen war. Ihre Schwester hatte mit einem feinen Messer Schlitze in den Schleier geschnitten und so sah Sola alles, was vor sich ging. Dennoch tat sie so, als müsste sie geführt werden. Anstelle ihrer Familie tat das Djuna, die sie wortlos zum Feuer führte. Sola sah auf den Boden, traute sich kaum, den Kopf zu heben, und erschrak, als sie stehen blieben und etwas Fremdes ihre Hand berührte. Sie hob instinktiv den Kopf und sah eine Statue vor sich. Irgendwo hörte sie ihre Schwester, die etwas sagte, aber den Sinn der Worte erfasste Sola nicht. Sie sah nur dieses bleiche Gesicht vor sich und spürte diese Hand, die sich menschlich und doch nicht menschlich anfühlte und die ihre Hand ergriffen hatte. »Sola«, zischte Djuna, und endlich erwachte Sola aus ihrer Starre und verneigte sich. Als sie die fremde Hand vor sich sah, erkannte sie, dass sie in Seide gehüllt war. Ein Handschuh aus Seide. Die Haut darunter fühlte sich knotig an, voller Furchen, weswegen Sola sie in ihrer Anspannung nicht gleich als menschlich erkannt hatte. Auch das Gesicht gehörte nicht zu einer lebendig gewordenen Statue, sondern zu einer Maske, die ihr Bräutigam über seinen entstellten Zügen trug. Jetzt schämte sie sich, dass sie solche Angst empfunden hatte. »Entschuldige, Sola«, hörte sie eine leise Stimme, die irgendwie gedämpft klang, und sie erkannte, dass Jarib mit ihr sprach. »Ich wollte dir den Anblick meines Gesichts ersparen. Ich hoffe, du fürchtest dich nicht vor der Maske?«

»Nein«, erwiderte sie ebenso leise und umfasste seine Hand mit sicherem Griff. Er neigte den Kopf und Sola wartete darauf, dass sein Schal und ihrer miteinander verknotet wurden, damit sie die Runden um das Feuer beginnen konnten.

Das Fest war nicht so klein, wie Jaribs Eltern es angekündigt hatten, aber bald brachte man sie und Jarib in sein Schlafzimmer, denn die Schwiegereltern erhofften sich baldigen Nachwuchs von dem jungen Paar. Während der Feierlichkeiten hatten sie voneinander getrennt gesessen und seit dem kurzen Gespräch am Feuer kein Wort mehr miteinander gewechselt. Jetzt saß Jarib auf einem Stuhl in der Ecke des Zimmers und Sola auf dem Bett. Einige Laternen leuchteten und von draußen drang der Widerschein der Feuer im Garten und das Gelächter der Feiernden zu ihnen herein. Sola zog den Schleier zurück und sah Jarib an. »Willst du dich nicht neben mich setzen? Du kannst mich von dort hinten doch kaum sehen.«

Jarib drehte den Kopf zur Seite, als könnte ihn jemand beobachten, stand dann schließlich auf und setzte sich zu Sola auf das Bett. Sie war unsicher, wie sie weiter verfahren sollte, denn auch wenn sie durchaus schon andere Paare gesehen hatte, wusste sie nicht recht, ob sie oder er beginnen sollte.

»Du hast dir das sicher anders vorgestellt«, brach Jarib das Schweigen.

»Was meinst du?«

»Du hast mich kennengelernt, als ich noch nicht so entstellt war. Sicherlich hast du dir nicht vorgestellt, dass du in deiner Hochzeitsnacht mit einem entstellten Krüppel schlafen musst.«

»Das ist nicht, was ich gedacht habe«, sagte Sola.

»Nur weil du es nichts sagst, heißt das nicht, dass du es nicht gedacht hast.«

Sie runzelte die Stirn. »Ich weiß sehr wohl, was ich gedacht oder nicht gedacht habe. Und ich wäre nicht hier, wenn ich nicht hier sein wollte.«

Jarib gab einen Laut von sich, den Sola durch die Maske nicht genau deuten konnte. War es ein verächtliches Schnauben gewesen? Oder ein Schluchzen? »Ich bin jetzt deine Frau, Jarib«, sagte sie leise und legte ihre Hand auf seine. »Ich stehe an deiner Seite, weil ich es so wollte. Ich will es immer noch.«

Er wandte ihr das Gesicht zu und seine Hand umfasste ihre. »Bist du dir sicher?«

Sie nickte. Langsam beugte sie sich vor, näher zu ihm. Ihr Herz machte einen Sprung, als sie merkte, dass er ihr entgegenkam, nicht viel, nur wenige Zentimeter. Ihr Atem glitt an der äußeren Hülle der Holzmaske ab, traf sie selbst, aber sie wollte tiefer dringen, bis unter die Haut der Maske, bis zu seiner Haut, seinem Gesicht; ihre Lippen näherten sich dem geschnitzten Mund ihres Liebsten – und mit einem Mal stieß er sie weg. Ohne ein weiteres Wort lief er zur Tür und dann hinaus. Sola blieb allein zurück, und für den Rest der Nacht blieb Jarib verschwunden.

In den kommenden Tagen verweigerte Jarib weiterhin, das Bett mit ihr zu teilen. Allerdings ließ er zu, dass sie die Mahlzeiten zusammen einnahmen. Jarib verbrachte die Zeit meist damit, mit seinem Vater und seinen Brüdern über die Teerouten und mögliche neue Handelswege nachzudenken, und so sah Sola ihn wirklich nur zu den Mahlzeiten, die er getrennt von seiner Familie einnahm und bei denen er nur seine Frau duldete. Für das Essen trug er eine spezielle Maske, die seiner anderen ähnelte, aber deren unterer Teil bis zur Oberlippe fehlte. Dafür bedeckte ein Tuch diese Partie, und er hielt den Kopf stets gesenkt, wenn er aß, sodass sie keine Chance bekam, auch nur den winzigsten Blick auf sein Gesicht zu erhaschen. Auch seine Kleidung war immer hochgeschlossen, und egal wie heiß es sein mochte, er legte seine Seidenhandschuhe niemals ab.

Sola bemühte sich, ihre Rolle als Frau einzunehmen, aber die Frauen der Brüder und die Dienerschaft führten den Haushalt, und so gab es für sie nicht mehr viel zu tun. Oft hielt sich Sola im Garten auf. Dieser Teil des Hauses war alt und stammte noch von Jaribs Urgroßvater, wie ihre Schwiegermutter ihr erzählte. Viele der Bäume darin waren viel älter als Sola, und sie liebte es, zwischen ihnen auf den mit Mulch ausgelegten Wegen spazieren zu gehen und die Pracht der Blüten zu bewundern. Am liebsten tat sie das in den Abendstunden, kurz nachdem die Sonne untergegangen war, denn dann zog der Duft des Jasmins über das gesamte Gelände und verlockte Sola dazu, in ihre Träume zu flüchten.

Ein paar Mal versuchte sie, sich Jarib nachts zu nähern. Von einer Dienerin wusste sie, dass er in einem Pavillon im Garten schlief, aber nachdem er sie das zweite Mal besonders schroff abgewiesen hatte, wagte sie es nicht mehr. Dennoch quälte es sie, dass ihr Ehemann allein und nicht bei ihr lag. Sie hatte oft genug ihre Schwestern heimlich beobachtet, wenn sie sich mit ihren Männern vergnügt hatten, und sie wusste, dass es auch für sie an der Zeit war. Sie hatte sich oft vorgestellt, wie es wohl wäre, die Berührung eines Mannes auf ihrer Haut zu spüren. In letzter Zeit war es immer öfter eine in Seide gekleidete Hand gewesen, die sie streichelte und koste. Manchmal, in der Zeit zwischen Traum und Wachsein, ertappte sie sich, wie ihre eigenen Hände ihr den Dienst erwiesen, den Jarib ihr verweigerte. Sola begann zu zweifeln – wie konnte sie ihren Gatten für sich gewinnen? Wie die Kluft zwischen ihnen beiden einreißen? Die Frage beschäftigte sie in jedem Moment, und oft war sie im Garten und versuchte zu einer Lösung für sie beide zu kommen.

Eines Abends begegnete sie überraschend Jarib auf den gemulchten Wegen. Er stand vor einem Jasminstrauch, der sich an einer Mauer emporrankte. »Darf ich dich begleiten?«, fragte Jarib und Sola nickte. Fast wie von selbst umfasste sie seinen Arm, und auch wenn er sich anfangs versteifte, merkte sie bald, wie Jarib sich entspannte. »Du zuckst noch immer vor meiner Berührung zurück«, sprach sie das Thema, das sie schon so lange beschäftigte, dennoch an. Jarib senkte den Kopf, als würde er nachdenken. »Ich habe Angst«, antwortete er schließlich.

»Vor mir?«

»Vor deiner Abscheu. Du weißt nicht, wie ich unter der Kleidung und der Maske aussehe, und ich will, dass es so bleibt. Ich habe mich ansehen müssen und es ist niemandem zu verdenken, wenn er bei diesem Anblick Ekel empfindet. Dir als meiner Ehefrau will ich nicht aufzwängen, dass du dir das ansehen musst.«

»Und wenn ich mehr will? Wenn ich dich nicht nur ansehen, sondern dich auch berühren will?«

Jarib blieb stehen. »Das ist unmöglich«, sagte er. »Ich werde dir das nicht aufbürden.«

»Wieso darf ich das nicht selbst entscheiden?«

»Weil du nicht weißt, was dich erwartet!«, gab er überraschend laut zurück.

»Lass mich diese Entscheidung doch selbst treffen.«

»Ich ... ich kann nicht«, sagte er erstickt und machte sich aus ihrem Griff los.

»Dann schlaf wenigstens in unserem Bett. Ich will nicht allein dort sein.«

Für einen Moment glaubte Sola zu ihm durchgedrungen zu sein, dass ihr Flehen sein Ziel erreicht hätte, aber dann drehte Jarib sich um, und Sola wusste, dass er nichts mehr sagen würde. Sie sah seinen Rücken an, die Schultern, die so tief gesackt waren, als würde er alles Leid dieser Welt darauf tragen. Und niemand, nicht einmal seine eigene Ehefrau, durfte ihm die Last etwas erleichtern.

Sola wollte und konnte nicht hinnehmen, dass Jarib sie und auch sich selbst quälte, nur weil er glaubte, ihnen beiden dadurch Leid zu ersparen. Sie musste etwas unternehmen, wusste aber nicht genau, was, bis sie durch Zufall etwas entdeckte, das sie auf eine Idee brachte.

An diesem Abend erschien sie nicht zum Abendessen, sondern zog sich in ihr Zimmer zurück. Djuna war mittlerweile abgereist, aber von ihr wusste sie, wie sie sich ohne jede Hilfe herausputzen konnte. Sie schminkte sich sorgfältig mit Rougepaste und Khol und kämmte ihr langes schwarzes Haar, bis es ihr in weichen Wellen über den Rücken floss. Die Brustwarzen umrandete sie ebenfalls mit der rötlichen Paste. Ihre Mehndizeichnungen waren zwar verblasst, aber im Halbdunkel des Mondlichtes noch gut genug zu erkennen. Sorgsam legte Sola ihre Fußkettchen und die goldenen Hüftketten an. Sie funkelten im Kerzenlicht, ebenso wie die reich verzierten Ohrringe, die einen feinen klingelnden Ton erzeugten, wenn sie den Kopf schnell bewegte. Auf die Handgelenke, die Fußknöchel, ihre Lenden und das sorgsam gestutzte schwarze Haarbüschel zwischen ihren Schenkeln trug sie eine Essenz aus Rosenblüten und Jasmin auf. Anschließend betrachtete sie sich im Spiegel und nickte zufrieden. Dann warf sie sich einen groben Mantel über, für den Fall, dass sie jemand auf dem Weg in den Garten sah, und steckte die Holzmaske ein, die sie sich von einem der Diener hatte besorgen lassen.

Den Weg in den Garten kannte sie mittlerweile auswendig, und da es schon spät war, begegnete ihr auch niemand. Als ihre Füße den Mulch berührten, atmete sie tief durch und setzte die Maske auf. Anders als die Masken ihres Mannes zeigten ihre geschnitzten Züge das Gesicht einer Frau mit vollen Lippen und mandelförmigen Augen.

Sola durchquerte eilig den Garten bis zu der entlegenen Ecke, in der sich der Pavillon befand. Zum Schutz gegen Fliegen und andere Insekten waren die offenen Fenster mit feiner Gaze verhängt und von dahinter drang Licht auf den Rasen. Jarib schlief also noch nicht. Sola atmete tief ein und trat dann an die offene Tür des Pavillons. Sie schob die Gaze beiseite und trat ein.

Jarib saß an einem niedrigen Tisch, den Kopf zwischen den Händen vergraben, und sah auf einige Papiere herab. Als Sola eintrat, zuckte er zusammen und fuhr herum. »Wer...?«, setzte er an und erstarrte, als er die Figur mit der Maske vor sich sah. Sola schluckte und verspürte den Wunsch, sich einfach umzudrehen und wegzulaufen. Die Angst, dass er sie wieder abwies, war groß, aber sie musste das zu Ende bringen. Es war das erste Mal, dass sie Jarib ohne seine Handschuhe sah. Die Haut auf seinen Händen war knotig und changierte zwischen hellrosa und weiß. Auch seinen Mantel hatte er abgelegt und das Hemd darunter geöffnet – auf seiner Brust und am Hals sah sie ebenfalls diese knotige, helle Haut, die sie aus irgendeinem Grund an das Meer und die Wellen darin erinnerte.

Jarib schien zu bemerken, wohin ihr Blick wanderte, denn er drehte sich hastig herum und wollte sein Hemd zuknöpfen und die Handschuhe überstreifen, aber Sola ließ ihn nicht. Sie trat rasch hinter ihn und hielt sein Handgelenk fest. »Liebster«, sagte sie leise, und ihre Handflächen legten sich auf seine nackte Brust. Seine Haut fühlte sich ganz anders an, als sie erwartet hatte, viel weicher, fast so zart wie die eines Kindes.

»Nein«, murmelte Jarib, aber es klang mehr wie ein Stöhnen.

»Doch«, erwiderte Sola ebenso leise. »Wenn du dich vor mir verstecken willst, dann werde ich das auch tun. Lass uns beide Masken tragen, und wenn du willst, kannst du dir vorstellen, dass du und ich jemand ganz anderes wären. Aber ich bitte dich, lass zu, dass ich dich berühre. Ich will dich ganz sehen, dich ganz fühlen und spüren.«

»Sola«, versuchte Jarib schwach zu protestieren, aber sie hatte bereits damit begonnen, die restlichen Knöpfe seines Hemdes zu öffnen. Sie konnte förmlich spüren, wie sein Widerstand schmolz – vielleicht war es ihre forsche Art, vielleicht war es wirklich die Maske, aber er ließ sogar zu, dass sie ihn zum Bett in der Mitte des Pavillons führte. Sola beeilte sich, sein Hemd ganz zu öffnen, und dann kniete sie sich zwischen seine gespreizten Beine. Aufmerksam betrachtete sie seinen Körper. Die Narben bedeckten seinen Hals und seinen Brustkorb, aber je tiefer sie kam, umso mehr unversehrte Haut konnte sie entdecken. Auf seinem flachen Bauch waren kaum Narben zu sehen, und als Sola das Fleisch über seinem Hosenbund berührte, war dort nichts mehr zu spüren. Der Kontrast zwischen der vernarbten und dennoch so weichen

Haut und dem unversehrten Teil darunter war seltsam erregend. Sola strich erst mit den Fingerspitzen und dann mit den Handflächen über seinen Brustkorb und deutete mit ihrem Maskengesicht Küsse auf seiner Haut an. Als sie aufsah, bemerkte sie Jaribs Blick und hörte ihn gegen das Holz der Maske heiser und schnell atmen. »Ekelst du dich denn nicht?«, fragte er sie atemlos. Sola sah zu ihm auf. »Nein«, sagte sie, und es war die Wahrheit. »Es ist mir fremd, aber ich habe nie zuvor die Haut eines Mannes berührt – wie sollte sie mir nicht fremd sein?«

Jarib sagte lange Zeit nichts. Dann zog er sie höher, bis sie auf einer Augenhöhe waren, und hob die Hände zu ihrem Gesicht. Aber als er ihr die Maske abnehmen wollte, hielt Sola ihn zurück. »Nein«, sagte sie sanft, aber ernst. »Du wirst mein Gesicht nicht sehen, ehe ich nicht deines wiedergesehen habe.«

Er hielt verblüfft inne, aber dann hörte sie ihn zum ersten Mal lachen. Es war ein Laut, der sie erzittern ließ, der reines Glück in ihr Herz legte und sie ebenso auflachen ließ. »Meine kluge Frau«, sagte er und nahm ihre Hand. Mit einer kurzen Geste bedeutete er ihr, sich auf das Bett zu legen, und legte sich neben sie. Als er begann, den Verschluss ihres Mantels zu öffnen, hielt sie ihn nicht zurück, auch wenn ihr Herz wie wild schlug. Noch nie zuvor hatte ein Mann sie nackt gesehen und sie war sich nicht sicher, ob sie ihm gefallen würde. Jarib bemerkte ihre Nervosität. »Stimmt etwas nicht? Ist es doch, weil...«

Sie schüttelte den Kopf und unterbrach ihn. »Nein, das ist es nicht, aber... mein Körper ist unvollkommen und ich habe Angst, dass er dir nicht gefällt.«

Das schien ihn aus der Fassung zu bringen. »Wie kommst du da drauf?«, fragte er verblüfft.

Sola sah an sich herab. »Meine Brüste...«

»Was ist damit?«

»Sie sind so klein! Viel kleiner als Djunas oder die meiner anderen Schwestern. Dafür ist mein Po sehr groß.« Sola seufzte. »Und hier die Narbe an meinem Bauch – ich bin damals unglücklich auf einen Ast gestürzt und ein Holzsplitter ist in der Wunde zurückgeblieben, sodass sie geeitert hat. Der Arzt musste sie noch einmal aufschneiden, aber dadurch ist die Narbe riesig geworden und hat gewuchert.« Tatsächlich war der unschöne Streifen wild vernarbten Fleisches noch immer deutlich zu sehen und prangte unschön über Solas Bauchnabel. Zu ihrem Erstaunen beugte Jarib sich herab und seine Holzlippen küssten diese Stelle. »Du bist perfekt«, sagte er, und seine weichen Finger streichelten über ihren Bauch. Die Berührung sandte Schauer über Solas Haut, aber dadurch, dass er ihr Gesicht nicht sehen konnte, fühlte sie sich ein wenig sicherer. Sie ließ sogar zu, dass er ihr Stöhnen hörte, als seine Hand über die Ketten an ihrer Hüfte glitt und für einen Moment in dem dunklen Haar zwischen ihren Schenkeln verweilte. »Du duftest atemberaubend«, sagte Jarib leise, und seine Finger kämmten durch die Löckchen, immer tiefer, bis er einen Punkt streifte, der Sola aufschreien ließ. Verlegen presste sie die Lippen zusammen. Jarib schien das nicht zu bemerken, denn wieder streiften seine Fingerkuppen diesen kleinen angeschwollenen Knopf am Ansatz ihrer Yoni und wieder konnte Sola nicht anders, als zu schreien. Jarib schien das zu gefallen, wieder und wieder strich er über den Punkt, umfasste ihn schließlich mit zwei Fingerkuppen und rieb daran. Sola brach der Schweiß aus, sie wand sich unter seinen Händen und spreizte unwillkürlich die Beine. Jarib beugte sich herab, seine Maske streifte ihre Brüste und sein Finger glitt mit einer Leichtigkeit in sie hinein, die sie selbst überraschte. Zwischen ihren Schenkeln war es nass, etwas, was Sola bisher noch nie erlebt hatte. Und ihr Schoß hieß seine

Finger willkommen. Behutsam schob er sich immer tiefer in die Enge, und Sola spürte, wie ihre Spalte ihn wie ein selbstständiges Wesen umklammerte, das ihn niemals mehr loslassen wollte. Langsam schob sich ein zweiter Finger in sie, um sie zu weiten, und beide bewegten sich im Einklang hinein und wieder hinaus, hinein und hinaus. Sola japste, keuchte und bekam durch die Maske kaum noch Luft. Dennoch behielt sie sie auf.

Plötzlich kniete Jarib zwischen ihren Beinen. Das offene Hemd und die Hose hatte er abgestreift, und sie sah ihn über ihrem Venushügel steif aufragen. Die Größe seiner Erektion machte ihr Angst, aber sie erinnerte sich an das Vertrauen, das sie ihm im ersten Moment ihres Treffens geschenkt hatte. Er nahm seinen Lingam in die Hand, streichelte darüber und führte ihn an Solas Schamlippen. Die spreizten sich unter dem Druck der prallen Eichel, teilten sich bereitwillig, bis er in den Kanal dahinter vorstieß, der noch immer eng und nicht an etwas so Hartes, Pralles gewöhnt war. Im ersten Augenblick war es schmerzhaft, aber Jarib hielt inne, als er tief genug war, und sah auf sie herab. Langsam, mit zitternden Fingern, löste er das Band seiner eigenen Maske und zog sie herab. Solas Augen wurden groß, als sie bemerkte, was er vorhatte, und sie sah ihn an. Das Feuer hatte die ganze linke Seite seines Gesichts zerstört. Die Haut war hier ebenso vernarbt wie an seinem Hals und sein linkes Auge wirkte vor dem verletzten hellen Fleisch ungewöhnlich dunkel. Der Kontrast zwischen beiden Gesichtshälften war extrem, aber Sola sah ihm in die Augen. Sie hatten nichts von dem verloren, was sie in ihnen gesehen hatte, als sie sich das erste Mal begegnet waren.

Jarib hatte den Atem angehalten und sie sah, wie er ihn jetzt ausstieß. Für ihn war es so viel schwerer als für sie, und dennoch hatte er den Schritt gewagt. Für sie.

Sola spürte, wie ihr die Tränen kamen. Sie streifte ihre eigene Maske ab und tastete nach seiner Hand. Jarib sah sie ängstlich an. »Warum weinst du?«, fragte er besorgt.

Sola zog ihn zu sich herab und schloss ihn in ihre Arme. »Weil ich glücklich bin«, sagte sie und küsste seine Stirn.

Jarib hielt sie ebenso fest, sagte nichts, aber er begann, seine Hüften zu bewegen. Sola keuchte, als jede noch so empfindliche Stelle in ihrer Spalte mit nur einem einzigen Stoß gereizt wurde. Er wiederholte es, stieß immer schneller und tiefer zu, und sie ergab sich der Verbindung zwischen ihnen, ergab sich der Lust, die ihren Körper mehr und mehr in Besitz nahm, mit jedem Mal, das er in sie stieß. Sie hörte sein Keuchen, hörte, wie er ihren Namen stöhnte, und sie tat es ihm nach. Schrie, keuchte, seufzte und stöhnte, bis es ihr kam, und dann rief sie seinen Namen, rief ihn in die Nacht hinaus, in der der Jasmin seinen schweren, betörenden Duft verströmte.

In dieser Nacht lag Pooja noch lange wach. Abhayas Erzählung hatte sie nachdenklich gestimmt. Die anderen Geschichten hatten immer den Anschein von erfundenen Ereignissen gemacht, aber Abhayas Geschichte war echt, davon war Pooja überzeugt. Ihre Freundin würde sie nicht anlügen. Wenn aber die Geschichte echt war, dann bedeutete das, dass es mehr gab als nur Vernunftehen oder das Dasein als Konkubine. Es gab mehr als nur das Fleisch. Es gab mehr als nur ein hübsches Gesicht. Dieser Gedanke ließ Pooja keine Ruhe und immer wieder ging sie in Gedanken Yashs Worte durch. Sie waren doch liebevoll und zärtlich gewesen – wieso wurde sie dann das Gefühl nicht los, dass etwas daran ganz und gar falsch war? Diese und ähnliche Überlegungen begleiteten sie bis in ihre Träume.

Diesmal erwachte sie noch vor dem Mittag. Tam hatte ihr, wie schon am Tag zuvor, ein Tablett mit Frühstück auf den Tisch gestellt. Mittlerweile weckte er sie nicht mehr durch sein Klopfen, sondern stellte einfach leise das Tablett auf dem Tisch ab.

Pooja warf sich ihre Choli und den Sari über und nahm ein wenig Obst und Joghurt zu sich. Tam hatte sich gemerkt, welche Speisen sie wann bevorzugte, und beim Anblick des ganz auf ihre Wünsche abgestimmten Tabletts musste sie lächeln. Nachdem Pooja fertig war, ging sie in den Garten, in der Hoffnung, dort eine der anderen Frauen zu entdecken. Sie langweilte sich alleine, und seit Yash bei ihr gewesen war, hatte sie Tam nur noch sporadisch gesehen. Diese Begegnungen waren recht einsilbig verlaufen und hatten Pooja fast ebenso sehr verwirrt wie die Begegnung mit Yash. Sie wollte mit jemandem über ihre Gedanken reden und hoffte, Abhaya irgendwo zu finden. Tatsächlich saß ihre Freundin mit Meera und Meena im Garten auf einer Decke. Zwischen ihnen stand ein Brett mit schwarzen und weißen Feldern und darauf befanden sich winzige Figuren aus Stein. Meera und Meena saßen sich gegenüber und beobachteten das Brett, als wollten sie darin ihre Zukunft lesen. Abhaya hockte an der Seite und sah zwischen den beiden hin und her.

»Gut, dass ich dich gefunden habe!«, sagte Pooja und ließ sich neben den drei Frauen nieder. Meera und Meena sahen synchron auf und legten die Finger an die Lippen. »Oh je«, seufzte Abhaya und stand auf. »Lass uns ein wenig durch den Garten spazieren. Damit wir die beiden Genies hier nicht stören«, sagte sie zu Pooja, die ebenfalls wieder aufstand und sich bereitwillig von Abhaya wegziehen ließ. Wie selbstverständlich hakte die kleine Frau sich bei ihr ein, und so schlenderten sie stumm ein wenig auf dem mit Kies ausgelegten Pfad, ehe Abhaya wieder anfing zu sprechen: »Entschuldige, dass ich dich da so einfach fortgezerrt habe, aber wenn es um ihre geliebten Spiele geht, sind die Zwillinge ungenießbar wie Tamarindenschale.«

Pooja warf einen Blick zurück, aber von hier aus konnte sie die beiden Frauen nicht mehr sehen. »An meinem ersten Abend hier haben sie auch schon etwas gespielt.«

Abhaya nickte. »Sie haben Dutzende Spiele. Als sie herkamen, befand sich in ihrem Gepäck bereits eine Truhe, die ausschließlich Spiele enthielt, und wann immer es geht, betteln sie Yash um ein neues an. Man sollte meinen, dass es gar nicht so viele Spiele geben kann, aber die beiden sind auch zufrieden, wenn sie eine reich geschmückte Version eines ihrer alten Lieblingsstücke bekommen. Das, was sie gerade spielen, kommt aus Persien. Man nennt es das Spiel der Könige. Mittlerweile haben sie fünf Versionen davon – einige sind sogar mit Diamanten besetzt, und eines ist vollkommen mit Perlmutt überzogen. Das hüten sie eifersüchtig wie einen Schatz.« Abhaya rollte wieder mit den Augen, eine Geste, die Pooja schon häufiger an ihr gesehen hatte.

»Und was ist mit euch anderen?«

»Was meinst du?«

Pooja dachte nach, wie sie die Frage am besten formulierte. »Warum bleibt ihr hier?«, fragte sie schließlich vorsichtig. »Ich weiß, dass euch niemand einsperren darf, aber Ingrid sagte, dass das Leben hier sehr langweilig ist. Was hält euch an diesem Ort?«

Abhaya schwieg lange Zeit und sah zu Boden, während sie weiter dem gekiesten Weg folgten. »Es ist die Sicherheit«, sagte sie. »Zumindest ist es bei mir so. Ich wurde als Kind ausgesetzt, weil meine Eltern es sich nicht leisten konnten, eine Tochter groß zu ziehen, die sie später auch noch teuer verheiraten müssten. Ein paar umherziehende Artisten fanden mich und zogen mich auf. Nicht aus Herzensgüte, sondern weil Kinder, vor allem Kinder, die Kunststücke beherrschen, besonders viel Publikum anziehen. Meine Knochen und Gelenke wurden von klein auf gedehnt und gebogen. Ich konnte einen Handstand, noch bevor ich richtig laufen konnte. Damals dachte ich noch, dass es ein gutes Leben war – bis man mich fortjagte, weil ich zu groß geworden war. Man fand mich nicht mehr niedlich, ich weckte in den Männern im Publikum andere Gelüste als nur die nach immer ausgefeilteren Tricks. Durch Zufall kam ich in das Dorf, in dem meine Mutter lebte. Sie erkannte mich anhand eines Muttermales auf der Innenseite meines rechten Armes wieder. Mein Vater lebte nicht mehr und meine Mutter bat mich um Verzeihung. Ich wandte mich von ihr ab, weil ich zu sehr verletzt war. Kurz darauf starb sie und meine Tante nahm mich auf.« Abhayas Stimme war leise geworden. »Eines Tages erreichte uns eine Nachricht aus dem Palast. Yash hatte mich wohl auf dem Markt gesehen und bot mir an, als Konkubine in seinen Harem zu ziehen. Ich habe eingewilligt. Seitdem bin ich hier.«

»Das ist eine traurige Geschichte«, sagte Pooja.

»Sie hat ein gutes Ende genommen. Kein Grund, um mich zu trauern.« Abhaya streckte sich. »Wo wir gerade bei Geschichten sind – es wird bald Zeit, dass du auch eine erzählst.«

»Ich? Aber ich kenne mich mit so etwas doch nicht aus.«

Abhaya lachte und drehte sich spielerisch um sich selbst, fast so, als wollte sie tanzen. »Du hast selbst gesagt, dass du in einem Harem aufgewachsen bist. Irgendetwas wird dir schon einfallen.«

Pooja seufzte schwer. »Nichts, was irgendwie unterhaltsam wäre.«

Ihre Freundin kam näher und klopfte ihr spielerisch auf den Po. »Dann lass dir etwas einfallen.«

Als Pooja an diesem Abend ihr Zimmer verließ, war sie erstaunt, Tam anzutreffen, der anscheinend vor der Tür auf sie gewartet hatte. »Was tust du denn hier?«, fragte sie ihn neugierig. Er bot ihr seinen Arm, und ohne weiter darüber nachzudenken, ergriff sie ihn. »Ich habe gehört, hier soll es jeden Abend eine ganz reizende Vorstellung geben – die Haremsfrauen und ihre Geschichten.«

Sie lachte leise. »Wusste ich es doch – du lauschst heimlich.«

»Das käme mir nie in den Sinn. Aber ich dachte, ich gebe heute Abend meiner Neugierde mal nach und setze mich dazu.«

»Ich weiß nicht, ob Männer dabei erlaubt sind.«

»Harun ist auch ständig dabei«, widersprach Tam, »und er ist – wenn auch nur zum Teil – ein Mann. Ihr solltet ihn hören, wie er mit den Geschichten vor den anderen Dienern prahlt, Herrin.«

»Vielleicht solltest du mich nicht Herrin nennen«, sagte sie nachdenklich. »Die anderen Mädchen nennen mich auch Pooja.«

Tam sah erstaunt aus. »Seid Ihr sicher?«

»Ja. Ich bin Pooja, nicht Herrin.«

Er neigte leicht grüßend den Kopf und führte sie zum Innenhof, wo die Plätze um den Brunnen herum bereits belegt waren. Sie dachte sich nichts dabei, da sie davon ausging, dass Tam, als Wächter des Harems, ohnehin immer an ihrer Seite war. Auch die Blicke der anderen Frauen wirkten eher amüsiert als empört.

»Sieh an, wer beehrt uns denn da?«, rief Ingrid, als sie Pooja und Tam sah. »Ziehen wir etwa neues Publikum an?«

»Er wollte mitkommen und zuhören«, entschuldigte Pooja sich und nahm rasch neben Abhaya Platz, die sofort den Arm um sie legte. Tam setzte sich zu Harun, der das Gesicht verzog. »Falls es erlaubt ist«, fügte Tam hinzu und beachtete Harun gar nicht.

»Dann müssen wir aber aufpassen, was wir erzählen«, warf Ingrid schmunzelnd ein. »Nicht, dass die Geschichten unseren Wächter des Harems zu stark erregen und er noch über uns herfällt.«

»Also über mich dürfte er jederzeit herfallen«, flüsterte Abhaya in Poojas Ohr. Sie lachte verlegen und spürte dabei, wie sie rot wurde.

Sita sah auf. »Ich denke, eine etwas harmlosere Geschichte kann ich anbieten«, sagte sie.

»Dann fang an«, forderte Ingrid sie auf. Sita neigte den Kopf und begann zu erzählen.

Der Seidenhändler

Wann immer der Winter zum zweiten Mal kam, kehrten die Männer zurück. Mira war dieser Rhythmus schon in Fleisch und Blut übergegangen. Ihr Mann war selbst einer der Händler, die den weiten beschwerlichen Weg der Seidenstraße auf sich nahmen, um ihnen das kostbare Material mitzubringen. Früher hatte er ihr immer die schönsten Seidenstücke mitgebracht, aus denen sie Kleider für sich und ihn fertigte. Daher kannte sie den Wechsel der Zeiten und die Abstände, in denen die Männer kamen und gingen. Ihr Dorf war die letzte Station nach der zwei Jahre andauernden Reise; hier ruhten sich die Männer im Schoße ihrer Familien aus, bis das Wetter umschlug und wieder gut genug war, um die Packkamele aufzuschirren, die Pferde zu satteln und wieder zurückzuziehen, in das Land, in dem Raupen aus Maulbeerblättern den kostbarsten Stoff der Welt spannen. Früher hatte ihr Mann ihr noch von dem exotischen Land erzählt, in dem die Augen der Menschen lang gezogen waren und die Frauen Füße hatten, die kaum größer waren als die eines Babys. Angeblich aßen die Bewohner dieses fremden Reichs alles, nicht nur Ziegen, Lämmer und Reis. Ihr Mann hatte auch geschworen, dass diese Barbaren es verstanden, selbst ein Stuhlbein mit den richtigen Soßen und Gewürzen zu einer Delikatesse zu machen. Mira hatte ihn dann gescholten, weil er sich über sie lustig machte, aber er schwor hoch und heilig, dass jedes seiner Worte der Wahrheit entspräche.

Das war nun vier Jahre her. Vier Jahre, seit sein Reitpferd

auf einem besonders steilen Bergpass ausgerutscht war und ihn mit in die Tiefe gerissen hatte. Vier Jahre, in denen die Karawane gekommen und wieder gegangen war. Vier Jahre, in denen Miras Haus so still war wie ein Grab.

Als Frau eines Seidenhändlers wusste sie mit der Einsamkeit umzugehen. Immerhin hatte sie schon immer viele Monate alleine hinter sich bringen müssen, aber diese waren immer von der Hoffnung erfüllt, dass ihr Mann zu ihr zurückkehrte. Seit er tot war, fehlte diese Hoffnung und auch Miras Kraft schwand. Sie hatte keine Kinder, und auch sonst gab es für sie nicht viel zu tun. Sie kümmerte sich um ihren eigenen Lebensunterhalt und zehrte dabei von den Ersparnissen, die ihr Mann ihr hinterlassen hatte. Tagsüber konnte sie durchs Dorf gehen und anderen Frauen helfen, ihre Beete zu bestellen oder die Kinder zu hüten. Sie konnte sich ablenken. Aber die Nächte – die Nächte waren das, was Mira langsam, aber sicher zermürbte. In jeder Nacht drückte sie den Mantel ihres Mannes an sich, weinte, bis ihre Kehle schmerzte, und fiel dann irgendwann in einen kurzen und unruhigen Schlaf, aus dem sie meist schon vor dem Morgengrauen erwachte.

Manchmal, wenn sie sich bereits in dem Reich zwischen Schlaf und Wachsein befand, kamen ihr andere Erinnerungen an ihren Mann in den Sinn. Erinnerungen daran, wie er, ausgehungert und gierig, über sie herfiel, wenn er von einer Reise zurückgekehrt war. Wie sie sich dann stöhnend und keuchend auf ihrer Lagerstatt gewälzt hatten, sich geliebt hatten, wieder und wieder, bis der Morgen anbrach und sie beide erst voneinander abließen, als ihre erschöpften Körper nichts anderes zuließen.

Diese Gelegenheiten waren selten, aber es hatte sie gegeben, und diese Träume und Erinnerungen entfachten ein solches Verlangen in Mira, dass sie jeden Tag die Hand unter ihren Rock schieben musste und sich selbst befingerte, bis es ihr kam.

Als die Karawane das erste Mal ohne ihren Mann zurückkehrte, war es besonders schlimm für sie, und die Trauer hielt sie in den nächsten zwei Jahren in ihren Klauen. Daher wollte Mira das Haus eigentlich nicht verlassen, als sie sah, wie die Kinder und Frauen beim Anblick des ersten Kamels aus den Häusern und auf den großen Marktplatz in der Mitte des Dorfes strömten, um ihre Männer, Väter und Brüder zu begrüßen. Aber dann war er wieder da, der alte Rhythmus, der ihr Fleisch und Blut beherrschte. Sie nahm einen Schal und wickelte ihn um sich, um gegen die Kälte gefeit zu sein. Dann trat sie vor die Tür. Weitere Frauen zogen an ihr vorbei, Nachbarinnen und Freundinnen, die sie alle flüchtig grüßten, aber sogleich weitereilten. Sie alle konnten es kaum erwarten, ihre geliebten Angehörigen und Ehemänner wiederzusehen. Für einen Plausch blieb da keine Zeit.

Mira folgte ihnen, aber jeder Schritt fühlte sich schwer an, als besäße sie Füße aus Stein. Sie wusste nicht einmal, was genau sie dort erwartete, schließlich gab es niemanden, auf den sie warten konnte, aber wie ein Vogel, der dem Schwarm folgen muss, wenn der Winter kommt, so musste auch sie der Menge folgen.

Auf dem Marktplatz standen dutzende Kamele, alle beladen mit Kisten und Ballen. Den Großteil der Seide hatten die Männer bereits in der Stadt verkauft, das hier war für ihren persönlichen Besitz und als Rücklage für das kommende Jahr gedacht, bis das Wetter wieder umschlug und die Männer abermals auf die beschwerliche Reise aufbrachen. Fast jeder Mann hatte eine Traube aus Frauen und Kindern um sich. Nur einer stand allein. Es war Karim, einer der Männer, die Miras verstorbenen Gatten immer begleitet hatten. Die beiden waren Freunde gewesen, und daher rührte es Mira, ihn allein zu sehen. Schon vor fünf Jahren hatte er seine Frau verloren. Sie war am Kindbettfieber gestorben und auch das Baby hatte die Zeit ohne die Wärme und Milch der Mutter nicht überlebt, obwohl sich alle bemüht hatten, es mit Ziegenmilch großzuziehen. Dieser Schicksalsschlag hatte Karim so sehr getroffen, dass er nicht wieder geheiratet hatte.

Mira bahnte sich ihren Weg durch die Menge, bis sie vor ihm stand. »Ich grüße dich«, sagte sie und er verneigte sich. »Ich wollte gerade zu dir kommen«, sagte er, nachdem er sie begrüßt hatte.

Mira hob verblüfft die Augenbrauen. »Zu mir?«

»Ja. Ich habe ein Geschenk für dich.« Er schob seinen Turban höher, unter dem sein dunkles Haar hervorlugte. Wie die anderen Männer hatte die Sonne auf der Reise sein Gesicht gegerbt, und er hatte sich einen buschigen Bart stehen lassen, um sein Gesicht vor den kalten Winden oben auf den Bergpässen zu schützen.

»Wieso ausgerechnet für mich?«

Karim sah sich um. »Ich werde dich nachher besuchen«, sagte er und drehte sich dann um, um sein Kamel zu entladen. Verwundert blickte Mira ihm einen Moment lang nach, dann wandte sie sich ab und begrüßte einige entfernte Cousins und deren Familien. Schließlich ging sie wieder nach Hause, bevor ihre Trauer erneut überhandnehmen konnte.

Gegen Abend klopfte es an ihre Tür. Als sie öffnete, sah sie Karim dort stehen. Er hatte seine Kleidung gewechselt und sich gewaschen. Auch sein Bart war nun sauber gestutzt und kurz; nichts deutete mehr darauf hin, dass er zwei Jahre lang eine beschwerliche Reise hinter sich gebracht hatte. »Ich grüße dich«, sagte er. »Darf ich hereinkommen?«

»Was sollen die Leute sagen?«, fragte Mira ihn. Er zuckte

nur mit den Schultern, und sie ließ ihn ein. Natürlich würde darüber getratscht werden, dass sie einen Witwer nachts in ihr Haus ließ, aber was kümmerte sie es schon.

Sie bedeutete ihm, an dem niedrigen Tisch Platz zu nehmen, und er hockte sich auf den mit Teppichen ausgelegten Lehmboden. Mira verschwand kurz in der Küche und brachte ihm eine Schale mit Tee, in der ein Klecks salzige Yakbutter schwamm. Diese Sitte hatte sie von ihrem Mann gelernt, der sie von den Mongolen kannte, und auch Karim nickte angetan, als er die Schale nahm. »Diesen Tee bekomme ich nur bei dir.«

»Murhat hat es mir so beigebracht.«

»Ich weiß. Ich war dabei, als er den Tee das erste Mal kostete.« Karim schien in Gedanken versunken. »Er hat damals gelacht wie ein kleiner Junge.«

»Er liebte gutes Essen und ebenso exotische Getränke«, sagte Mira und hockte sich zu Karim. »Ja.« Dann schwiegen sie beide für kurze Zeit, weil Mira nicht wusste, was sie noch sagen sollte. Karim ging es ähnlich. Dann schien er sich an etwas zu erinnern, denn er griff in seinen Mantel und zog ein flaches Päckchen daraus hervor. »Dein Geschenk«, sagte er und reichte es ihr.

»Warum schenkst du mir etwas?«, fragte sie ihn.

»Weil ich gesehen habe, wie traurig du nach seinem Tod warst und bis heute noch bist. Ich musste immerzu an dein Gesicht denken, und als ich das hier fand, dachte ich, es wäre etwas, was dir vielleicht Freude bereiten und dich aufheitern könnte.«

Mira war nicht recht überzeugt, aber vorsichtig wickelte sie den groben Stoff von dem Päckchen und nahm seinen Inhalt heraus. Es war ein Stück Seide, so fein und zart, wie Mira sie noch nie zuvor in den Händen gehalten hatte. Es mochte eine gute Elle lang sein und war leuchtend rot gefärbt. Die Struktur war absolut perfekt – gleich- und ebenmäßig, nicht ein einziger Webfehler fand sich darin. Und obwohl der Stoff so zart war, wirkte er nicht zerbrechlich. Mira war sich sicher, dass sie daran ziehen konnte, so lange sie wollte, er würde mit Sicherheit nicht reißen. Auch die Färbung war ein wahres Kunstwerk. Wie im Stoff selbst fanden sich auch hier absolut keine Fehler, nicht eine Stelle war dunkler oder heller als die anderen, die Farbe war an allen Stellen gleich intensiv. Diese Elle Seidenstoff war das wohl vollkommenste Stück Stoff, das Mira jemals in der Hand gehalten hatte. »Es ist ... atemberaubend«, sagte sie.

»Die rote Farbe ist nicht künstlich gefärbt, sondern wurde von den Seidenraupen so gesponnen«, erklärte Karim und Mira hob den Blick. »Aber die können doch sonst nur weiße Fäden spinnen?!«

»Das dachte ich auch, aber ich habe diesmal einen Mann entdeckt, der seinen Maulbeerbäumen eine rote Beerenart hinzugefügt hat. Er hat die Maulbeerbäume damit veredelt, sodass einige der Blätter leuchtend rot statt grün werden. Diese gibt er den Seidenraupen dann zu fressen. Offensichtlich produzieren aber nicht alle Raupen dann rote Fäden, einige spinnen weiter weiße. Deswegen ist diese Seide auch so selten. Ich selbst habe nur diese Elle davon mitbringen können. Aber der alte Mann hat mir versprochen, dass ich eine weitere Elle mitnehmen darf, wenn ich wiederkomme.«

»Und dann schenkst du etwas so Kostbares ausgerechnet mir?!« Mira war noch immer fassungslos. Sie wusste, wie teuer schon normale, unvollkommene Seide war. Ein solches Stück, selbst wenn es nur eine Elle war, musste ihn ein Vermögen gekostet haben.

»Ich muss gestehen, dass es nicht ganz ohne Hintergedanken geschah«, gab Karim zu. »Ich wollte dich damit aufmuntern und auch ... ich möchte um dich werben, Mira.« Er sah ihr direkt in die Augen. »Das ist ein Brautgeschenk. Werde meine Frau, und ich verspreche dir, dass ich dir von jeder Reise eine weitere Elle mitbringe.«

Mira betrachtete dieses Stück Vollkommenheit auf ihrem einfachen Tisch. Sie dachte an die einsamen Tage und vor allem an die einsamen Nächte. Und sie dachte an den Schmerz, der ihr das Herz zerrissen hatte, als ihr Mann nicht von seiner Reise zurückgekehrt war.

Mira seufzte und schob das gefaltete Stück roter Seide wieder zu ihm hin. »Nein.«

»Nein, du willst nicht, oder nein, du kannst nicht?«, fragte Karim sie ernst.

Sie schüttelte leicht den Kopf. »Ich kann nicht. Was, wenn du auch eines Tages einen Hang hinabstürzt? Oder in der Wüste verloren gehst? Ich würde daran zerbrechen. Ich könnte es nicht noch einmal ertragen, dass jemand zu mir kommt und mir sagt...« Sie verstummte, weil Tränen ihr die Kehle zuschnürten. Karim schwieg. Dann stand er auf. Mira nahm die Elle Seide und reichte sie ihm, aber er winkte ab. »Behalt sie, Mira. Vielleicht bringt sie dich doch noch irgendwann einmal zum Lächeln.« Er verneigte sich und verschwand dann in die Nacht.

Als Mira sich schlafen legte, fiel ihr Blick auf das Tüchlein, das noch immer auf dem Tisch lag. Sie wälzte sich unruhig auf ihrer einfachen Lagerstatt aus Fellen hin und her, aber es schien ihr, als würde die Seide sie beobachten. Schließlich hielt Mira es nicht mehr aus und sie griff im Halbdunkel des Mondlichts, das durch das offene Fenster hereinfloss, nach dem roten Stoff. Die Seide fühlte sich weich an, zart und doch so stark, wie... ja, wie die Eichel eines männlichen Gliedes. Mira erschrak über diesen Gedanken und konnte sich nicht erklären, woher er kam. Aber jetzt, wo sich das Bild in ihrem Kopf festgesetzt hatte, ließ es sich nicht mehr verdrängen. Sie strich mit der Seide über ihre Lippen und musste an die Eichel ihres Mannes denken, ein rundes, pralles Ding, dessen zarte Oberfläche in so starkem Kontrast zu seiner Härte stand. Unwillkürlich leckte Mira sich über die Lippen und ließ das Tuch hinab zu ihrem Hals gleiten. In ihren Träumen dachte sie noch an die pralle Eichel zwischen ihren Lippen, die ungeduldig darauf harrte, tiefer stoßen zu können. Die Berührung der Seide war wie der Kuss eines Liebhabers, wie die sanft suchende Zunge, die sich einen Weg ihren Hals entlangbahnte und mit jedem einzelnen Kuss ihr Verlangen entflammte. Der Weg führte tiefer, die Seide schien ihrem eigenen Willen zu folgen, der sie bis zu Miras nackten Brüsten führte. Hungrig reckten sie sich ihr entgegen, mit Nippeln so hart und rund wie Kiesel. Die Seide strich darüber, nur ein Hauch, ein Flüstern, aber augenblicklich spürte Mira, wie ihre Spalte von Nässe überflutet wurde. Noch immer lutschte sie an dem unsichtbaren Schwanz ihrer Fantasie, gab sich dem Genuss in ihrem Mund ganz hin, während die Seide ihre Nippel kitzelte und reizte und ihren ganzen Körper umso empfänglicher und sensibler für das machte, was noch folgen sollte.

Mira schob die Decke beiseite. Die Ecken des Tuchs wanderten über ihren Bauch, der sich angesichts der Kälte und der flüchtigen Berührung zusammenzog. Zwischen Miras Schenkeln wurde es dafür immer wärmer; sie presste die Schenkel aneinander und stöhnte leise, als sie den glitschigen Saft ihres eigenen Schoßes nicht nur spüren, sondern auch hören konnte. Es schmatzte ein wenig, nicht sehr laut, aber gerade genug, dass Mira es wahrnahm. Sie seufzte und ließ das Tuch weitergleiten, über ihre angewinkelten Oberschenkel bis zu den Knien und wieder zurück. Diese hauchzarten

Streicheleinheiten waren neu und gleichzeitig so vertraut, dass Mira sich ihnen ganz ergab. Das war mehr als nur die reine Befriedigung durch ihre eigene Hand, das war Lust mit und für sie selbst und sie war gewillt, jede einzelne Sekunde auszukosten.

Das Tuch streifte über das zweite Bein und dann wieder zurück zu der empfindsamen Stelle zwischen Bauchnabel und Schamhaar auf ihrem Lusthügel. Diesmal kreiste dort nur eine Ecke des Tuches und Mira presste die Lippen aufeinander, um nicht laut aufzuschreien. Sie konnte die Berührung manchmal nur erahnen, und genau das machte sie schier willenlos. Langsam, ganz langsam, gestattete sie sich, ihre Beine zu spreizen. In der kühlen Nachtluft traf sie jeder Lufthauch an ihrer nassen Scheide wie ein Peitschenhieb, der ihre Lust anfeuerte.

Mira ließ das Tuch wieder zu ihren Brüsten gleiten, aber ihre linke Hand ging den umgekehrten Weg – sie fand den Pfad zwischen ihre Schenkel und legte sich flach auf ihre Scham. Das reichte aus, um Mira einen gedämpften Aufschrei zu entlocken. Sie war erstaunt über sich selbst, so nass, so erregt war sie noch nie gewesen, nicht einmal zu den Zeiten, als ihr Mann noch gelebt hatte. Langsam erhöhte sie den Druck auf ihre Spalte, und wie von selbst rieben und drückten ihre Hüften sich näher an ihre Hand, sie war ein willenloses Tier, das nur noch einen Wunsch kannte: Befriedigung.

Noch immer lag das Tuch auf ihren Brüsten, rieb bei jedem zittrigen Atemzug gegen die prallen Nippel und Mira war völlig hemmungslos. Sie drückte gleich drei Finger in ihre weit aufklaffende Spalte und bewegte sich in raschem Tempo. Ihr Daumen streifte dabei den empfindlichen Knopf am Kopf ihrer Spalte und Mira bäumte den Unterleib auf, um die Finger noch weiter, noch tiefer zu treiben. Sie leckte sich wie wahnsinnig über die Lippen, ihre Hand bewegte sich in so schnellem Takt, dass sie kaum noch einzelne Striche unterscheiden konnte, und dann, dann riss ihre Beherrschung, ihr Unterleib schnellte von ihrem Bett hoch, ihr ganzer Körper versteifte sich, versteinerte für die Ewigkeit, nur um im nächsten Moment wieder zusammenzubrechen.

Schwer atmend rollte sich Mira auf die Seite und versuchte zu verarbeiten, was sie gerade erlebt hatte. Lange Zeit blieb sie so liegen und lauschte den nächtlichen Geräuschen des Dorfes und der Natur. Es war eine friedliche Nacht und zum ersten Mal seit langer Zeit fühlte Mira sich wieder als Teil davon. Sie öffnete die Augen, und ihr Blick fiel auf die rote Seide, die von ihren Brüsten gerutscht war, als sie sich umgedreht hatte. Unschuldig lag sie da, nur noch ein Stück Tuch, das verbarg, welche Kräfte sonst darin schlummerten. Mira sah es lange an. Und dann lächelte sie.

»Das nennt Sita eine harmlose Geschichte? Dann möchte ich nicht wissen, was ihr euch da abends sonst erzählt«, sagte Tam, als er Pooja zurück in ihre Gemächer führte. Auch sie war sich nicht sicher, was genau daran harmlos gewesen war, aber sie wollte sich vor Tam keine Blöße geben. »Selbst schuld«, neckte sie ihn daher nur, »du hättest ja nicht mitkommen müssen.«

»Und dann so etwas verpassen? Nein, ganz sicher nicht«, lachte er und schüttelte noch immer ungläubig den Kopf. Pooja warf ihm einen verstohlenen Blick zu. Erhitzt von Sitas Geschichte um den Seidenhändler und vom Wein, den Harun ausgeschenkt hatte, hätte sie sich beinahe an den Wächter des Harems geschmiegt, fast so, als wären sie Vertraute, wie Abhaya und sie oder ... mehr noch. Zum Glück hatte sie sich im letzten Moment zurückhalten können, aber ihr Arm war noch immer in seinen eingehakt. Unter dem Stoff seines Hemdes spürte sie seine Muskeln, die sich anfühlten wie ein Raubtier, das harmlos wirkte, wenn es schlief, aber sofort zu seiner ganzen drohenden Kraft erwachen konnte, wenn ihm Gefahr drohte. Es war seltsam, dass ein Diener solch einen muskulösen Körper wie ein Krieger hatte.

Pooja grübelte noch immer darüber nach, als sie etwas entdeckte. Hastig machte sie sich los. Tam sah auf. »Stimmt etwas nicht?«

»Doch, ich habe nur etwas vergessen. Geh doch schon einmal vor und bereite mein Bett vor.«

»Ich kann es doch für dich holen.«

»Nein, nein, ich hole es schon. Bitte kümmere du dich darum, dass alles vorbereitet ist. Ich bin sehr müde und will gleich schlafen.«

Tam musterte sie misstrauisch, aber sie war schließlich seine Herrin, also verneigte er sich leicht und ging. Pooja wartete, bis er hinter einer Säule verschwunden war, und lief dann die Treppe hinunter, die von ihrem Gang aus direkt in den Garten führte, der den Harem und ihre Gemächer miteinander verband.

Als sie dort ankam, sah sie, dass sie sich nicht getäuscht hatte. Verborgen unter einigen Palmenwedeln saß Naruda auf einer Bank und weinte. Von der Brüstung aus hatte Pooja ihre bebenden Schultern gesehen, und Neugier und Mitgefühl hatten sie zu einer Notlüge greifen lassen. Aber sie ahnte, dass es keine gute Idee gewesen wäre, Tam hierher mitzunehmen. Er mochte Naruda nicht sonderlich, so viel hatte sie sich bisher zusammenreimen können, und sie wollte die Konkubine nicht gleich verschrecken. Auch wenn sie bei ihrer ersten Begegnung mehr als nur beleidigend gewesen war, so war doch Poojas Neugierde, was dieses hellhäutige, schöne Biest betraf, ungebrochen, und vielleicht war sie weniger bissig, wenn sie weinte. Oder noch bissiger. Das musste Pooja nun für sich selbst herausfinden.

So leise wie möglich näherte sie sich der Bank und setzte sich neben Naruda, die sie erst bemerkte, als sie ihr eine Hand auf die Schulter legte. Naruda zuckte zusammen und starrte Pooja an, als wäre sie ein Gespenst. »Was willst du?«, zischte sie und war schon drauf und dran aufzuspringen, aber Pooja hielt sie zurück. »Nichts Böses«, sagte sie sanft. »Aber ich habe dich weinen sehen und dachte mir, dass du jemanden brauchen könntest, um zu reden.«

»Ich brauche niemanden«, sagte Naruda brüchig und versuchte, Pooja wütend anzufunkeln, was aber misslang, da neue Tränen über ihr Gesicht strömten. Ihre Schultern sackten herab, und sie vergrub das Gesicht in den Händen. Immer wieder schluchzte sie verzweifelt auf. Pooja brach dieser Anblick das Herz. Sie legte ihre Hand auf Narudas wild zuckenden Rücken und streichelte sie sanft.

Lange Zeit saßen sie so nebeneinander, während Naruda weinte und Pooja versuchte, sie ein wenig zu beruhigen. Dabei sprach keine der beiden ein Wort. Schließlich versiegten die Tränen gerade lang genug, dass Naruda sich aufrichten und ihr verheultes Gesicht mit dem Zipfel ihres Rockes abwischen konnte. »Du solltest gehen«, sagte sie, und ihre Stimme war kaum mehr als ein heiseres Krächzen.

»Ich denke, ich sollte bleiben«, erwiderte Pooja und faltete die Hände in ihrem Schoß. »Du hast hier niemanden zum Reden, aber du weinst alleine vor meiner Tür. Ich denke, du möchtest auch, dass ich bleibe.«

Narudas Kopf ruckte hoch wie der einer Schlange, und Trotz blitzte in ihrem Gesicht auf. »Du bildest dir etwas ein.«

Pooja seufzte. Seltsamerweise schien Narudas giftige Zunge ihre Spitze verloren zu haben. Sie erschien Pooja nur noch wie das Kläffen eines getretenen Welpen, der versuchte, seine Gegner einzuschüchtern.

»Was bereitet dir solchen Kummer, dass du so herzzerreißend weinst?«, fragte sie, anstatt auf Narudas wütende Tiraden einzugehen.

»Das hat dich nichts anzugehen.«

Pooja unterdrückte ein Seufzen. »Macht es dich nicht unglücklich, immer so zu sein? So wütend? Ich stelle mir das sehr anstrengend vor.«

»Es ist besser, als mich immer wieder verletzen zu lassen.«

Pooja musste unwillkürlich an Sitas Geschichte denken, an die Frau, die lieber allein blieb, als noch einmal den Schmerz zu verspüren, jemanden, den sie liebte, zu verlieren. »Bist du denn sicher, dass du wieder verletzt werden würdest?«

Naruda atmete rau ein und schniefte. »Menschen enttäuschen einen«, sagte sie. »Jeder. Du kannst ihnen nicht trauen. Sie hintergehen dich, selbst wenn sie sagen, dass du ihnen etwas bedeutest. Im schlimmsten Fall sind sie immer nur auf ihren eigenen Vorteil bedacht.«

Das klang bitter und vor allem hart. »Denkst du wirklich so?«

»Ich weiß es aus eigener Erfahrung. Denn ich bin diejenige, die stets alle hinterging.«

Pooja knetete den Stoff ihres Saris in ihren Händen. »Dann solltest du am besten wissen, dass man aus diesen Fehlern lernen kann. Nur weil du jemanden hintergangen hast, heißt das nicht, dass du ein schlechter Mensch bist. Es heißt auch nicht, dass du keine Menschen mehr finden kannst, die treu an deiner Seite stehen. Jeder macht Fehler. Und so sollte auch jeder die Chance erhalten, Vergebung zu finden.«

Zum ersten Mal sah ihr Naruda direkt ins Gesicht. Auf

ihren Zügen lagen Verwunderung und auch eine vage Hoffnung. »Woher willst du das wissen?«

»Weil ich fest daran glaube. Es gibt Menschen, die treu zu einem stehen. Die einen lieben.«

»Er liebt mich nicht«, sagte Naruda und in ihrer Stimme lag eine solche Bitterkeit, solch eine offene Wunde, dass Pooja sie überrascht ansah.

»Yash«, fragte sie mit zitternder Stimme. »Meinst du Yash? Woher willst du das wissen?«

»Weil er dich hergebracht hat«, gab Naruda gepresst zu. Ihre Hände waren zu Fäusten geballt, aber bevor Pooja Naruda weiter befragen konnte, war diese auch schon aufgesprungen und im grünen Dickicht des Gartens verschwunden.

Am frühen Morgen wagte Pooja es, sich auch in den Bereichen außerhalb des Harems umzusehen. Das Zusammentreffen mit Naruda hatte ihre Sorge vor dem heutigen Abend nur kurz verdrängt. Immerhin war es heute an ihr, endlich eine Geschichte zu erzählen. Abhaya und Ingrid hatten, nachdem Sita ihre Geschichte beendet hatte, noch einmal darauf hingewiesen, dass sie sich nicht länger davor drücken konnte. Aber genau das war das Problem: Pooja kannte keine Geschichte, die auch nur irgendwie zu denen, die sie bisher gehört hatte, gepasst hätte. Daher entschied sie sich, auf eine andere Weise zu verfahren. Nicht sie sollte die Geschichte erzählen, sondern jemand anderes an ihrer Stelle. Sie hielt diesen Plan geheim, denn sie fürchtete, dass Abhaya oder Tam sie auslachen würden, wenn sie ihnen davon erzählte. Also schlich sie gegen Mittag allein durch die Gänge und hielt Ausschau nach einer Dienerin, die den Eindruck erweckte, dass sie durchaus viel Erfahrung mit dem männlichen Geschlecht besaß.

Die meisten Frauen, die ihr begegneten, waren entweder zu jung, zu alt oder sahen so aus, als würden sie Männer als notwendiges Übel auf der Welt ansehen. Pooja war kurz davor zu verzweifeln, als sie endlich in der Küche auf eine Frau traf, deren Choli so nachlässig gebunden war, dass ihre mehr als nur üppigen Brüste fast herausfielen. Auch der Sari war auf eine Weise geknotet, die ihn kaum auf ihren ausladenden Hüften hielt, und jedem Mann, dem sie begegnete, schenkte sie ein Lächeln oder ein Augenzwinkern. ›Perfekt‹, frohlockte Pooja innerlich und trat neben die Frau, als sie sich gerade bückte, um die Asche aus dem Ofen zu fegen. »Verzeih mir«, sagte sie und die Frau sah auf. Ihr Gesicht war ein wenig derb, aber dennoch attraktiv, und Pooja konnte sich sehr gut vorstellen, dass mehr als nur ein Mann sich mit ihr auf das Lager legen würde. »Du bist eifrig bei der Arbeit«, versuchte sie ein Gespräch zu beginnen.

Die Frau schien nicht ganz sicher zu sein, was sie damit anfangen sollte, denn Poojas Kleidung wies sie eindeutig als eine der Edeldamen im Palast aus, aber die verirrten sich sonst nie in die Küche. Sie richtete sich auf und verneigte sich vor Pooja. »Wie es meine Pflicht ist«, sagte sie und wollte sich schon wieder dem Ofen zuwenden, aber Pooja hielt sie zurück. »Wie heißt du?«, fragte sie.

»Jappati«, war die Antwort, und Pooja konnte ihrem Gesicht deutlich ablesen, dass Jappati noch immer nicht so wirklich einzuordnen vermochte, ob Poojas Anwesenheit ein gutes oder schlechtes Zeichen war.

»Wer so hart arbeitet, hat sich seine freie Zeit aber auch verdient«, versuchte Pooja sich vorsichtig an das eigentliche Thema heranzutasten. Allmählich ahnte sie zwar, dass ihre brillante Idee vielleicht doch nicht so brillant war, wie sie gedacht hatte. Aber ihr blieb keine Wahl. Also fuhr sie fort: »Du genießt deine freie Zeit doch sicher auch?«

»Ja. Aber nur dann«, erwiderte Jappati. »Ich schwänze niemals meine Aufgaben und erledige alles, wie es mir aufgetragen wurde.«

»Das glaube ich dir, du machst gute Arbeit, sehr gute. Ich möchte nur wissen, was du ... was du so in deiner freien Zeit anstellst.«

»Oh, das ist nicht viel. Ich schlafe oder gehe auf den Markt zusammen mit meinen Freundinnen. Das macht viel Spaß.«

Pooja war kurz davor aufzugeben. Ihr fiel einfach nichts mehr ein, wie sie das Thema unauffällig auf Jappatis Erfahrungen mit Männern lenken konnte, daher fragte sie: »Und nachts? Machst du dann vielleicht noch etwas anderes als ... schlafen?«

Jappati sah sie zweifelnd an. »Meint Ihr ...« Sie formte mit ihren Fingern einen Kreis und schob den Zeigefinger ihrer anderen Hand hindurch. Pooja wäre am liebsten im Erdboden versunken. »Ja«, sagte sie ergeben.

Jappati zuckte mit den Schultern. »Ja, das mache ich manchmal. Früher habe ich das öfter getan, mit meinem Geliebten, aber seit der Djinn mich besucht hat ...« Die Worte versickerten in der heißen Mittagsluft, aber Pooja war hellhörig geworden. »Du bist einem Djinn begegnet?«

Die Dienerin nickte. »Er kam nachts zu mir. Ich ...«

Pooja wedelte mit der Hand, um sie zu unterbrechen. »Das ist genau das, was ich gesucht habe!«, verkündete sie. »Ich will die ganze Geschichte hören, aber nicht jetzt. Komm heute Abend zum Tor am Garten des Harems. Ich werde dir jemanden schicken. Und dann kannst du deine Geschichte erzählen. Ich werde dafür sorgen, dass du für deine Mühe reich belohnt wirst.«

Jappati schien sich anfangs nicht sicher zu sein, aber als Pooja die ›reiche Belohnung‹ ansprach, nickte sie eifrig. »Ich werde da sein.«

Pooja hatte es sich in einer Ecke der Sitzbank gemütlich gemacht und naschte von einem Granatapfel, während nach und nach die anderen Frauen eintrafen. Abhaya hatte ein koboldhaftes Grinsen aufgesetzt, als sie neben Pooja Platz nahm, und auch die anderen Frauen sahen mehr oder weniger offen neugierig zu ihr herüber.

»Du brauchst gar nicht so zu grinsen«, sagte Pooja und stieß ihre Freundin Abhaya leicht in die Seite. »Wieso nicht? Immerhin werden wir heute einmal endlich etwas aus deinem Mund hören.«

»Sei dir da mal nicht so sicher«, erwiderte Pooja verschwörerisch und biss auf einige Granatapfelkerne. Die kleinen Früchte platzten in ihrem Mund und überfluteten ihn mit dem säuerlich-süßen Aroma, das sie so mochte.

»Was soll das heißen?«, hakte Abhaya nach. »Du weißt, dass du heute dran bist.«

»Das weiß ich. Aber ich habe eine Überraschung für euch. Warte ab.«

In diesem Moment betrat Tam den Innenhof. An seiner Seite ging Jappati, und die Blicke der sechs anderen Frauen flogen zwischen der Dienerin, der die allgemeine Aufmerksamkeit nichts auszumachen schien, und Pooja, die vor Nervosität wieder rot angelaufen war, hin und her. Sie deutete mit der offenen Hand auf Jappati und sagte: »Hier kommt meine Geschichte.«

»Eine Frau?«, warf Meena ein.

»Nein. Eben diese Frau. Wie ihr wisst, habe ich nur wenig Erfahrung auf dem Gebiet, auf dem eure Geschichten spielen, und das wenige, das ich weiß, ist es nicht wert, erzählt zu werden. Aber diese Frau namens Jappati hat eine Geschichte, die euch gefallen dürfte. Sie handelt sogar von einem Djinn. Ich bitte euch daher, ihre Geschichte anzuhören und dafür auf meine zu verzichten, denn ich habe nichts Spannendes, wovon ich erzählen könnte.«

Für einen Moment blieben alle stumm. Dann zuckte Ingrid mit den Schultern. »Ach, na gut. Ein Djinn klingt spannend. Hauptsache, wir werden unterhalten.«

Sita nickte Jappati zu. »Dann beginn mit deiner Erzählung.« Und diese begann.

Der Djinn

In der Nacht, als der Djinn kam, träumte ich gerade von meinem Liebsten, den ich in Aggra zurücklassen musste, um hier im Palast, in der Küche des Maharadschas, Geld zu verdienen. Mein Liebster war ein stattlicher Mann, mit einem Lingam, so lang wie mein Unterarm und fast ebenso dick. Als wir noch in Aggra waren, liebte ich es, ihn zu packen und ihn mir, so weit es nur ging, in den Mund zu schieben. Ich konnte stundenlang an ihm lutschen, ohne dass es ihm kam!

Von genau solchen Dingen träumte ich, als sich mit einem Mal ein schweres Gewicht auf meine Brust legte und zudrückte. Ich erwachte und glaubte, ich müsse ersticken! Als ich die Augen aufschlug, sah ich, dass der Djinn auf mir hockte, wie ein Geist aus einer Geschichte. Seine Augen glühten rot, und er war nackt. Sein Lingam stand bereits steif und hart ab, und wenn ich den Kopf etwas noch vorne gedrückt hätte, hätte ich die Spitze in den Mund nehmen können. Der Djinn schien meine Gedanken zu lesen, denn er packte meinen Hinterkopf mit seinen klauenbewehrten Fingern und drückte ihn hoch. Seine Hüfte schob er weiter vor, bis er gegen meine Lippen stieß. Ich wollte schreien, aber der Djinn nutzte den Moment, in dem ich den Mund öffnete, und schob sich tief in meinen Mund. Er war so prall, dass ich glaubte, ersticken zu müssen!

Der Djinn war wie ein Tier, er hielt meinen Kopf fest und stieß immer wieder gegen meine Zunge, dabei stöhnte er laut auf. Ich versuchte zu fliehen, aber er hielt mich fest, sein

Schwanz drängte sich immer tiefer meine Kehle hinab und ich rang nach Luft und schluckte. Dann kam er und spritzte mir seinen Samen in den Mund. Es war viel, so viel, dass er, als er seinen Lingam aus meinem Mund zog, noch immer spritzte und mein Gesicht und meine nackten Brüste damit bedeckte. Aber mich kümmerte es kaum, denn ich war froh, wieder Luft zu bekommen, ich sog sie tief und gierig ein und schluckte dabei den heißen Samen, der wie Feuer in meiner Kehle brannte.

Aber der Geist hatte noch lange nicht genug von mir. Mit seiner langen Zunge leckte er seinen eigenen Samen von meiner Haut. Seine Zunge war wie eine Schlange und schien jeden Flecken meiner Haut mit einem Feuer zu entflammen, das mich willenlos machte und meine eigene Lust entzündete, auch wenn ich das gar nicht wollte!

Seine klauenbewehrten Hände packten meine Brüste, drückten sie zusammen und er saugte und lutschte an ihnen, als wären sie köstlichster Nektar. Seine Berührungen sandten mir Schauer über den Rücken, und ich konnte deutlich spüren, wie meine Brustwarzen sich zusammenzogen, wie sie zu harten Nippeln wurden, an denen er saugte. Mit seinen spitzen Zähnen biss er hinein, nicht viel, doch gerade genug, dass ich es spüren konnte. Ihr Mädchen könnt euch kaum vorstellen, wie es sich für mich angefühlt hat, zu wissen, dass dieses unheimliche Geschöpf nur einmal fest zuzubeißen brauchte, um mich ernsthaft zu verletzen! Aber er tat es nicht, zumindest nicht mehr als einige Kratzer, die er mit seinen Klauen in meine Oberschenkel ritzte. Die Striemen waren Wochen später noch zu sehen, aber heute sind sie zum Glück verblasst.

Aber es reichte ihm nicht, meine Haut zu lecken, denn sein Schwanz war noch immer hart und hatte nichts von seiner Länge verloren. Während er meine Brüste befingerte und daran lutschte, rieb er seinen heißen Lingam an meinem Bauch und seine Hoden klatschten immer wieder gegen meinen Venushügel. Ich wand mich und versuchte, trotz der langsam wachsenden Lust zu entkommen, aber es war unmöglich. Er lag so schwer und stark auf mir, dass ich mich kaum bewegen konnte. Schließlich ließ er aber von meinen Brüsten ab und rutschte tiefer, wobei er mich noch immer mit seinem eigenen Körper ans Bett festgenagelt hielt. Mit einem Stoß seiner breiten Schultern spreizte er meine Beine und drückte sie mit den Händen so weit auseinander, bis er ohne jede Mühe auf meine weit offene Spalte blicken konnte. Ich versuchte, die Schenkel zu schließen, aber er grub seine Klauen warnend in meine Haut. Vor Angst wie gelähmt lag ich stumm da und harrte der Dinge, die da kamen.

Er beugte sich vor, die Hände noch immer auf die Innenseite meiner Schenkel gelegt, und streckte die Zunge hervor, und ich schwöre es bei allen Göttern, Mädchen, sie wuchs vor meinen Augen und wurde immer länger, bis sie so lang wie mein Unterarm war! Er grinste mich an, sah mir tief in die Augen und langsam senkte sich die dreieckige Spitze seiner Zunge herab. Sie kitzelte die Lippen meiner Spalte, rieb erst über die linke und dann die rechte Seite und stieß kurz und überraschend dazwischen. Dort, wo sein Speichel mich berührte, fühlte ich Flammen, eine unheilige Hitze, die mich auf der Stelle willenlos machte und meinen ganzen Körper erfasste. Ich sage es euch, Mädchen, der Djinn raubte mir meinen Verstand durch seine Zunge und seinen Speichel, bis ich nur noch ein bebendes Bündel war, das nach mehr bettelte. An Flucht konnte ich nicht mehr denken, ich spreizte die Beine, umfasste seinen Kopf und drückte ihn tiefer. Ich schäme mich für dieses Verhalten, aber es blieb mir nichts anderes übrig, immerhin hat er mich auf das Schändlichste verführt!

Seine Zunge glitt sogleich tiefer, und ich spürte, wie sie sich immer tiefer in meinen Schoß bohrte, so tief, wie noch nie irgendein Schwanz gekommen war, und ich war auf eine Weise ausgefüllt, wie kein sterblicher Mann es bisher geschafft hatte.

Ich hielt die Augen geschlossen und gab mich dem sündigen Vergnügen hin, das der Djinn in mir auslöste. Doch dann geschah etwas, was die Lust für einen winzigen Augenblick dämpfte – etwas stieß an meine Hinterpforte. Ich riss die Augen wieder auf, sah herab und schrie leise, als ich sah, dass der Djinn einen Schwanz besaß! Er war länger als seine Zunge, auch wenn die Form sich glich, und die Spitze rieb an meinem Arschloch, um hineinzugelangen. Ich wollte zurückweichen, denn nicht einmal mein Liebster hatte diesen Weg jemals beschreiten dürfen, aber der Djinn leckte sich über einen Finger und stieß ihn mir mit einer solchen Wucht in die Pforte, dass ich Sterne vor meinen Augen sah und mir die Luft wegblieb. Die Heftigkeit seines Eindringens war schmerzhaft und durch seinen Speichel gleichzeitig das Erfüllendste, was ich jemals erlebt habe. Sein Finger bewegte sich in mir, er glitt hin und her, während seine Zunge sich noch immer in mir zu schaffen machte, und ja, ich gebe es zu, ich hielt meine Beine weit gespreizt, schrie unkontrolliert und bettelte, ja, ich flehte den Djinn regelrecht an, es mir zu besorgen. Ich wollte von ihm gestoßen werden, ich bestand nur noch aus lechzendem, wollüstigem, willigem Fleisch. Mir war es egal, dass er ein böser Geist war, dass er einen Schwanz besaß, und dass er mich nur durch Tricks dazu bekommen hatte, mich ihm hinzugeben, alles, was mein Denken und meinen Körper noch beherrschte, war das pure Verlangen nach einem Schwanz!

Der Djinn spielte noch ein wenig mit meiner Hinterpforte, richtete sich dann auf und präsentierte mir stolz seinen Lingam, der, so unmöglich es sich auch anhört, noch größer geworden war. Er packte meine Hüften und drehte mich herum – bereitwillig ging ich auf alle viere, um mich ihm in der

Position darzubieten, die er haben wollte. Er packte meine Hüften und einen Lidschlag später war er in mir, füllte mich bis zum Zerreißen aus, aber das war beileibe noch nicht alles. Während sein Schwanz tief in mir steckte, fädelte er die Spitze seines Tierschwanzes in mein zweites Loch, er stieß ihn tief hinein, bis mein Unterleib übervoll zu sein schien. Ohne mir auch nur einen Moment der Erholung zu gestatten, begann er abwechselnd mit seinem Lingam und seinem Schwanz in mich zu stoßen. Unter der Wucht seiner Stöße musste ich mich in die Laken klammern, um nicht einfach gegen den Kopf des Bettes getrieben zu werden, und ich konnte bereits fühlen, wie die Wucht und die Schnelligkeit der Stöße mich wund werden ließen, aber es war mir egal. Speichel rann mir aus dem Mundwinkel, meine Kehle wurde rau von meinen lauten, spitzen Lustschreien, mit denen ich den Djinn anfeuerte. Er sollte mich härter, tiefer und immer tiefer stoßen, ich flehte ihn an, mich zu ficken, mir den letzten Rest meines Verstandes herauszuvögeln, und ich weiß nicht, ob er mich hörte oder nicht, aber seine Stöße wurden tatsächlich rascher und er gebärdete sich immer wilder und toller auf mir. Anfangs hatte ich die Hüften noch bewegt, aber je näher ich meinem Höhepunkt kam, umso ruhiger hielt ich mein Becken, umklammerte ihn nur immer wieder, wurde eng um seinen harten Schwanz, und dann war es endlich so weit, sein Tierschweif krümmte sich in meinem Arschloch, sein Lingam wurde noch praller und schoss seinen Samen tief in mich hinein. Er stieß noch weiter zu, der weiße Saft quoll aus meiner Spalte und rann meine Schenkel hinab, und ich schrie laut, ich kam, immer wieder kam ich, bis ich besinnungslos zusammenbrach und erst am nächsten Morgen wieder erwachte.

»Mit deiner kleinen Aushilfserzählerin hast du dich ja ganz schön in die Nesseln gesetzt«, grinste Abhaya, als sie am nächsten Tag neben Pooja im Becken des Bades hockte und sich mit Seife einrieb.

»Erinnere mich bloß nicht daran«, stöhnte Pooja und tauchte noch etwas tiefer, bis das Wasser ihr bis zur Nasenspitze reichte. Die Frauen hatten nach der Geschichte laut zu lachen begonnen und regelrecht gekreischt vor Vergnügen, wobei Pooja nicht ganz klar war, ob es wegen Jappati oder deren Erzählung gewesen war.

Selbst Tam hatte schmunzeln müssen, und Pooja hätte sich am liebsten auf der Stelle in eine Maus verwandelt und wäre in die Wüste hinausgeflohen. »Das soll dir eine Lehre sein«, zog Abhaya sie weiter auf. »In Zukunft erzählst du deine Geschichten am besten selbst. Da kann nichts schiefgehen.«

»Aber die sind sterbenslangweilig«, murmelte Pooja und sah ins Wasser hinab.

»Nun, das muss man deiner Dienerin lassen, unterhaltsam war ihre Geschichte allemal«, grinste Abhaya. Pooja seufzte.

Die Tür ging auf, und Meera und Meena kamen mit Sita und Xiao im Schlepptau herein. Sie begrüßten Pooja und Abhaya, wobei sie ebenso breit grinsten wie Abhaya und Poojas Scham damit vergrößerten. Die Frauen entkleideten sich ohne jede Verlegenheit und kamen dann ins Becken. Pooja beobachtete sie aus den Augenwinkeln. Es war seltsam, wie unterschiedlich die Frauen aussahen. Während sie selbst eher schmal mit kleinen Brüsten war, besaß Abhaya pralle, volle Brüste, fast so groß wie Honigmelonen. Die Zwillinge ähnelten sich auch nackt bis aufs Haar; ihre Hüften waren wesentlich breiter als ihre Oberweite. Ihre Brüste hatten die Form von Zitronen, mit Nippeln, die so rosafarben und unschuldig aussahen, dass es Pooja fast wie eine Sünde vorkam, sie zu betrachten.

Xiao besaß kaum ausgeprägte Hüften und Brüste, ihre Geliebte Sita dagegen volle runde Hüften und lange, schlanke Beine. Ihre Brüste hingen ein wenig, aber das tat ihrer Schönheit keinen Abbruch.

Abermals schwang das Tuch beiseite und nun betrat Ingrid mit Harun im Schlepptau das Bad. »Das ist ja fast so, als wäre es bereits Zeit für die abendliche Geschichte«, sagte Ingrid lachend, und Pooja musterte verstohlen die Wölbungen und Rollen ihres üppigen Körpers. Zwischen Ingrids Beinen leuchtete ein Busch, der noch viel röter war als ihr Haupthaar, und sie strahlte eine solche Sinnlichkeit aus, als sie sich durch den Raum bewegte, dass Pooja sich fragte, wie sie das bisher nicht hatte bemerken können. Ingrid war sich jedes einzelnen ihrer Reize bewusst und zeigte sie gerne.

Harun hinter ihr war ebenso nackt wie alle anderen. Überrascht sah Pooja, dass er zwar keine Hoden mehr besaß, dafür aber einen Penis von durchaus beeindruckender Größe, der zwischen seinen Beinen schwang.

»Gefällt er dir?«, zog Harun sie auf, und Pooja merkte jetzt erst, dass sie ihn offen angestarrt hatte. »Entschuldige. Ich habe nur noch nie...«

»Einen Eunuchen mit Schwanz gesehen?«, führte er ihren Satz zu Ende.

Abhaya zog Pooja an sich. »Sei nicht gemein, Harun«, tadelte sie den Eunuchen. »Gib es doch zu, du genießt es, wenn dir jemand auf deinen Schwanz starrt.«

»Nicht wenn es Frauen sind«, erwiderte er.

»Immer diese Männerliebhaber«, ächzte Abhaya.

»Männerliebhaber?«

»Schwanzlutscher«, warf Harun ein. »Ich liebe Männerschwänze und die meisten lieben auch meinen.«

Pooja wandte sich verwirrt an Abhaya, die ihr beruhigend über den Kopf strich. »Es ist wie unter Frauen«, sagte

Sita und spülte sich ihr langes Haar mit einem Krug Wasser aus.

»Nicht ganz so – meist sind mehr Schwänze dabei«, warf Harun grinsend ein, und die Frauen lachten. Selbst Pooja musste schmunzeln.

»Wie ist es ... unter Männern? Geht es dabei nur um, na ja, um den Lingam?«, fragte sie Harun. Der Eunuch setzte sich neben sie und rieb sich mit dem Daumen über die Unterlippe. »Nein, es geht nicht nur um den Lingam, aber natürlich gefällt er uns besonders. Mein Liebster und ich erfreuen uns aber auch oft an dem engen hinteren Eingang.«

»Hinteren ... was?!«

Harun grinste von einem Ohr zum anderen. »Soll ich dir die Geschichte dazu erzählen?«, fragte er.

Pooja sah sich im Bad um, aber wie sie bereits vermutet hatte, nickten die anderen Frauen ihr bereits aufmunternd zu. »Ja, ich würde sie gerne hören«, sagte sie artig.

»Aber ich muss dich warnen. Das ist keine Geschichte von hübschen Prinzen oder Männern, die sich in Frauen verlieben. Es geht um Schwänze, um Männer, die Männer lieben. Wenn du denkst, du kannst das nicht ertragen, sollte ich gar nicht erst anfangen.«

»Ich glaube, ich werde damit gerade so fertig werden«, beschwichtigte Pooja ihn. »Gut«, sagte der Eunuch. Und dann begann er zu erzählen.

Das Geschenk

Als Sklave im Harem war das Leben leicht und gleichzeitig doch so kompliziert. Harun war sich bewusst, dass er, für einen Sklaven, viel Glück gehabt hatte. Seine Aufgabe war es, die Wünsche der Frauen zu erfüllen. Man hatte ihn wegen seines guten Aussehens für diese Aufgabe ausgewählt, und ihm war klar, dass er seinen Lingam nur deshalb behalten durfte, weil Yash um seine homosexuellen Neigungen wusste. Außerdem gab es bereits einen Schönling im Harem, der dazu auserkoren war, die Frauen zu beschlafen, wenn sie Lust darauf verspürten. Dennoch hatte Yash das nicht davon abgehalten, ihm die Hoden zu nehmen, nur für den Fall, dass in ihm doch einmal das Interesse an Frauen erwachen sollte. Auch wenn er mit Sicherheit nie bei einer der Frauen liegen würde, so schmerzte ihn der Verlust doch jedes Mal, wenn er daran dachte.

Seinen Geliebten, Kahir, hatte es weitaus schlimmer getroffen. Kahir war stark, aber er besaß nicht das jugendlich-hübsche Gesicht, das die Frauen im Harem so liebten. Er hatte früher in einer Mine gearbeitet und sein Körper war dadurch zwar stark, aber auch grob, ebenso wie die Innenseiten seiner Hände. Seine Aufgabe war es, jeden Mann aus dem Harem fernzuhalten, der versuchte, dort unbefugt einzutreten. Damit Kahir gar nicht erst in Versuchung kam, hatte Yash ihn ganz kastrieren lassen.

Harun hatte das nie gestört, zumindest nicht genug, als dass er sein Herz verleugnen und sich von Kahir fernhalten konnte. Der Hüne hatte anfangs zwar nur sehr scheu auf seine Annäherungsversuche reagiert, aber ihn nie abgewiesen, und schließlich hatte er ihm sogar seine Liebe gestanden. Harun genoss die wenigen Stunden, die sie sich manchmal gestatteten, wenn Yash bei den Frauen war und der Harem für kurze Zeit unbewacht bleiben durfte. Dann verbrachten sie die Zeit gemeinsam, und weil ihm die wichtigsten Körperteile fehlten, war es immer Kahir, der Harun zu einem Höhepunkt brachte. Kahir selbst trug dabei immer seinen Lendenschurz, denn er wollte nicht, dass Harun sah, was Yash ihm angetan hatte. Obwohl sie Geliebte waren, hatte Harun Kahir noch nie ganz nackt gesehen, aber aus Respekt vor seinem Liebsten fragte er ihn nie danach.

Harun war gerade dabei, die Schultern der Dame Xiao zu massieren, als Yash den großen Innenhof betrat. Der Maharadscha war offensichtlich betrunken, und Harun beeilte sich, aufzustehen, sich zu verneigen und den Harem zu verlassen. In dieser Stimmung konnte der Maharadscha ungehalten werden – sein Jähzorn und seine Geilheit tanzten dann auf einem dünnen Seil, und man wusste nie, welche Seite die Oberhand gewinnen würde. In solchen Momenten konnten ihn meist nur die Damen aus dem Harem beruhigen. Andere Männer reizten seine Wut.

Harun schlich sich zur Außenpforte des Gartens. Das war Kahirs Posten, aber als er dort ankam, stand das Tor offen und niemand war zu sehen. War Kahir geflohen? Harun wollte nicht an diese Möglichkeit glauben, aber ...

Zwei kräftige Arme packten ihn und zogen ihn an Kahirs fassähnliche, blanke Brust. »Was soll das?«, zischte Harun aus Angst, dass man sie hören könnte, aber Kahir lachte nur leise. Er küsste seinen Geliebten auf die Lippen und ließ ihn dann los. »Ich wollte dich nicht erschrecken«, sagte er leise, aber sein Grinsen strafte seine Worte Lügen. »Komm mit.«

Harun war sich nicht sicher, ob er beleidigt sein sollte oder nicht, aber die Aussicht, endlich wieder mit Kahir allein zu sein, überwog alles andere. Er folgte seinem Geliebten durch das offene Tor und anschließend auf einen unscheinbaren versteckten Pfad, der durch den Garten bis zu einem kleinen Schuppen führte, in dem die Gärtner früher ihre Werkzeuge aufbewahrt hatten. Nachdem Yashs Vater aber einen größeren und komfortableren Schuppen direkt neben die Wohnhütte der Gärtner hatte bauen lassen, war dieser abgelegene Schuppen in Vergessenheit geraten. Er lag versteckt zwischen einigen Hibiskusbüschen und mit den Jahren war das Holz dunkel geworden und von Blütenranken überzogen.

Die Tür knarrte leise, als Kahir sie aufzog, und beide Männer beeilten sich, einzutreten und sie rasch wieder hinter sich zu schließen. Kaum war die Tür ins Schloss gefallen, riss Kahir den kleineren Harun wieder in seine Arme und fing seine Lippen in einem harschen, leidenschaftlichen Kuss ein. Harun wollte nach Luft schnappen, aber Kahir ließ ihn nicht. Er raubte ihm den Atem, hielt ihn fest an sich gepresst und Harun spürte, wie sein Lingam sich aufrichtete. Blind taumelten sie beide durch den Raum, ihre Hände wanderten über den Körper des anderen. Harun bekam nie genug von Kahirs massiger Stärke. Seine Hände glitten über dessen nackten Oberkörper, fuhren die Täler und Berge seiner Muskeln nach, und sein Mund erforschte Kahirs Brust, seine Lippen glitten über die harten Nippel, und er machte sich einen Spaß daraus, sanft hineinzubeißen. Kahir sog scharf die Luft ein, er packte Haruns kurze schwarze Locken und zog seinen Kopf höher, um seinen Lippen eine bessere Aufgabe zukommen zu lassen. Der Kuss schien ewig zu dauern, und allein die Berührung ihrer beider Zungen reichte aus, um Haruns Lingam so hart wie einen Fels werden zu lassen. Er stöhnte in Kahirs Mund und klammerte sich an ihn.

Sein Liebhaber aber drückte ihn auf den Rücken, bis er lag, und kniete sich zwischen seine Beine. Etwas fassungslos sah Harun auf ihn herab. »Jetzt schon?«, flüsterte er mit rauer Stimme.

»Ich kann nicht mehr warten«, erwiderte Kahir und öffnete Haruns Hose. Mit geübten Griffen hatte er sie ihm heruntergezogen und der junge Eunuch lag vollkommen nackt, mit einer vor Erwartung zitternden Erektion vor seinem Geliebten. Kahir konnte anscheinend wirklich nicht mehr warten, denn er packte Haruns Erektion, rieb sie, bis der laut stöhnend den Kopf in den Nacken warf, und nahm sie dann so tief, wie es ihm möglich war, in den Mund.

Harun keuchte, er bewegte die Hüften, um noch tiefer in Kahirs Mund zu stoßen, aber dessen raue, schwielige Pranken drückten ihn unbarmherzig auf den Boden zurück. Kahir war derjenige, der das Tempo vorgab, und Harun ließ ihm seinen Willen, wenn auch widerwillig. Er war jung und ungeduldig, er wollte alles, gleich und sofort!

Kahir wusste das. Nur aus diesem Grund presste er die Lippen zusammen und glitt so langsam nach oben, dass Harun befürchtete, jede Beherrschung zu verlieren. An der Eichel angekommen, öffnete Kahir den Mund und die im Gegensatz zu Kahirs Mund so kühle Luft traf Harun wie Eiswasser. Er biss die Zähne zusammen, aber schon im nächsten Augenblick umhüllte ihn wieder Kahirs Mund, und er glitt tiefer an ihm herunter. Kahirs Zunge – diese verfluchte, geschickte Zunge! – umkreiste seine Eichel, reizte sie mit ihrer Weichheit und Nässe, während seine Lippen mit jedem Zentimeter hinab Haruns Schwanz verwöhnten.

»Mach schon«, drängte der, aber Kahir hob den Kopf und grinste. »Willst du wirklich, dass es schon vorbei ist?«

Harun war hin und her gerissen zwischen der Gier nach einem Orgasmus und dem Vergnügen, das er empfand.

»Nein«, sagte er kleinlaut. Kahir küsste seine Eichel und fuhr dann fort mit der süßen Qual. Harun umfasste Kahirs Hinterkopf, er stieß mit den Hüften vor, um mehr zu erhaschen, mehr Hitze, mehr Wärme, mehr Nässe. Endlich zog Kahir sein Tempo an, er bewegte den Kopf auf und ab in immer rascher werdendem Tempo. Harun japste, er vergrub seine Zehen in dem an einigen Stellen brüchig gewordenen Lehmboden und wand sich wie im Fieber. Kahir ließ ihm keine Sekunde Zeit, um zu Atem zu kommen, seine Bewegungen wurden immer wilder, immer drängender, und er schien nur noch ein Ziel vor Augen zu haben.

Harun ertrug es nicht länger, sein ganzer Körper spannte sich, sein Oberkörper bäumte sich auf, und er schrie laut auf, als der Orgasmus ihn überwältigte. Er spürte, wie sein Körper versuchte, etwas zu tun, was er nicht mehr tun konnte, und er genoss die pumpenden Zuckungen seines Schwanzes, als der Höhepunkt langsam abebbte. Müde sackte er wieder zurück und lag lange Zeit sprachlos auf dem Rücken und starrte das Dach des Schuppens an. Kahir legte sich neben ihn und bot ihm seinen Arm als Nackenstütze. Harun schmiegte sich eng an ihn, die Hand auf seinen Bauch gelegt. Er war in Gedanken versunken.

»Stimmt etwas nicht?«, fragte Kahir, der meist eine sehr feine Wahrnehmung hatte, wenn es um Harun ging. Das hatte er schon mehr als einmal bewiesen. Dennoch überraschte es Harun immer wieder. Er sah auf und schüttelte leicht den Kopf. »Es ist alles in Ordnung.«

Kahir runzelte die Stirn, und Harun senkte rasch den Blick. Sein Geliebter zog ihn an sich und streichelte seinen Rücken. »Was ist es?«, fragte er bestimmt.

Harun wusste, dass Kahir nicht lockerlassen würde, bis er seine Antwort hatte, also sagte er: »Es schmerzt mich, dass immer nur ich derjenige bin, der Vergnügen dabei empfindet.

Ich will das mit dir teilen, ich will, dass wir beide dabei zusammen sind. Auch wenn du derjenige bist, der mich leckt, so bin ich doch immer allein, wenn ich komme. Es gibt zwischen uns keine... keine Verbindung.«

Kahir runzelte die Stirn, und Harun befürchtete schon, dass er ihn mit der Wahrheit verletzt hatte. »Entschuldige, ich wollte es nicht so klingen lassen, als genieße ich es nicht, aber...«

»Aber dennoch reicht es dir nicht«, brummte Kahir und drehte sich auf den Rücken. Harun seufzte. »Das stimmt nicht. Ich will nur, dass es dir auch Vergnügen bereitet.«

»Denkst du, mir gefällt es nicht, wenn ich das für dich tue?«, fragte Kahir scharf.

Abermals seufzte Harun. »Siehst du, das meine ich. Für mich. Du tust es für mich, um mir einen Gefallen zu tun. Du selbst hast nichts davon.«

Kahirs runzelte die Stirn und zum ersten Mal sah Harun seinen Geliebten verärgert. Der Hüne machte sich los und stand auf. »Kahir, bleib!«

»Ich muss nachdenken«, brummte Kahir und ließ Harun allein in dem Schuppen zurück.

In den kommenden Tagen war Yash fort, auf Tigerjagd in den Wäldern des Nachbarkönigreichs. Die Frauen im Harem atmeten regelrecht auf, aber für Harun war es schwer, denn für ihn bedeutete es, dass er Kahir nicht sehen konnte. Aber das musste er, denn sie mussten unbedingt über den Vorfall im Schuppen reden. Harun machte sich Sorgen, dass er seinen Geliebten schlimmer verletzt hatte als befürchtet, und genau das wollte er nicht. Kahir war das Wichtigste für ihn – er konnte sich nicht vorstellen, wie er ohne ihn weiterleben sollte. Aber so, wie Kahir ihn angesehen hatte... Harun hielt es nicht mehr für ausgeschlossen, dass der Hüne sich von ihm trennen wollte, wenn sie sich das nächste Mal sahen.

Aus diesem Grund zögerte Harun auch, den Harem zu verlassen, als Yash von seiner Jagd zurückkehrte. Wenn der Maharadscha seinen Harem so lange allein gelassen hatte, hielt er sich meist die ganze Nacht dort auf, auch wenn das in den meisten Fällen bedeutete, dass er eine oder zwei der Frauen beschlief, sich dann oder sogar schon währenddessen betrank und dann betrunken schnarchend den Rest der Nacht im Innenhof verbrachte.

Harun hatte sich die Worte zurechtgelegt, mit denen er Kahir um Verzeihung bitten wollte, in Gedanken war er das Gespräch wieder und wieder durchgegangen, aber jetzt, auf dem Weg zum Tor, versagte ihm die Zunge den Dienst und sein Kopf war leer. Er konnte sich an keines der Worte mehr erinnern, die er sich so sorgfältig zurechtgelegt hatte. Auch seine Füße schienen aus Blei zu bestehen, sie wurden immer schwerer, je näher er dem Tor kam. Aber seine Angst war unbegründet – das Tor war verschlossen. Wieder war von Kahir keine Spur zu sehen. Harun drehte sich um sich selbst und rief Kahirs Namen, aber diesmal kam niemand aus dem Dickicht der Bäume getreten, um ihn zu überraschen. Kahir wusste sicherlich, dass Yash wieder da war, denn der Maharadscha war über diesen Weg in den Harem gekommen. Hatte er sich also lieber direkt zurückgezogen, weil er wusste, dass Harun sich alsbald auf den Weg zu ihm machen würde?

Der junge Eunuch ballte die Hände zu Fäusten und versuchte den verzweifelten Aufschrei, der seine Kehle hinaufdrängte, zu ersticken. Sein Kopf sackte nach vorn und seine Schultern zuckten, während er versuchte, dem Wirbel aus Enttäuschung und verletzter Liebe in sich Herr zu werden. Nur langsam gelang es ihm, sich zu beruhigen. Er atmete tief ein, öffnete die Augen – und sah direkt auf einen Pfeil. Es war ein primitives, aus kleinen Stöcken gelegtes Symbol auf dem Boden, und es deutete in die Richtung, in der der Schuppen lag. Harun riss die Augen auf. Hatte Kahir ihn möglicherweise doch nicht verlassen? Er überlegte nicht lange, sondern rannte so schnell er konnte in die Richtung, in der der Schuppen lag. Zweige peitschten in sein Gesicht und auf seinen nackten Oberkörper, aber das war ihm egal.

Er konnte nur noch an Kahir denken, daran, dass er ihm möglicherweise doch vergeben und ihm seine Worte verziehen hatte... Kurz darauf stand er schon vor der Tür der kleinen Hütte, die ihnen als Liebesnest diente. Mit einem Mal verspürte er Furcht – was, wenn er sich geirrt hatte? Von der Eile und Begeisterung von vorhin war nichts mehr übrig. Der sonst so selbstsichere Harun berührte die Tür so zaghaft, als fürchtete er, dass sie ihn wie eine Schlange beißen würde. Als er die Tür geöffnet hatte, lag die Hütte dahinter im Dunkeln. »Kahir?«, fragte er leise, aber niemand antwortete ihm. Bittere Enttäuschung breitete sich in ihm aus. Er begann an sich zu zweifeln – möglicherweise hatte dort gar kein Pfeil gelegen, sondern doch nur eine zufällige Anordnung an losen Zweigen, die der Wind dort hingeweht hatte?

Harun wollte sich gerade umdrehen und die Hütte wieder verlassen, als sich ein warmer Körper gegen seinen Rücken drückte und etwas Hartes, Langes sich durch den Stoff seiner Hose hindurch an seinen Po presste. Harun blickte über seine Schulter und sah Kahir hinter sich stehen, der auf ihn herabgrinste. »Du bist doch da!«, entfuhr es dem Eunuchen, und er wollte sich umdrehen, aber Kahir ließ ihn nicht. Stattdessen umfing er ihn mit seinen starken Armen und die harte Ausbuchtung zwischen seinen Beinen drückte sich noch drängender an Haruns Kehrseite. »Was...«

»Sch... das ist mein Geschenk für dich.«

Harun war sich immer noch nicht sicher, was sein Liebster

vorhatte, und vor allem, was dieses seltsame Ding sein mochte, das sich so fordernd an ihm rieb. Hätte er es nicht besser gewusst, er hätte behauptet, dass Kahir sich einen Lingam hatte wachsen lassen!

»Ich habe kein Geschenk verdient«, murmelte er, die Augen geschlossen. Sein gesamter Körper konzentrierte sich auf das Gefühl, Kahir wieder so nah bei sich zu spüren. »Ich habe dich mit meinen Worten verletzt.«

»Und ich habe überreagiert«, erwiderte Kahir an Haruns Ohr und sein Atem sandte Schauer über Haruns Haut. Auch wenn Harun nicht wusste, was genau sich da an ihm rieb, so blieb die Reaktion auf das beständige Reiben an seinem Po nicht aus. Kahirs Nähe, sein heißer, nackter Oberkörper an seinem taten ein Übriges, um Haruns Lust zu wecken. Die Augen noch immer geschlossen, lehnte er sich an seinen Liebsten. »Ich hätte auf das hören sollen, was du mir sagen wolltest, anstatt auf das Geplapper, mit dem du versucht hast, dich zu erklären.«

Fast wäre Harun wieder aufgebraust, aber er wollte die versöhnliche Stimmung zwischen ihnen nicht stören. Außerdem wanderte inzwischen sein Denkvermögen mehr und mehr zwischen seine Beine und ließ ihn einfach nur willenlos nicken.

»Das hier ist meine Art, mich zu entschuldigen«, murmelte Kahir, und seine Stimme drang nur noch dumpf durch die roten Schleier der Lust, die Harun immer mehr einhüllten. »Ich möchte dir etwas schenken.«

Mit diesen Worten drehte Kahir Harun zu sich herum und drückte ihn dann auf die Knie. Im spärlichen Licht des Mondes, das sich mühsam durch die offene Tür in die Dunkelheit der Hütte kämpfte, erkannte Harun anfangs nur Schemen, aber etwas glitzerte direkt vor seinem Gesicht. Nur langsam gewöhnten seine Augen sich an das Zwielicht, und schließlich erkannte er zwei Dinge: Zum Einen, dass Kahir vollkommen nackt war, zum anderen, dass ihm tatsächlich ein Lingam gewachsen war – er ragte steif und hart zwischen seinen Schenkeln empor und glänzte, trotz des nur spärlich hereinfallenden Lichtes. Glänzen?

Harun blinzelte und sah genauer hin – jetzt erst sah er die Lederriemen, mit denen die steife Männlichkeit seines Geliebten an dessen Schenkeln befestigt war. Offensichtlich handelte es sich bei Kahirs wiedergefundener Männlichkeit um ein Konstrukt aus Bronze und Leder. Was Haruns Leidenschaft aber keinen Abbruch tat – im Gegenteil, der Anblick dieser metallischen, unerbittlichen Erregung seines Liebhabers und die Vorstellung, wie dieser damit in ihn eindrang, genügten, dass sein Lingam versuchte, die Hose zu durchstoßen. Die Vorderseite war bereits nass durchtränkt. Ohne auf Kahirs Erlaubnis zu warten, umfasste Harun den Lingam und führte die Spitze in seinen Mund. Mit der linken Hand tastete er tiefer und seine Fingerspitzen streiften ein ledernes Säckchen, in das zwei Kugeln eingenäht waren, die sich unter Haruns Berührung in dem Säckchen bewegten. Harun keuchte vor Erstaunen und Lust, aber es wurde bald durch Kahirs künstlichen Schwanz erstickt. Kahir umfasste Haruns Nacken und schob sich tief in seinen Mund schob. Auch wenn es sich nur um Bronze handelte, so stöhnte Kahir doch, als wäre es ein Lingam aus Fleisch und Blut. Für Harun machte das keinen Unterschied mehr, er lutschte an Kahirs Lingam, küsste die Unterseite, streichelte und leckte ihn, weil das die Männlichkeit seines Liebsten war. Egal, ob sie angeboren oder mithilfe von Lederriemen am Körper befestigt war, sie gehörte zu Kahir, zu dem Mann, den er liebte. Sorgsam befeuchtete er ihn mit Speichel, bis er so nass und glitschig war, dass Harun den Zeitpunkt für richtig hielt. Er ließ den Lingam aus seinem Mund gleiten und sah hinauf zu Kahir, der unmerklich nickte.

In einer fließenden Bewegung stand Harun auf und stellte sich mit dem Gesicht zur Wand. Die Hände drückte er gegen die Wand und spreizte bereitwillig die Beine. Sein ganzer Körper zitterte in einer Mischung aus Erregung, Vorfreude und Unsicherheit. Er hatte noch nie auf diese Weise mit Kahir das Lager geteilt, aber er wusste, dass er ihn wollte. Er brauchte ihn.

Durch seine Position konnte er nicht sehen, was genau Kahir da tat, aber es wurde ihm schnell klar, als er eine feuchte Fingerkuppe spürte, die sich sanft gegen seine Hinterpforte drückte. Harun presste die Lippen aufeinander und versuchte, sich zu entspannen. Der Finger drang nicht tief, nur weit genug, dass er den engen Muskelring massieren konnte, bis dieser sich lockerte und weiter wurde. Harun hörte Kahir ungeduldig schnaufen und kurz darauf drängte sich etwas sehr viel Größeres als der Finger in seine Hinterpforte. Harun musste einen Aufschrei unterdrücken, er presste die Zähne so fest aufeinander, dass sie knirschten, aber der erste Schock wich schnell wieder der Lust, und er konnte es kaum erwarten, dass auch der Rest der bronzenen Härte folgte. Sein Wunsch ging schnell in Erfüllung: Mit einem einzigen Stoß schob Kahir sich ganz in Harun hinein und der keuchte unterdrückt. Kahirs große schwielige Hände legten sich auf seine Schultern und er begann in einem tiefen, harten Rhythmus in Harun zu stoßen. Der ließ den Kopf kraftlos hängen und hob den Hintern so gut es ging an, um Kahir entgegenzukommen. Ein Glücksgefühl breitete sich in ihm aus, süß wie Honig, wie Mandeln, wie Sonnenstrahlen. Endlich, endlich waren Kahir und er vereint, endlich teilten sie ihre Lust miteinander. Am liebsten hätte Harun dieses Gefühl hinausgeschrien, aber er hielt sich mühsam zurück, weil er nicht wollte, dass sie jemand entdeckte. Stattdessen suchte er krampfhaft Halt an der Wand vor sich.

Kahir hielt kurz in seinen Stößen inne – seine Hände legten sich auf Haruns, verschränkten die Finger mit seinen und boten ihm auf diese Weise Geborgenheit und Stütze zugleich. Harun umklammerte die Finger seines Liebsten mit seinen, er konnte das Stöhnen nun nicht mehr zurückhalten, seine Lust übermannte ihn vollkommen, Ekstase nahm die Stelle des Verstandes ein, und über allem lag das Wissen, dass sie wirklich das miteinander teilten, das Liebende miteinander verband. Dieser Gedanke war es, der Harun in den Orgasmus hinein begleitete, den er mit einem lauten Aufschrei aus sich herausströmen ließ, nur dieser Gedanke, auch noch, als er erschöpft in den Armen seines Geliebten zusammenbrach und ihm leise für sein Geschenk dankte.

Nach dem Abendessen ging Pooja zurück in den Harem. Obwohl die Frauen an diesem Tag bereits eine Geschichte gehört hatten, waren sie doch übereingekommen, dass sie noch eine weitere hören wollten. Mittlerweile verstand Pooja auch, warum – sie genoss das Zusammensein mit den anderen, und die abendlichen Geschichten waren wie ein Band, das mit jeder Geschichte, die sie miteinander teilten, enger geknüpft wurde. Deswegen hatten die anderen sie auch gebeten, eine Geschichte zu erzählen, und sie hatte sich einfach mit einer Notlösung herausgeredet. Mittlerweile bereute sie es, auch um Jappatis willen, der die Sache mindestens ebenso unangenehm war wie ihr. Aber dennoch änderte es nichts an der Tatsache, dass Pooja nicht wusste, was sie sonst hätte erzählen sollen. Sie kannte keine Geschichten, hatte keine eigenen erlebt und sie wollte sich nicht einfach etwas ausdenken.

Diesmal war sie nicht eine der Letzten, die den Brunnen erreichten: Meena und Meera waren ausnahmsweise nicht in ein Spiel vertieft, sondern unterhielten sich mit Abhaya, die am Rand des Brunnens saß und die Füße in das kühle sprudelnde Wasser hängen ließ. »Na, hast du den Schock durch Haruns Geschichte überwunden?«, fragte Meena oder Meera, so genau wusste Pooja das nicht zu sagen. Sie zuckte mit den Schultern. »Es war ... ungewohnt, aber kein Schock. Ich hätte nur nicht gedacht, dass Männer sich untereinander ...«

»Dass sie es sich untereinander auch besorgen können?«, fragte Ingrid und setzte sich zu den Zwillingen.

»Ja.«

»Es gibt hunderte Spielarten der Liebe. Nicht alle erscheinen uns natürlich, einige stoßen uns sogar ab, aber dennoch gehören sie alle zusammen.« Ingrid griff nach einem Kelch mit Pantsch und schenkte sich etwas davon ein.

»Du meinst, es gibt noch verdrehtere Dinge als Männer, die sich gegenseitig ihren Lingam in die Öffnungen schieben?«, fragte Pooja neugierig.

Ingrid lächelte, und ihr Blick schweifte in die Ferne, als würde sie sich an etwas erinnern. »Ich will damit nur sagen, dass nicht alle Menschen Liebe und Lust auf die gleiche Weise empfinden. Nimm nur Harun – er wird vom Anblick eines starken, gut gebauten Mannes erregt, ebenso wie die meisten von uns. Wenn es aber um Frauen geht, lässt ihn das kalt. Er kann mit Spalten und Brüsten nichts anfangen.«

Pooja nickte leicht und lehnte sich zurück. In diesem Moment erschienen Xiao und Sita und nahmen neben ihr und Abhaya Platz. Ingrid grinste und deutete mit dem Kelch auf die beiden Neuankömmlinge. »Wo hingegen zumindest Xiao auch einen harten Schwanz zu schätzen weiß, obwohl ihr Herz ganz Sita gehört.«

Die Han funkelte Ingrid kurz an und wandte sich dann an Pooja. »Auch Ingrid weiß einen erregten Lingam zu schätzen, aber nur, wenn er aus Glas, Elfenbein oder Metall besteht«, verkündete sie mit einem süffisanten Lächeln. Abhaya und die Zwillinge brachen in lautes Gelächter aus. Pooja starrte Ingrid an, deren Hautfarbe sich langsam dem Farbton ihrer Haare näherte. »Ich meine nur, dass jeder Mensch andere Vorlieben hat und diese auch genießen sollte«, gab sie beleidigt zurück.

Xiao zuckte mit den Schultern und schmiegte sich an Sita. Sie flüsterte ihr etwas ins Ohr, und die ältere Frau küsste sie auf die Lippen. »Das klingt so, als hättest du eine Geschichte dazu zum Besten zu geben«, sagte sie freundlich in Ingrids Richtung.

»Ich weiß nicht, ob ich noch in der Stimmung bin, eine Geschichte zu erzählen«, gab Ingrid missmutig zurück.

»Aber keiner kennt sich auf diesem Gebiet so gut aus wie du. Pooja soll doch so viel wie möglich von uns lernen. Und keine kann so gut erzählen wie du«, schmeichelte Sita ihr weiter, und langsam zeigte es Wirkung. Ingrid nahm noch einen tiefen Schluck aus dem Kelch und leckte sich die letzten Tropfen aus den Mundwinkeln. »Na gut, wenn es denn der Bildung der zukünftigen Ehefrau dient«, seufzte sie, schenkte sich noch einmal nach und setzte sich aufrecht hin. Dann begann sie zu erzählen.

Verstecktes Verlangen

»Raus! Verschwinde!« Amina duckte sich, als könnten die Worte sie treffen und verwunden. Das Bündel mit den wenigen Habseligkeiten fest an ihre Brust gepresst, rannte sie durch die Gassen von Isfahan, so schnell wie möglich und weit weg von dem Haus, in dem sie bisher als Hausmagd gedient hatte. Die Stimme ihrer ehemaligen Herrin gellte noch lange durch die Gassen und schließlich nur noch in Aminas Fantasie. Erst als sie außer Atem war und stechende Schmerzen in ihrer Seite pochten, traute sie sich, anzuhalten und über ihre Schulter zu sehen. Niemand verfolgte sie. Sie war allein, inmitten des Straßengewirrs der großen Stadt. Amina war hier aufgewachsen, und auf ihrer Flucht hatte sie instinktiv die abgelegensten Straßen und Gassen gewählt. Jetzt befand sie sich in einem der Viertel nahe der Stadtmauer. Hier lebten die ärmeren Bevölkerungsschichten und jene, die andersgläubig waren, wie die Juden oder die wenigen Hindus. Amina war hier bisher erst einmal gewesen, und damals hatte sie sich vor den fremdartigen Menschen gefürchtet, die so anders gekleidet waren und deren Haut hell wie Brotteig war. Ihre Freunde hatten sich Mutproben ausgedacht, mit denen sie sich gegenseitig immer wieder herausgefordert hatten. Beispielsweise musste einer von ihnen eines der seltsamen Röhrchen am Türpfosten von einem der Häuser im Viertel stehlen. Amina hatte sich diesen Spielen immer verweigert, zu sehr hatte sie sich gefürchtet, und das, obwohl ein Straßenkind aus den Gassen Isfahans sich vor nichts fürchtete.

Jetzt aber tauchte sie ein in diese Welt am Rande der Mauer, weil sie keine andere Wahl hatte. Die Herrin war so aufgebracht gewesen, dass Amina fürchtete, sie würde sie noch bis hierher verfolgen. Aber vielleicht sorgte die Fremdheit des Viertels dafür, dass Amina zumindest für eine Weile in Sicherheit war, bis sich der Zorn der Dame des Hauses wieder gelegt hatte.

Sie durchquerte die Straßen, ihr Tuch dabei tief ins Gesicht gezogen, und versuchte aus den Augenwinkeln einen Platz zu entdecken, an dem sie die Nacht über bleiben konnte. Es dämmerte bereits und nur wenige Menschen kamen ihr entgegen. Viele von ihnen brachten Lebensmittel nach Hause und aus den Fenstern der Häuser, die sie passierte, drangen köstliche Düfte. Amina konnte sie nicht alle benennen, aber allein die Vorstellung, was für Köstlichkeiten sich hinter diesen Schwaden verbargen, ließ ihr das Wasser im Mund zusammenlaufen. Sie hatte auf ihrer Flucht nur das mitnehmen können, was die Herrin ihr nachgeworfen hatte, und nach einer kurzen Inspektion ihres provisorisch geschnürten Bündels musste Amina erkennen, dass es sich dabei nur um ihre verschlissenen Kleider und einige fadenscheinige Schals handelte. Sie fühlte sich noch mutloser als zuvor, und niedergeschlagen hockte sie sich in eine Gasse, die fernab der Hauptstraße des Viertels lag. Das Bündel diente ihr dabei als Kissen, und sie legte die Arme auf die angezogenen Knie und weinte so lange, bis Erschöpfung und Schlaf sie übermannten und sie einfach einnickte.

Am nächsten Morgen gab die Wand hinter ihr nach. Amina schrie auf und fiel rückwärts in ein, wie ihr schien, dunkles Loch. »Was soll das denn?«, brummte eine raue, tiefe Stimme. Amina versuchte noch immer zu verstehen, was geschehen war, daher schenkte sie den Worten keine Beachtung, sondern versuchte hastig, sich aufzurappeln. Vom Schlaf noch wirr kam sie nur langsam auf die Beine. Sie griff nach ihrem Bündel und drückte es an ihre Brust, ehe sie den Kopf hob und sich umsah. Sie befand sich in einem Haus, genauer gesagt im Innern des Hauses. Vor sich sah sie ein Bett und über sich eine niedrige Decke. Das Haus wirkte einfach, aber sauber. »Hat es dir die Sprache verschlagen, Mädchen?«, fragte die Stimme, und erst jetzt bemerkte Amina, dass es sich dabei um Persisch handelte, allerdings mit einem fremdartigen schleppenden Akzent, den sie noch nie zuvor gehört hatte. Neben ihr stand ein Mann. Er war groß, sein Kopf mit den kurzen schwarzen Haaren stieß fast an die Decke. Seine Haut war dunkel, aber nicht von Geburt an, wie bei Amina und ihren Landsleuten, sondern von der Sonne verbrannt. Sie hatte einen goldenen Schimmer hinterlassen. Seine Kleidung war ebenso fremd wie sein Akzent. Diese engen Hosen hatte Amina noch nie zuvor gesehen, ebenso wenig wie diese Art geschnürtes Hemd. Er trug auch keinen Turban. Seine Nase war schmal, aber lang, und seine Lippen hätten zu einer Frau passen können – die Oberlippe war schmal, während die Unterlippe fast schon zu voll wirkte. Seine dunklen Augenbrauen waren zusammengezogen und seine braunen Augen funkelten. Offensichtlich erwartete er von ihr eine Antwort.

»Ich ... ich habe nur ...«

»Meine Tür ist kein Schlafplatz«, knurrte der Mann und deutete zur Gasse. »Merk dir das für das nächste Mal. Und jetzt verschwinde.«

Amina sah unsicher zum Ausgang. Von draußen konnte sie Schritte hören, die sich eilig näherten. Es schienen mehrere Personen zu sein, und sie kamen auf das winzige Haus zu. Amina wurde blass – hatte die Herrin doch Häscher nach ihr ausgesandt? Oder hatte sie gar den Schah um Hilfe gebeten?

Amina ließ das Bündel fallen und schloss hastig die Tür, indem sie sich mit dem ganzen Gewicht dagegenwarf. »Bitte«, flüsterte sie, und ihre Stimme wollte ihr kaum noch gehorchen. »Bitte, gewährt mir Unterschlupf. Nur für einen Tag, dann verschwinde ich wieder.«

Der Mann verschränkte die Arme vor der Brust und musterte sie. »Bist du eine Diebin?«

Empört schüttelte Amina den Kopf, während sie angestrengt versuchte, die Geräusche hinter der Tür zu erahnen. Kamen die Schritte weiter auf sie zu? Oder gingen sie vorbei? Sie konnte es unmöglich sagen.

»Eine Mörderin? Eine Hure?«, fuhr der Mann ungerührt fort.

»Nichts von alledem, Herr!«, erwiderte Amina und wagte es kaum, sich von der Tür zu entfernen. »Ich wurde zu Unrecht angeklagt, aber man will mich nicht anhören. Bitte, ich brauche nur einen Tag, um zu überlegen, wohin ich gehen kann. Ich werde Euch Eure Hilfe auch zurückzahlen, das schwöre ich, aber gewährt mir nur diese Bitte.«

Der Mann kam auf sie zu, bis nur noch wenige Handbreit sie voneinander trennten. Von seinem Körper ging ein Duft aus, den Amina erst nicht einzuordnen vermochte, bis es ihr wieder einfiel – er roch nach Salz, nach Wind, er roch wie das Meer. Seine Augen fixierten sie wie ein Raubtier, und er stützte sich mit den Händen neben ihrem Kopf ab. »Du brauchst also dringend ein Versteck?«

Amina wurde heiß und gleichzeitig kalt. Jetzt erst begriff sie, in was für einer Situation sie sich befand. Der Schreck lähmte ihre Zunge und verhinderte jede Antwort.

Der Mann musterte sie noch eindringlicher. »Ich werde dir deine Bitte erfüllen – mehr noch, du darfst so lange hierbleiben, wie du willst. Unter der Bedingung, dass du dafür meine Hausmagd wirst.«

Amina sah sich fieberhaft um. In die Stille zwischen ihnen drangen die Geräusche von hinter der Holztür, und so blieb ihr nur eine Antwort übrig. »Einverstanden«, krächzte sie. Amina erwartete fast, das Klopfen einer Faust durch die Tür hindurch zu spüren, und ihre Augen lagen, halb aus Angst vor der Wache, halb aus Angst vor ihm, auf dem Mann. Sie wagte kaum zu atmen.

»Sehr gut«, sagte der Mann, und in diesem Augenblick liefen die Schritte an der Tür vorbei.

»Mein Name ist Francis«, sagte der Mann, als er sie durch das Zimmer führte, zu einer weiteren Tür, die bisher von einem Vorhang verborgen gewesen war. »Ich bin nur auf der Durchreise in Isfahan. In dieser Zeit brauche ich jemanden, der meinen Haushalt führt, kocht, putzt und meine Ausrüstung pflegt.«

Aminas anfängliche Angst wich fast so etwas wie Erleichterung – nach ihrer überhasteten Einwilligung hatte sie bereits befürchtet, dass sie nun eine Gefangene wäre, diesem fremden Ausländer bedingungslos ausgeliefert, weil der nun ganz genau wusste, dass sie in Isfahan auf der Hut sein musste. Stattdessen schien er tatsächlich nach einer Dienerin zu suchen, die ihm den Alltag erleichterte. Das war etwas, was Amina konnte, und wenn alles gut ging, konnte sie vielleicht sogar wirklich eine Weile hierbleiben.

»Was für eine Ausrüstung ist das, Herr?«, fragte sie. Er öffnete die Tür. »Das hier.« Sie betraten den Hof hinter dem Haus. Er war klein, wie das Haus auch, aber in seiner Mitte befand sich ein winziger Brunnen und jemand hatte sich die Mühe gemacht, Kübel und Töpfe mit Pflanzen aufzustellen. Dadurch, dass der Hof so klein war und die ihn umgebenden Mauern so hoch, war es kühl im Innern, und der Duft der Blumen erfüllte die Luft. In einer Ecke des Hofs befanden sich mehrere Säcke, die sich seltsam ausbeulten. »Ich handle mit Sätteln. Der Shah hat Gefallen an englischen Ledersätteln gefunden, und ich dachte, ich kann mein Glück damit machen, in Persien damit zu handeln. Allerdings wusste ich nicht, wie sandig und staubig es in diesem verdammten Land ist. Die Sättel sind immer voller Staub, kaum, dass ich damit fertig bin, sie zu reinigen. Da ich nicht weiß, wann ein Kunde kommen könnte, müssen sie jederzeit präsentabel aussehen und glänzen. Das wird deine Hauptaufgabe sein – jeder Sattel muss jeden Tag mit einem weichen Tuch abgewischt werden – bis in die kleinsten Ritzen. Ich werde dir nachher zeigen, wie es geht.«

Amina war bei der Beschimpfung ihrer Heimat zusammengezuckt, wagte aber nicht zu widersprechen. Stattdessen nickte sie und folgte Francis zu den Säcken. Es mussten an die fünfzehn oder zwanzig sein. Jeder einzelne von ihnen lag auf einem Holzgestell. Francis nahm einen der Säcke und zog einen Sattel heraus. Er war ebenso fremdartig wie sein Besitzer – Amina konnte nichts von den reichen Stickereien oder Quasten entdecken, die sie sonst an den Sätteln der Garde des Schahs sah, wenn sie nach einer erfolgreichen Jagd oder einem Kampf siegreich durch die Straßen Isfahans ritten. Dieser Sattel bestand aus glänzendem braunem Leder. Er war niedriger und runder, insgesamt war er wesentlich kleiner als seine persischen Vettern. Aber als Amina genauer hinsah, erkannte sie, dass die Nähte des Sattels unglaublich fein und gleichmäßig waren. Selbst die Löcher, die die Ahle verursacht hatte, waren nahezu perfekt und gleichmäßig. Vorne, dort wo der persische Sattel einen Aufsatz besaß, waren kunstvolle Muster eingebrannt. Ihre Farbe unterschied sich nur minimal von der des Sattels, aber sie waren so detailreich, dass Amina ahnte, was dem Shah so sehr an diesen exotischen Sätteln gefiel.

Francis trug den Sattel zu einem weiteren Holzbock und hob ihn hinauf. Dann zog er einen Tiegel und einen schmierig aussehenden Lappen darunter hervor. »Du fängst vorne an und arbeitest dich langsam über die Sitzfläche nach hinten«, erklärte er und machte es vor. »Sorgfältig, du darfst keinen Flecken übersehen. Die Lederriemen, vor allem die der Steigbügel, bearbeitest du einzeln und besonders vorsichtig.«

Aminas Blick fiel auf die langen Riemen der Steigbügel und mit einem Mal wurde ihr schwindelig. Sie musste an das Haus ihrer Herrin denken, an den Raum, in dem sie zuletzt solche Lederriemen gesehen und gespürt hatte... Amina verlor für einen Moment den Halt und suchte nach etwas, das sie greifen konnte, damit sie nicht stürzte, erhaschte aber nur Francis' Arm. »Machst du etwa jetzt schon schlapp?«, fragte er alarmiert, aber sie zog sich an seinem Arm hoch und schüttelte den Kopf. »Nein, ich bin nur ... ich habe nichts gegessen.«

Francis hob eine Augenbraue, als wägte er ab, ob sie ihm etwas vormachte, aber schließlich machte er sich los und ging ins Haus zurück. Kurz darauf kehrte er mit einer Schale voller Pilaw mit Erbsen und Rind zurück und reichte sie ihr. »Iss. Und dann mach dich an die Arbeit, damit wirst du genug zu tun haben für heute. Du kannst hier draußen schlafen.« Damit drehte er sich um und ging.

Die Arbeit war nicht schwer, aber eintönig. Morgens nach dem Aufstehen ging Amina ins Haus, kochte Pilaw und Hirsebrei, während Francis auf den Markt ging, um einzukaufen. Zur Mittagszeit verschwand er meist, um am Hof des Schahs mit den Edelleuten Geschäfte zu machen. Sättel aus dem fernen Europa waren der letzte Schrei, seit der Shah verkündet hatte, dass sie ihm gefielen. Amina bereitete in der Zeit das

Abendessen vor, kümmerte sich um das Haus und ging am Nachmittag, sobald die Mittagshitze vorüber war, in den Hof, um die Sättel zu pflegen. Mit jedem verkauften Sattel wurde der Haufen aus Säcken kleiner und Aminas Arbeitszeit kürzer. Bald würden keine Sättel mehr übrig sein, und Francis würde dann sicherlich weiterziehen oder nach Europa zurückkehren. Amina hätte schon längst ihrer Wege gehen können – Francis machte auf sie mittlerweile nicht mehr den Eindruck, dass er seine Drohung wahr machen könnte – aber Amina musste zugeben, dass es ihr gefiel. Sie traute sich zwar noch immer nicht vor die Tür, aber viel hatte sich an ihrem Leben nicht geändert. Sie arbeitete als Dienerin eines Mannes, der sie gut behandelte, er gab ihr Essen und eine Unterkunft, und die Arbeit war nicht schwer. Amina ahnte, dass es für sie nur einen Weg gäbe, wenn sie Francis' Haus verließe – sie müsste Isfahan verlassen. Aber das war unmöglich. Sie war ein Kind dieser Stadt, sie war hier aufgewachsen, auf den Dächern und in den Gassen. Vor den Mauern lebten nur Bettler und weiter weg die Bauern. Amina befürchtete, dass sie dort draußen nicht würde überleben können. Daher blieb sie bei Francis und widmete sich ihren Aufgaben. Es hätte immer so weitergehen können, aber es gab da eine Sache, ein Verlangen, tief in Aminas Innern, das mit jedem Tag, an dem es nicht befriedigt wurde, stärker wurde. Und Amina wusste nicht, wie sie es bekämpfen sollte. Sie war nicht mehr im Haus ihrer Herrin, sie war weit weg von deren Sohn, und sie wusste, dass es eben dieses Verlangen gewesen war, das dafür gesorgt hatte, dass sie sich jetzt in dieser Lage befand. Aber all diese vernünftigen Gedanken halfen ihr nicht – das Verlangen war wieder erwacht und hatte den Kopf erhoben, wie eine hungrige Bestie, die nach Beute schnüffelte.

Schließlich gab es nur noch einen Sattel, um den Amina sich kümmern musste. Sie lebte jetzt bereits seit mehreren Wochen in Francis' Haus und hatte sich an ihren Arbeitsablauf und die Gegenwart ihres Herrn gewöhnt. Er war ein stiller Mann, der nicht viel sprach und auch sonst keinen Wert auf Gesellschaft zu legen schien. Amina hatte niemals erlebt, dass er Freunde oder gar eine Frau mitgebracht hätte.

An diesem Tag kam er gerade in den Hof, als sie sich um den letzten Sattel kümmerte. Sorgsam rieb sie das Wachs in die Steigbügelriemen ein. »Ich werde bald weiterziehen«, sagte er und sah ihr dabei zu. Amina antwortete nicht, sondern widmete sich weiter dem Sattel. »Du hast gut gearbeitet und meine Geschäfte in Isfahan waren erfolgreicher, als ich erwartet hatte. Deswegen möchte ich dir gerne etwas geben, als Bezahlung für deine Dienste.«

Nun hielt sie doch inne und sah auf. Francis hielt einen Beutel in die Höhe, in dem es leise klirrte. Er reicht ihn ihr und sie nahm ihn entgegen. Vorsichtig öffnete sie die Börse, und darin funkelten drei fingernagelgroße Diamanten.

»Das ist zu viel!«, keuchte sie, aber Francis lächelte zum ersten Mal, seit sie in sein Haus gekommen war. »Ich weiß – aber wie ich bereits sagte, meine Geschäfte liefen sehr gut. Das ist nur ein winziger Bruchteil von dem, was ich verdient habe, und ich möchte gerne großzügig sein.«

Amina sah ihn an und presste die Lippen aufeinander. »Das will ich nicht als Lohn«, sagte sie schließlich.

Francis wirkte überrascht. »Was willst du dann von mir?«

Sie hielt den Lappen umklammert, mit dem sie den Sattel poliert hatte, und wagte nicht, ihm in die Augen zu sehen.

»Was kann ich dir als Lohn geben, Amina?«, fragte er und diesmal klang seine Stimme anders. Sie war weich und gleichzeitig rau. Er hatte sich zu ihr herabgebeugt und suchte ihren Blick.

Nur langsam fand sie den Mut, den Blick zu heben, und als sie es endlich tat und ihm in die Augen sah, spürte sie, wie eine flammende Hitze ihre Wangen rot färbte. »Ihr seid ein Ungläubiger, also kann Euch vor Gottes Augen kein Leid geschehen, da Ihr ohnehin verdammt seid, und ich, ich bin es ja auch, und daher kann ich nur Euch darum bitten, deswegen ...« Sie redete, ohne Luft zu holen, die Gedanken, mit denen sie sich schon so lange beschäftigt hatte, sprudelten aus ihr heraus, aber abrupt hielt sie inne, als sie Francis' durchdringenden Blick bemerkte. »Was willst du damit sagen?«

Wieder wollte Amina wegsehen, aber er hielt ihr Kinn fest und hob es an, bis sie ihm in die Augen sehen musste. »Ich genieße es, gequält zu werden«, flüsterte sie endlich unter seinem forschenden Blick. Er zuckte zusammen.

Sie biss die Zähne zusammen, aber jetzt, wo die ersten Worte gesagt waren, drängte auch der Rest in die Freiheit. »Ich genieße es, wenn man mich fesselt, mich schlägt. Es bereitet mir Lust. In ... in meinem alten Herrschaftshaus traf ich auf den Sohn der Herrin. Er ist verheiratet, aber er teilte das gleiche Verlangen. Fast jede Nacht holte er mich zu sich, fesselte mich und peitschte mich aus, bis ich vor Wonne stöhnte. Wir haben niemals etwas getan, was den Gesetzen seiner Ehe hätte schaden können, aber die Herrin erwischte uns und ... sie warf mich hinaus und drohte mir damit, den Imam zu informieren, damit ich als Ehebrecherin gebrandmarkt und getötet werde. Seitdem habe ich mich vor den Männern des Imams und den Mullahs versteckt. Aber ... ich bin schlecht. Das Verlangen ist immer noch da, und ich bin zu schwach, um dagegen anzugehen. Ich kann es nicht kontrollieren.«

Sie sah Francis an und klammerte sich an seinen Ärmel. »Aber Ihr, Herr, Ihr werdet bald fortgehen. Und Ihr seid kein gläubiger Mann – in Euren Augen ist es sicher keine Sünde, wenn Ihr mich maßregelt, nicht wahr? Etwas anderes will ich nicht als Lohn, gewährt mir nur das.«

Francis schien wie vom Donner gerührt. Er sah sie an, aber aus seinem Gesicht konnte sie nicht lesen, was ihm durch den Kopf ging. Verzweifelt suchte sie nach irgendeiner Regung, nach Ekel oder Überraschung, vielleicht sogar Freude, dass er so billig davonkam. Aber nichts. Schließlich machte er sich von ihr los. »Mach den Sattel fertig. Dann kannst du dich schlafen legen.« Amina nickte und Francis verschwand.

Bevor sie zu Bett ging, sammelte sie ihre Habseligkeiten ein und schnürte sie zu einem Bündel. Es glich dem, das sie bei ihrer Ankunft bei sich getragen hatte, aufs Haar. Sie selbst fühlte sich auch wieder genau so, wie an dem Tag, an dem sie in das Haus gekommen war: erschöpft, zurückgewiesen, ängstlich. Sie wusste nicht, wie es weitergehen sollte, was nun aus ihr werden würde, und sie spürte, wie die Verzweiflung ihr die Tränen in die Augen trieb. Aber sie wollte nicht mehr weinen. Stattdessen wartete sie auf die Nacht. Sie würde nicht bis zum Morgen warten und sich Francis' anklagenden Blicken aussetzen. Außerdem war es für sie sicherer, wenn sie bei Nacht aufbrach.

Als es dunkel war, zog sie sich ihren Schal über den Kopf und ging zum Haus. Im Innern war es dunkel, Francis schlief also schon. Zum Glück kannte sie sich hier aus und konnte sich ihren Weg blind durch das Innere des Raumes tasten. Mit einem Mal zischte es leise und eine Flamme flackerte auf. Eine Kerze. Sie brannte nicht sehr hell, aber es reichte, dass sie Francis' Gesicht erkennen konnte. In seinen Zügen sah sie harte Schatten. Amina erschrak. »Warum seid Ihr noch auf, Herr?«, fragte sie leise. Das Kerzenlicht bewegte sich auf sie zu. Er sagte kein Wort, stellte die Kerze stumm auf einem niedrigen Tisch hinter Amina und nahm ihr das Bündel aus der Hand. Nun war er nah genug, dass sie erkennen konnte, dass er außer seinen seltsamen engen Hosen nichts trug. Das wenige Kerzenlicht ließ die Muskeln auf seiner Brust und seinen Armen erahnen. Amina sah ihm rasch wieder ins Gesicht. »Was habt ihr vor?«, flüsterte sie schwach.

»Zieh dich aus«, erwiderte er und selbst in dem wenigen Licht erkannte sie die Härte in seinen Augen. Er meinte es ernst. Sie schluckte, kam seinem Befehl aber nach und streifte ihre Kleider ab. Das Rascheln, mit dem sie auf dem Boden aufkamen, klang wie ein Seufzen. Ob es ein Seufzen der Trauer oder der Erleichterung war, konnte sie nicht sagen. Vollkommen nackt stand sie mitten im Raum vor diesem fremden Mann, den sie um das Unmögliche gebeten hatte. Wie es schien, wollte er ihr genau das geben.

Ohne eine weitere Erklärung umfasste Francis ihre Handgelenke und kurz darauf spürte sie weiches Leder, das darum gewickelt wurde. Die Fesseln waren gerade fest genug, dass sie ihre Hände nicht mehr gebrauchen konnte, schnürten sie aber nicht unangenehm ein. Etwas Kaltes, Hartes wurde daran befestigt, und im nächsten Augenblick spürte sie einen Zug an den Händen, der unerbittlich nach oben ging, bis ihre Arme hoch über ihren Kopf ragten.

Weitere Kerzen wurden entzündet und endlich konnte Amina den gesamten Raum überblicken. Francis hatte sie mit einem Haken an die Decke gebunden, aber sie war so niedrig, dass Amina stehen konnte. Dennoch konnte sie sich kaum bewegen. Auf dem Bett lagen weitere Dinge, die Amina aber nur schemenhaft erkennen konnte; ein halb durchsichtiges Tuch aus Gaze lag darüber. Sie war sich ihrer Blöße bewusst und spürte Vorfreude und ängstliche Nervosität zu gleichen Teilen. Sie wusste nicht, was auf sie zukam, und zitterte vor Anspannung.

Francis bemerkte es nicht oder tat so, als ob er es nicht bemerkte, denn ungerührt ging er um sie herum, umrundete sie wie ein Tiger, ganz so, als wüsste er nicht, ob er sie gleich anfallen oder lieber noch etwas quälen sollte. Schließlich kam er näher, ganz nah, bis sein Atem ihre Stirn streifte. Er musterte sie genau, sah ihr tief in die Augen. Mit einem Mal klatschte seine Hand so fest auf Aminas nackten Po, dass das Geräusch in dem kleinen Haus widerhallte. Sie schrie spitz auf, protestierte aber nicht. Er packte ihr Haar und zerrte ihren Kopf in den Nacken. »Ich will keinen Laut von dir hören – hast du das verstanden?«

Amina, die gehorchen musste, gehorchen wollte, nickte mühsam. Durch seine Hand in ihren Haaren ziepte dabei jede einzelne Haarwurzel, aber sie hieß es willkommen. Francis wirkte zufrieden. »Gut. Wenn du still bist, bekommst du später eine Belohnung. Wenn du versagst, werde ich deine Bestrafung aussetzen und dich einfach hier hängen lassen, bis ich morgen abreise.«

Diese Worte versetzten Amina einen schmerzhaften Stich, aber wieder nickte sie. Sie wollte diesen Moment auskosten – wer wusste, wann sie jemals wieder in so eine Situation kommen würde.

»Braves Mädchen«, lobte Francis sie wie eine Stute und seine raue, schwielige Hand streichelte über ihren Po. Amina presste die Lippen zusammen, erwartete fast einen weiteren Schlag, aber der blieb aus. Francis trat hinter sie, wo sie ihn nicht mehr sehen konnte, und etwas schabte leise. Amina fragte sich noch, was er da tat, als wieder etwas ihren Po traf. Diesmal war es mehr, es war viel größer als seine Hand und nachgiebiger. Dadurch brannte der Schlag lange nach. Francis stand noch immer hinter ihr und hielt etwas nach vorn, damit sie es sehen konnte – es war eine Art Paddel aus Leder, mit einem Griff daran. »Das habe ich für dich angefertigt«, raunte er an ihrem Ohr. »Gefällt es dir?« Amina klammerte sich an ihre Fesseln. Sie nickte eifrig und streckte den Po weiter aus, um seine Aufmerksamkeit darauf zu lenken. Francis trat einen Schritt zurück und diesmal hörte sie es, das Sausen, als das Paddel durch die Luft flog, einen weiten Bogen machte und klatschend auf ihren Po traf. Der Schmerz wuchs und wuchs, wurde mit jedem weiteren Schlag größer, aber ebenso wuchs auch Aminas Begehren. Sie keuchte und wimmerte, immer bemüht, nicht zu schreien oder zu stöhnen, aus Angst, dass Francis dann aufhören würde.

Schließlich verebbten die Schläge. Er umrundete sie wieder, bis sie ihn ansehen konnte. Ihr langes Haar hing ihr strähnig vor Schweiß in die Stirn, und sie zitterte noch immer, aber auf ihrem Gesicht lag ein Lächeln. »Danke, Herr«, flüsterte sie.

Francis lächelte. »Aber es ist doch noch nicht vorbei«, raunte er. Amina riss die Augen auf, aber sie protestierte nicht. Francis ging zum Bett und zog die Gaze beiseite. Darunter lag eine Gerte aus Weidenholz, und ein weiteres Ding aus Leder, das dem Griff des Paddels ähnelte. Es war lang und an der Spitze abgerundet. Die Gerte kannte Amina noch von ihrem ehemaligen Herrn, aber mit dem Lederriemen wusste sie nichts anzufangen.

»Hältst du es noch aus?«, fragte Francis und kehrte, Kegel und Gerte in der Hand, zu ihr zurück. Amina musste nicht lange zögern. Sie nickte. Das schien ihm zu gefallen.

Wieder verschwand er hinter ihr. »Spreiz die Beine.« In diesem Moment ahnte Amina, was es mit dem Lederkegel auf sich hatte. Sie wollte noch protestieren, aber in diesem Moment schob sich schon die Spitze zwischen ihre Schamlippen und spreizte sie unerbittlich. Sie war keine Jungfrau mehr, aber nie zuvor hatte sie etwas anderes als das Glied eines Mannes in sich gehabt. Der Gedanke, diesen aus Leder gefertigten Penis in sich zu haben, dieses Ding ... es war fremdartig, abstoßend und genau aus diesem Grund so erregend. Sie schrie, spreizte aber ihre Beine, damit er ihn tiefer in sie schieben konnte. Die Schläge mit dem Paddel hatten sie bereits vor Lust ganz nass werden lassen, und mit einem gedämpften schmatzenden Laut schob er den Kegel tief in sie. »Du verdorbenes kleines Luder«, knurrte Francis erfreut, und dann sagte er etwas, was sie nicht verstand. Es war egal, es kümmerte sie nicht – sie umklammerte den Lederpenis mit ihrem Schoß, erging sich in der Vorstellung, wie er zwischen ihren weit gespreizten Lippen prangte, aber Francis ließ ihr keine Zeit dafür. Die Gerte sauste herab, mit einem Zischen, das gefährlicher und bösartiger klang, als das Paddel es je gekonnt hätte. Dort, wo sie traf, reagierten die Haut und das weiche Fleisch sofort mit sengendem Schmerz. Wieder schrie Amina auf, aber Francis kannte keine Gnade. Die Schläge prasselten auf sie herab wie Regentropfen, und jedes Zucken ihres Körpers bewegte den Kegel in ihrem Innern. Es machte sie schier wahnsinnig, wie er in ihr zu tanzen schien, wie die Schläge auf ihrem Po dazu den Takt angaben, und sie spürte, wie das Tier in ihr aufbrüllte, als es endlich Befriedigung fand. Es brauchte nur noch wenige Schläge, bis Amina den Höhepunkt erreichte. Noch ein letztes Mal schrie sie auf und wäre sie nicht an die Decke gefesselt gewesen, so wäre sie einfach zusammengebrochen.

Francis machte sie los und trug sie zum leeren Bett. Amina blinzelte matt, aber überrascht zu ihm auf. »Danke, Herr«, flüsterte sie.

Er lächelte. »Dank mir lieber nicht, Du hast geschrien. Das heißt, dir steht noch eine Strafe bevor.«

Amina schreckte auf. »Jetzt?«

Er küsste ihre Stirn, und sie schloss glücklich die Augen, als er sagte: »Nein. Ein anderes Mal. Das verspreche ich.«

Auf dem Weg zu ihren Gemächern schwirrte Pooja der Kopf. An diesem Tag hatte sie von Spielarten der Liebe erfahren, die ihr bisher fremd gewesen waren. Sie hatte durchaus schon Frauen im Harem ihres Onkel gesehen, die einander geküsst hatten, aber das hatte sie niemals mit Liebe assoziiert. Dass es auch Männer gab, die sich zum eigenen Geschlecht hingezogen fühlten, war ihr bisher nicht einmal in den Sinn gekommen, nicht mal, als sie von Xiaos und Sitas Geschichte erfahren hatte.

Und dann die Frau, die Schläge liebte ... Pooja rieb sich über den Nacken. So etwas hätte sie sich niemals vorstellen können, und die Bilder, die Ingrids Geschichte in ihrem Kopf hinterlassen hatte, waren mehr als nur verwirrend. Aber Sita hatte recht – Pooja lernte durch die Frauen und ihre Erzählungen Dinge kennen, von denen sie noch nie gehört hatte, und die sie sich in ihren kühnsten Träumen nicht hätte ausmalen können. Die Konkubinen im Harem hatten bereits vor ihrer Zeit im Palast viel erlebt, sie waren gereist, waren herumgekommen und hatte allerlei Dinge gehört oder sie sogar am eigenen Leib erfahren. Ihr eigenes Leben kam Pooja sehr unbedeutend vor, und sie verspürte einen Stich, als sie daran dachte, dass sie nun sicher keine Gelegenheit mehr haben würde, all diese Erfahrungen nachzuholen. Sie hatte gedacht, es würde ihr reichen, wenn sie als Yashs Frau leben konnte, ihre gemeinsamen Kinder großzog und Zuflucht bei den Konkubinen im Harem fand. Aber wenn sie jetzt daran dachte, dann erschien ihr dieses Leben wie eine enge Zelle, die drohte, sie zu ersticken. Wie kam es, dass sie nicht mehr mit dem zufrieden war, was sie hatte?

Während sie noch versuchte, eine Antwort auf diese Frage zu finden, hörte sie plötzlich aus einem der Zimmer im Harem einen lauten Tumult. Sie drehte sich auf dem Absatz um und lief zurück. Die äußere Tür wurde aufgerissen, und

Tam stürzte heraus. Seine ganze Haltung erinnerte sie an den Tag, als er ihre Tür eingetreten hatte. Er war angespannt wie ein Panther auf Beutejagd, und in seinen Augen leuchtete reine Mordlust.

Auch die anderen Frauen waren aus ihren Zimmern gekommen und wollten wissen, was da vor sich ging, aber angesichts Tams wütender Miene traute sich keine von ihnen, ihn anzusprechen. Auch Pooja wich zurück, aber als Tam um die Ecke bog, wagte sie es, ihn aufzuhalten. Ihre Hand berührte seinen angespannten Arm. Er riss den Kopf in die Höhe, war schon im Begriff, sie anzufauchen – und erkannte sie. Die Spannung fiel von ihm ab und in seinen Blick trat eine so entsetzliche Traurigkeit, dass Pooja nicht anders konnte, als ihn zu umarmen. Für einen Moment verharrten sie beide so, ohne dass einer von ihnen sich rührte, und Pooja spürte, wie ihr Magen sich zusammenzog. Sie hatte nicht damit gerechnet, dass eine einfache Berührung so viel in ihr auszulösen vermochte. Der Kuss, den sie mit Yash geteilt hatte, verblasste mit einem Mal.

Tam sagte nichts, aber er hob die Arme und zog Pooja an sich. Es lag etwas Gehetztes und Gequältes in dieser Berührung, aber Pooja schmiegte sich eng an ihn und versuchte ihm durch ihre Umarmung so viel Trost zu spenden, wie sie nur konnte.

Schließlich löste sie sich von ihm und strich ihm mit der Hand über die Wange. »Was hat dich so wütend gemacht?«, fragte sie und sah kurz in Richtung des Harems. »Du bist aus Narudas Zimmer gekommen, oder?«

Als sie den Namen nannte, verkrampfte er sich wieder, und Pooja strich ihm sanft über den Arm. »Komm«, sagte sie leise. »Komm mit – du kannst es mir in meinen Gemächern erzählen.«

Tam folgte ihr und sagte dabei kein einziges Wort. In ihrem

Schlafzimmer setzte sie sich auf das Bett, und er nahm neben ihr Platz. »Ich weiß nicht, ob ich dir so etwas erzählen sollte«, sagte Tam. »Du könntest ein falsches Bild bekommen.«

»Von dir oder von Naruda?«

Er rieb sich über das Gesicht. »Uns beiden«, sagte er.

»Hängt es damit zusammen, dass du sie beschlafen musst, wenn sie es wünscht?«

»Ja, aber die Wurzeln des Ganzen liegen in der Vergangenheit. In meiner Vergangenheit.«

Pooja betrachtete den Mann neben sich, dessen breite Schultern gebeugt herabhingen. Seine Aufgabe als Wächter des Harems quälte ihn weit mehr, als dass er sie genoss. Normalerweise trug er eine Maske, und man merkte ihm nichts an, aber heute glaubte Pooja zum ersten Mal einen Blick auf das erhaschen zu können, was darunter lag.

»Erzähl es mir«, bat sie ihn.

»Ich habe das noch niemandem erzählt.« Er hielt inne und sah sie an. Seine Augen blickten tief in ihre. »Aber vielleicht ist es jetzt an der Zeit.« Er senkte den Blick wieder und begann zu erzählen.

Falkenkrieger

»Eines Tages werde ich mit ihnen reiten«, sagte Tam, während Naruda neben ihm auf dem Mauervorsprung saß und sie gemeinsam dem Einzug der berittenen Soldaten zusahen.

»Du?«, fragte sie und lachte. »Du bist doch nur ein grüner Junge.«

»Ich bin alt genug, um mich im nächsten Jahr einzuschreiben«, hielt er dagegen. Und er war fest entschlossen, das auch zu tun. Seit er ein kleiner Junge war und seinem Vater dabei half, die Pferde der Soldaten zu betreuen, hatte er von nichts anderem geträumt. Für ihn gab es nur das eine Ziel – sich so früh wie möglich einzuschreiben und dann so unerbittlich zu trainieren, dass er ein ebenso gefürchteter Krieger wurde, wie sein Vater es früher gewesen war, ehe ihm ein Schwert das linke Auge genommen hatte. Sein Vater hatte ihn bereits gelehrt, wie man ein Schwert führte und wie die vier Grundzüge funktionierten, die zum Angriff und zum Parieren dienten. Er konnte bereits reiten und besaß auch die nötige Gesundheit, um später einmal als Krieger auserwählt zu werden.

Naruda, die Tochter einer Tänzerin im Palast des Schahs, hatte ihn von klein auf ausgelacht, wann immer er von seinem Traum sprach. Sie kannten sich, seit sie Kinder waren. Zwischen ihnen gab es keine Geheimnisse. »Sie werden dich nicht einmal bis zur Einschreibeliste lassen«, spottete Naruda jetzt. Tam verzog das Gesicht. »Du kannst dich immer nur lustig machen«, sagte er und trat missmutig einen Stein weg, der es gewagt hatte, sich auf dem Mauervorsprung zu befinden. Er flog weit, bis auf das Pflaster des Hofes, und schlug klappernd auf die Steine auf. »Wovon träumst du denn? Oder hat die ehrenvolle Naruda keine Träume?«

Das Mädchen stützte sich mit den Händen hinter ihrem Po ab und sah in den Himmel hinauf. Er war blau. Keine einzige Wolke war zu sehen. Einige Sonnenstrahlen trafen die größte Kuppel des Palastes, und das Gold des Dachs glänzte im Licht. »Das will ich«, sagte sie verträumt, das Gesicht noch immer nach oben gewandt.

»Was, den Himmel?«

»Nein. All das hier. Ein Königreich. Einen Palast. Ich will die Herrscherin meines eigenen Landes sein.«

Tam starrte sie an und lachte dann so lang und laut, dass Naruda sich beleidigt verzog. Danach sprach sie einen ganzen Monat lang kein einziges Wort mehr mit ihm.

Das Jahr bis zu Tams achtzehntem Geburtstag verging wie im Flug. Er und Naruda sprachen nicht mehr über ihre Träume, dafür verspürte der junge Mann immer öfter das Bedürfnis, in ihrer Nähe zu sein. Naruda war mittlerweile ebenfalls volljährig und im letzten Jahr war das Mädchenhafte an ihr einer blühenden Schönheit gewichen, die mehr als nur einem Mann am Hof den Kopf verdrehte. Naruda übte sich oft in den Tänzen, die ihre Mutter ihr zeigte, und sie durfte sogar vor dem Schah tanzen. Manchmal aber, wenn sie gerade probte, erlaubte sie Tam zuzusehen, und er genoss damit ein Privileg, das nicht einmal dem Beherrscher aller Gläubigen vergönnt war. Er liebte jede einzelne Sekunde davon. Im Tanz wurde Naruda mehr denn je sie selbst. Ihre Bewegungen verrieten die Leidenschaft und den Ehrgeiz, die in ihr tobten, und Tam war sich sicher, dass kein Djinn dieser Welt mit dem Feuer in ihren Augen mithalten konnte. Wenn sie tanzte, steckte sie die Welt in Brand, und Tam war ihr williges Opfer.

Schließlich war es so weit, der Tag seiner Einschreibung war da. Tam wusste von seinem Vater, dass er versuchen musste, sich direkt für die Garde des Schahs zu bewerben, wollte er nicht als Fußvolk und menschliche Mauer an vorderster Front enden. Mit zitternden Händen trug er seinen Namen in die Liste ein. Anschließend musste er mit vielen anderen die Tests über sich ergehen lassen, die zeigen sollten, ob er für einen Posten in der Garde überhaupt geeignet war. Schwertkampf, Wettlauf und Ringen brachte er ohne Schwierigkeiten hinter sich, aber dann kam das Bogenschießen dran. Vor dieser Disziplin hatte Tam sich in seinem Training immer gedrückt, denn den Bogen beherrschte er mehr schlecht als recht. Während der Vorbereitung saß er, den Kopf in den Händen vergraben, auf dem Mauervorsprung und versuchte sich zu sammeln. Aber es war zwecklos – die Angst vor diesem Test war so laut, dass sein Kopf einfach nicht zur Ruhe kam. »Hey, Dickschädel«, erklang Narudas weiche Stimme neben ihm. Unter einer Wolke aus Schleiern setzte sie sich neben ihn. Es war erstaunlich, wie solch eine Menge an Stoff es doch nicht schaffte, ihren Körper zu verhüllen, was aber auch an der zarten, durchsichtigen Struktur der Schleier liegen mochte.

»Hey, Nervensäge«, murmelte Tam, sah aber nicht einmal auf.

»Du machst ein Gesicht wie sieben Tage Regenwetter«, sagte Naruda und sah auf den Hof, auf dem sich die verschiedenen Bewerber für die Armee tummelten. Das Mittagsgebet war vorbei, und bis zu den nächsten Prüfungen hatten sie noch eine halbe Stunde Zeit, um sich vorzubereiten. Allein der Anblick der Männer, die sich an den Bögen übten, reichte aus, damit ihm ganz schlecht wurde.

»Wie soll ich auch nicht? Gleich bin ich mit dem Bogenschießen dran«, sagte Tam düster und deutete mit dem Kinn auf die aufgestellten Strohballen, auf die jemand Tiere aus Papier geklebt hatte.

»Nicht deine stärkste Seite.«

Er schnaufte. »Ich wüsste nicht einmal, ob das auf irgendeiner Seite von mir zu finden ist. Wenn es um Bogen und Sehne geht, habe ich zwei linke Hände.«

»Ich glaube, du siehst das viel zu schwarz.«

»Das glaubst du.«

»Das weiß ich. Du hast früher ganz gut geschossen, wenn du dich konzentriert hast.«

Tam seufzte. »Selbst wenn das stimmt – ich bin nicht konzentriert. Ich bin am Ende. Sie werden mich zum Fußvolk schicken, und mein Vater wird enttäuscht sein, ganz zu schweigen davon, dass ich ...«

Naruda legte ihre Hände auf seine Wangen und drückte ihren Mund auf seinen. Ihre Lippen waren weich, nachgiebig, und schmeckten süß wie Honig. Tam vergaß ganz, was er sagen wollte.

Nach einer himmlischen Ewigkeit löste Naruda sich von Tam und lächelte ihn an. Die winzigen goldenen Flecken in ihren Augen tanzten. »Du wirst den Test bestehen«, sagte sie bestimmt. »Weil du der Beste bist; ich habe es gesehen. Du wirst zur Garde des Schahs gehören. Hast du mich verstanden?«

Wie in Trance nickte Tam. »Und wenn es so weit ist, werde ich dir eine Belohnung geben, die all die Mühe wert war.«

Wieder nickte Tam mechanisch und starrte sie an wie ein Idiot. Naruda lachte. »Was sitzt du dann noch hier herum? Geh nach unten und zeig ihnen, wie du schießen kannst.«

An diesem Abend kehrte Tam müde und erschlagen in sein Quartier zurück. Sein Vater hatte darauf bestanden, dass er mit ihm feierte, und sie hatten noch lange im Stall gesessen und – jenseits der Augen der strengen Mullahs – einen Krug Wein geleert. Es war ein wunderbares Gefühl, seinen Traum erreicht zu haben, aber fast noch schöner war es für Tam zu sehen, wie sein Vater sich freute. Er war so stolz auf seinen Sohn, obwohl dieser noch keine einzige Schlacht geschlagen hatte. Aber das würde sich sicherlich bald ändern.

Jetzt war Tam müde und wollte nur noch schlafen. Das Training begann gleich am nächsten Tag, und er wollte die wenigen Stunden bis zum Sonnenaufgang nutzen, um ein wenig Kraft zu sammeln. Als er jedoch sein Zimmer betrat, war sein Bett belegt. Im sanften Licht der Kerzen entdeckte er Naruda, die, nur von einem dünnen Schleier bedeckt, längs auf seinem Bett lag, den Kopf mit dem glänzenden Haar in ihre Hand gestützt. »Du hast mich warten lassen.«

Tams Mund wurde trocken, und er konnte die Frau auf seinem Bett nur stumm anstarren. Naruda strich mit spitzen Fingern über ihre Taille. »Hast du etwa deine Belohnung vergessen, Dickschädel?«

»Ganz bestimmt nicht, Nervensäge«, hauchte Tam und trat ans Bett. Sie schnurrte regelrecht und lächelte zufrieden. »Dann hol sie dir doch«, sagte Naruda leise und sank ganz aufs Bett. Tam schluckte und beugte sich über sie. Sie roch süß und würzig zugleich, wie Rosenblüten und Zimt. Ihr Haar breitete sich in kupferglänzenden Wellen auf dem Kissen unter ihr aus, und sie rekelte sich erwartungsvoll, wie eine Katze, die um Liebkosungen bettelte. Ihre Augen waren geschlossen, die langen dunklen Wimpern bildeten einen scharfen Kontrast zu ihrer hellen Haut.

Tam konnte kaum fassen, dass Naruda in seinem Bett lag. Er begehrte sie so lange schon, aber er befürchtete, dass er sie vertreiben würde, wenn er zu schnell machte. Sorgsam fasste er den Saum ihres Schleiers und zog ihn langsam nach unten. Der weiche Stoff raschelte verheißungsvoll und glitt langsam tiefer, rutschte über die Wölbung ihrer Brüste, die sich lockend darunter abzeichneten, und entblößte sie schließlich. Tam glaubte, niemals etwas Schöneres gesehen zu haben. Sie wirkten wie zwei sanft gerundete Hügel aus hellem Sand, die sich ihm entgegenreckten. Naruda hielt die Augen noch immer geschlossen, aber er konnte sehen, dass sie heftiger atmete. Vorsichtig beugte er sich tiefer und strich über eine der prallen Halbkugeln. Naruda seufzte kaum hörbar, aber sie bewegte sich nicht, und Tam konnte nichts entdecken, was darauf hindeutete, dass ihr die Prozedur unangenehm war. Er berührte auch die andere Brust mit seiner zweiten Hand und strich mit den Daumen über die harten Nippel. Diesmal war Narudas Reaktion heftiger. Sie zuckte leicht und biss sich auf die Unterlippe. Mutiger geworden, knetete Tam die beiden Halbkugeln, erforschte ihre Beschaffenheit, ihre Textur und ihr Gewicht. Bald war es ihm nicht mehr genug, sie nur zu berühren, er wollte sie auch kosten. Langsam nahm er einen der Nippel in den Mund, saugte daran, was Naruda einen spitzen Schrei entlockte. Er nahm noch mehr ihrer Brust in sich auf, saugte sie so tief wie möglich hinein, bis sein Mund schier barst. Dann entließ er sie wieder und wiederholte die Prozedur an ihrer anderen Brust. Naruda seufzte und stöhnte nun in regelmäßigen Abständen und Tams Erregung war mittlerweile deutlich unter dem Stoff seiner Hose zu sehen. Ein feuchter Fleck zeichnete sich dort ab, wo seine Eichel sich gegen den Stoff presste, als wollte sie ihn durch puren Druck zerreißen. Naruda schlug die Augen auf und sah ihn an. Sie waren verschleiert, die Goldflecken darin so verschwommen, dass er sie kaum noch wahrnahm. Langsam streckte sie die Hand nach ihm aus und umfasste seinen harten Schwanz, der sich unter dem Druck ihrer Hand wie toll gebärdete und unaufhörlich zuckte. Sie lächelte schüchtern, etwas, was er noch nie zuvor an ihr gesehen hatte. »Gefällt ihm das?«, fragte sie leise.

»Das gefällt ihm sogar sehr«, keuchte er lachend. »Und mir auch.«

Naruda streichelte ihn weiter, aber Tam wurde ungeduldig. Er wollte mehr, und mit einem einzigen Ruck zog er ihr den Schleier weg. Sie quietschte leise, aber das kümmerte ihn nicht. Stattdessen spreizte er ihre Beine und kniete sich vor das Bett. Nie zuvor hatte er den Schoß einer Frau gesehen, vor allem nicht aus solcher Nähe. Er sah aus wie eine Blüte, mit besonders fleischigen, glänzenden Blättern. Sie waren rosafarben und bebten leicht, als er darüberblies. »Nicht ... das ist kalt«, sagte Naruda, aber ihr zuckendes Becken überzeugte Tam vom Gegenteil. Er blies noch einmal darüber und wieder schrie sie leise auf. Mit den Händen schob er ihre Schenkel weiter auseinander und fuhr mit der Zunge durch die offene Spalte. Naruda gab einen erstickten Laut von sich, und er hörte, wie sie sich in das Kissen klammerte. Tam fuhr noch einmal mit der Zunge durch ihre Spalte und stieß sie dann tief hinein. Naruda stöhnte und keuchte, und er musste ihre Hüften festhalten, damit sie sich ihm nicht immer wieder durch ihre ekstatischen Zuckungen entwand.

Ihre Reaktion befeuerte seine Fantasie, und er erkundete, was er noch mit seiner Zunge und seinen Fingern anstellen konnte. Auch ihr Geschmack berauschte ihn – er war ebenso süß und würzig wie ihr Duft, und er konnte kaum genug davon bekommen. Immer tiefer drang er mit seiner Zunge auf der Suche nach diesem Nektar in sie ein, und manchmal machte er sie dabei so hart wie einen Pfeil, was Naruda Laute entlockte, wie er sie noch nie zuvor gehört hatte.

Sie schien ihn kaum noch wahrzunehmen und reagierte

besonders heftig, wenn Tam den kleinen, harten Knoten oberhalb ihrer Spalte berührte oder daran saugte. Aber all die Faszination konnte sein eigenes immer größer werdendes Verlangen nicht lange dämpfen. Sein Schwanz tropfte mittlerweile immer mehr und zitterte, als wäre er wütend über die ausgiebige Verzögerung. Tam stand auf und streifte seine Hose und das Hemd ab. Naruda sah unter verschleierten Augen zu ihm hinauf, doch er las keine Ablehnung darin. Sie wollte es auch.

Tam legte seine Hände auf ihre gespreizten Knie und rieb seinen harten Schwanz an ihrem Schoß. Naruda presste die Lippen zusammen und presste sich gegen ihn. Er rieb sich mit ihrem süßen Saft ein, bis sein Schwanz vor Feuchtigkeit glänzte, und ging dann etwas in die Knie, um die Eichel an ihrer Spalte anzusetzen. Er hielt die Luft an und schob sich so vorsichtig wie möglich in Narudas Schoß. Sie war eng, stellenweise verkrampfte sich ihre Spalte um seinen Schwanz, aber dann hielt er inne und wartete, bis sie sich entspannt hatte. Als er gegen einen Widerstand traf, zögerte er nicht lange und stieß hart zu. Naruda schrie – diesmal aber nicht aus Lust – und klammerte sich an ihn. Er hielt sie fest an sich gedrückt. »Hat es sehr wehgetan?«, fragte er. Sie schüttelte den Kopf und ließ ihn wieder los. Anmutig sank sie zurück auf das Bett. »Es geht. Mach weiter.«

Anfangs noch zögerlich begann Tam, sich in ihr zu bewegen. Ihre seidige Spalte, die Hitze darin, die seinen Schwanz umschloss, ihn regelrecht umklammerte – er hätte nicht für möglich gehalten, dass irgendjemand jemals so etwas in ihm auszulösen vermochte. Solche Gefühle konnten nicht echt, nicht real sein! Sie waren viel zu überwältigend, viel zu groß, aber er wurde regelrecht süchtig danach, er wollte immer mehr davon haben und das konnte ihm nur Narudas Schoß schenken. Er hielt ihre Beine gespreizt, hörte kaum noch ihr Stöhnen oder sein eigenes Keuchen. All sein Denken, all sein

Empfinden konzentrierte sich in der Eichel, die sich wie besessen an Narudas Inneres schmiegte und sich daran rieb. Dann ging ein Ruck durch seinen Körper, jeder Muskel spannte sich an und er klammerte sich an Narudas Beinen fest, als der Höhepunkt in Wellen durch ihn hindurchrauschte, wie das Meer. Er hörte sich selbst schreien, spürte Narudas Hände auf seinen, aber kurz darauf war alles fort, weggespült von seinem Höhepunkt.

Nach dieser Nacht waren Naruda und er unzertrennlich. Sie wartete auf ihn, wenn er mit dem Dienst fertig war, und nahezu jede Nacht verbrachte sie in seinem Bett. Tam, der sich bisher nichts Schöneres als die Erfüllung seines Traumes im Dienst der Wache hatte vorstellen können, bemerkte zum ersten Mal, dass es noch etwas weitaus Besseres gab. Wann immer er nicht an den Übungen der Garde teilnehmen musste, lag er in Narudas Armen, wo er Frieden und Glück fand. Die Welt und sein Leben schienen perfekt. Doch dann kündigte sich ein Krieg an. Ein abtrünniger Stamm der Paschtunen forderte Land, das angeblich ihm gehörte. Die Paschtunen waren nur eine Hand voll Nomaden, die normalerweise als versprengte kleine Gruppen durch die Wüste zogen, aber in dieser Angelegenheit hatten sich mehrere Stämme zusammengeschlossen und griffen gezielt die äußeren Grenzen des Reiches an. Unterstützung erhielten sie dabei von einem indischen König namens Yash, der sie nicht nur mit Waffen ausrüstete, sondern auch Gefolgsleute schickte. Noch befand sich die Gefahr am äußeren Rand des Reiches, aber nicht nur der Schah ahnte, dass, wenn nichts unternommen würde, die Grenzen bald fallen und ein Großteil des Reiches an die Paschtunen und den Inder fallen würden. Die Bedrohung war ernst, aber noch nicht groß genug, um ein Heer zu schicken. Daher fiel die Wahl des Kriegsministers auf die jungen Zöglinge der Garde, die sich auf diese Weise gleich die ersten Sporen verdienen konnten.

Zu Tams Überraschung bestand Naruda darauf, ihn begleiten zu dürfen. »Ich halte es keinen Tag ohne dich aus«, sagte sie immer wieder, wenn er versuchte, sie davon zu überzeugen, dass es zu gefährlich für sie war. »Bin ich nicht sonst der Dickschädel?«, seufzte er schließlich, und sie küsste ihn auf die Stirn. »Nicht in diesem Fall, Liebster.« Wie konnte er ihr das noch abschlagen?

Tam war ein Krieger, und in den kurzen, aber heftigen Scharmützeln mit den Paschtunen und den Indern merkte er schnell, dass sich das Training am Hof und unter seinem Vater bezahlt machte. Auch seine Kameraden profitierten davon – in seiner Gruppe gab es kaum Tote und nur wenige Verletzte. Tams Liebe zum Kampf, zu seiner Berufung, fiel selbst den Befehlshabern auf, und seine Kameraden nannten ihn halb im Scherz und halb aus Bewunderung Falkenkrieger, da es seine Spezialität war, wie ein Falke, blitzartig und unerwartet, über seine Feinde hereinzubrechen. Jeden Abend versorgte Naruda seine Wunden und ließ sich von ihm erzählen, was auf dem Schlachtfeld vorgefallen war. Eines Abends ließ sein Hauptmann ihn zu sich rufen. Tam war sich nicht sicher, was er falsch gemacht hatte, als er das hell erleuchtete Zelt inmitten des Feldlagers der Soldaten betrat. »Komm herein«, begrüßte der Hauptmann Tam, der ein wenig verloren im Eingang stand.

»Jawohl.« Tam trat näher zu dem Tisch, an dem der Hauptmann saß und Wein trank. Erst als er ihm einen Stuhl anbot, nahm Tam Platz. »Ihr habt mich rufen lassen, Herr?«, fragte er.

»Allerdings. Der General hat mich mit einer Aufgabe betraut, für die ich jemanden wie dich brauche.« Tam runzelte nachdenklich die Stirn, unterbrach den Hauptmann aber nicht. »Die Scharmützel ziehen sich jetzt schon seit Wochen hin, aber wir kommen nicht wirklich weiter«, fuhr der Mann mit dem beeindruckenden weißen Schnurrbart fort. »Es wird Zeit, dass wir dem Ganzen endlich ein Ende machen. Der General hat entschieden, dass wir das Übel an der Wurzel ausrotten müssen.«

»Wie meint ihr das, Herr?«

»Die Paschtunen sind nur so stark geworden, weil der Maharadscha Yash sie unterstützt. Das müssen wir abstellen und gleichzeitig dafür sorgen, dass sich so eine Situation nicht wiederholt.«

Tam ahnte, was jetzt kommen würde, aber er schwieg und nickte nur. »An eben dieser Stelle brauchen wir dich. Wir werden dich in das Lager des Maharadschas schmuggeln, und du wirst ihn endgültig aus der Welt schaffen.«

»Ist das möglich?«

»Es ist riskant, aber ja, es ist machbar. Traust du dir so etwas zu?«

Tam überlegte nicht lange, sondern nickte wieder. Der Hauptmann stellte seinen Weinkelch ab. »Dann halte dich morgen Nacht bereit. Morgen wirst du nicht kämpfen, sondern dich ausruhen. Und, das ist das Wichtigste, du darfst mit keiner Menschenseele über den Angriff sprechen. Der Erfolg der gesamten Mission hängt davon ab.«

Tam verneigte sich leicht und versprach es, ehe er aus dem Zelt des Hauptmanns entlassen wurde. In dieser Nacht liebten Naruda und er sich, aber in Gedanken war er bereits bei der kommenden Nacht, in der er einen König töten sollte. Naruda bemerkte bald, dass er in Gedanken nicht bei der Sache war. Sie sprach es nicht an, aber er sah, wie sie ihn immer wieder von der Seite anblickte. »Komm her«, sagte er leise, nachdem sie sich geliebt hatten. »Ich will mit dir einschlafen.«

In der Wüste wurde es nachts kalt, und sie zitterte in seinen Armen. Dennoch rückte sie nicht näher. »Liebst du mich?«, fragte sie ihn.

»Ich liebe dich.«

Sie sah ihn lange an und küsste ihn, ehe sie sich endlich an ihn schmiegte und beide gemeinsam einschliefen.

Am nächsten Morgen war Naruda verschwunden. Er suchte sie im ganzen Lager, konnte sie aber nirgends finden. Auch auf seine Fragen hin konnte ihm keiner eine Antwort geben. Schließlich musste der Hauptmann ihm den Befehl geben, sich in sein Zelt zurückzuziehen. Nur die Gedanken an seine Pflicht sorgten dafür, dass Tam sich beruhigte. Er betete inbrünstig, dass Naruda nichts zugestoßen war, und versuchte, sich auf seine bevorstehende Aufgabe zu konzentrieren.

Als es dunkel wurde, kratzte es vor seinem Zelt. Tam band sein dichtes Haar zu einem Knoten zusammen, steckte sein Schwert ein und trat hinaus. Zwei seiner Kameraden, ebenso schwarz gewandet wie er, standen im fahlen Mondschein und begrüßten ihn mit einem Kopfnicken. Seine Eskorte. Ohne ein Wort gingen sie zu den Pferden am Rand des Lagers und schwangen sich in die Sättel. Der Sand dämpfte die Schritte der Tiere und so bewegten sich die drei Männer nahezu lautlos durch die Nacht.

Das Lager der Inder lag etwa zehn Kilometer westlich und bald sahen sie es am Horizont auftauchen. Einige wenige Fackeln brannten am Rand des Lagers. Offensichtlich hatten sich die indischen Soldaten und ihr Maharadscha bereits zur Ruhe gelegt, um sich für den nächsten Kampf zu stärken.

Sie stiegen ab und scheuchten die Pferde weg, die sich instinktiv auf den Weg zurück ins Lager machten. Die drei Männer schlichen derweil leise zum Rand des feindlichen Zeltlagers. Eine Wache patrouillierte mit dem Rücken zu ihnen. Einer von Tams Kameraden schlich sich blitzschnell an und schnitt dem Mann mit einem Dolch die Kehle durch, noch ehe dieser schreien konnte. Von der anderen Seite näherte sich eine weitere Wache. »Viel Glück«, sagte der Soldat, der an Tams Seite geblieben war, und lief los, um auch diese auszuschalten. Nun war Tam auf sich allein gestellt. Tam schlich ins Lager, ohne noch einen Blick zurückzuwerfen, und hielt Ausschau nach dem Zelt des Maharadschas. Er brauchte nicht lange, um es zu finden – es war das mit Abstand größte Zelt und stand genau in der Mitte des Lagers. Die anderen Zelte bildeten einen schützenden Ring um die königliche Unterkunft.

Tam sah sich um und schlich dann zur Rückseite des Zeltes. Vorsichtig schnitt er einen Schlitz in die feste Plane und schlüpfte hinein. Im Innern war es dunkel, und nur schemenhaft erkannte er die eckigen Umrisse von Tischen, Truhen und anderen Gegenständen. Jemand atmete leise. Tam schloss die Augen, um sich darauf zu konzentrieren, und bewegte sich auf das Geräusch zu. Es wurde immer lauter, was bedeutete, dass er auf dem richtigen Weg war. Langsam zog er seinen Säbel. Er hob ihn an, bereit auszuholen – da traf ihn ein Pfeil in der Schulter. Tam schrie auf und ließ den Säbel fallen.

Licht flammte auf, und er hörte Schritte über den Teppich eilen. Tam hob den Kopf und allein diese Bewegung reichte, um einen solch unerträglichen Schmerz durch seinen Körper zu jagen, dass er fast auf der Stelle ohnmächtig geworden wäre. Rote Schleier tanzten vor seinen Augen, und dahinter erkannte er einen Mann, der vor dem Bett stand und die Decke zurückschlug. Und darauf ... nein.

Tam glaubte seinen Augen nicht – direkt vor ihm im Bett lag Naruda und sah ihn ängstlich an. Der Mann reichte ihr seine Hand und half ihr aufzustehen. »Ich muss sagen, es überrascht mich, dass du recht behalten hast, aber wie es aussieht, hast du wirklich ein Attentat auf mich verhindert«, sagte der Mann ohne sonderliches Interesse in der Stimme. »Als Dank will ich auf deine Forderung eingehen – ich lasse ihn am Leben und er wird dein Sklave.«

»Und ... und der Rest?«, fragte Naruda. »Mein Platz an Eurer Seite?«

»Darüber sprechen wir, wenn wir in Indien sind. Aber keine Angst, es wird dir dort gefallen.«

Tam wollte etwas sagen, wollte Naruda nach dem Grund fragen, aber als sein Geist in gnädige Dunkelheit versank, musste er an das kleine Mädchen denken, das mit ihm auf dem Mauervorsprung gesessen und in den Himmel gesehen hatte. Das kleine Mädchen mit dem großen Traum.

In dieser Nacht schlief Tam in Poojas Zimmer. Nicht in ihrem Bett, das wagte er nicht, aber auf der Bank, die am Fenster stand. Aber als Pooja erwachte, war er bereits gegangen, und sie fand das übliche Tablett auf ihrem Tisch. Diesmal lag eine Notiz dabei. »Yash kehrt morgen zurück.« Mehr nicht. Sie musste von Tam sein, und wahrscheinlich hatte er sie ihr zugesteckt, damit sie sich freuen konnte, aber seltsamerweise fühlte Pooja bei dem Anblick der Worte gar nichts. Sie spürte, dass etwas dabei war, sich zu wandeln. Ihre Welt schien sich zu verschieben, doch sie konnte nicht einmal genau sagen, was sich verändert hatte.

Den Tag verbrachte sie in grüblerischer Stimmung, und auch abends am Brunnen ließ sie sich nur schwer von der fröhlichen Stimmung der anderen anstecken. Abhaya und

Xiao bemerkten es als Erste. »Du lachst gar nicht«, sagte die Han und setzte sich neben Pooja, auf die Seite, die nicht von Abhaya besetzt war.

»Sie grübelt schon die ganze Zeit und lässt die Mundwinkel hängen, aber ich bekomme einfach nicht aus ihr heraus, was mit ihr los ist«, klagte Abhaya.

»Yash kehrt morgen nach Hause zurück.«

Xiao schürzte die Lippen. »Das erklärt, warum Naruda heute so ausgelassen ist. Ich schwöre, ich habe sie durch den Garten tanzen sehen.«

»Warum macht es dich nicht glücklich?«, wandte Abhaya sich an Pooja. »Du solltest dich freuen, dass du deinen Traum endlich erfüllen und eine treu sorgende Ehefrau werden kannst.«

»Das ist es ja«, sagte Pooja tonlos. »Ich weiß nicht mehr, ob das mein Traum ist.«

»Vielleicht können wir da aushelfen«, ertönten Meeras und Meenas Stimmen im Chor.

»Das ist mit Sicherheit nur die Nervosität vor dem ersten Mal. Aber das ist gar nicht nötig. Yash ist ein geschickter Liebhaber, und er weiß, wie man Frauen Freude bereitet«, sagte eine der beiden.

»Dazu habe ich noch eine Geschichte«, wandte ihre Schwester ein, aber das schien der ersten gar nicht zu gefallen. »Aber ich wollte doch eine Geschichte dazu erzählen.«

»Lass mich erst meine erzählen, ich verspreche dir, es wird sich lohnen. Du kannst deine anschließend erzählen.«

Ihr Zwilling seufzte und nickte ergeben.

Meera oder Meena stellte sich neben den Brunnen und begann zu erzählen.

Der Mehndi-Maler

Seit Anju denken konnte, hatte die Hütte hinter der Stadt am Waldrand sie fasziniert. Frauen gingen dorthinein und kehrten mit kunstvoll geschmückten Händen und Füßen zurück, auf denen die Henna-Pflanze ihr Muster hinterlassen hatte. Und jede von ihnen hatte ein glückseliges Lächeln auf dem Gesicht.

Wenn sie ihre Mutter oder ihre Schwestern fragte, was in der Hütte vor sich ging, dann kicherten sie und zwinkerten sich gegenseitig verschwörerisch zu, aber keine von ihnen verriet auch nur ein Sterbenswörtchen.

Kurz vor den hohen Feiertagen wie dem Lichterfest war es am schlimmsten – in Anjus Heimat war es Tradition, dass man sich zu Festtagen mit besonders kunstvollen Mehndis den Körper verzieren ließ, und zwischen den Frauen im Ort gab es regelrechte Wettkämpfe, welche von ihnen das schönste und kunstvollste Mehndi trug. Dabei bemalten sich nur die wenigsten Frauen selbst. Fast alle verschwanden in der Hütte. Nur die Kinder wurden von den Müttern, Tanten und großen Schwestern bemalt. Aber keines dieser Henna-Bilder konnte sich mit dem Detailreichtum und der Kunstfertigkeit der Mehndis aus der Hütte messen. Je älter Anju wurde, umso neidischer wurde sie auf die Mehndis ihrer Schwestern, die sich alle gegenseitig die Bilder auf ihrer Haut zeigten. Und jedes Jahr, vor jedem Fest, bettelte Anju ihre Mutter an, sie mit zur Hütte zu nehmen und sie endlich in das Geheimnis einzuweihen. »Mein Liebstes«, pflegte ihre Mutter dann zu antworten, »du bist noch so jung. Deine Schwestern sind bald alle verheiratet, und dann wird unser Haus ganz still und leer sein. Was soll ich dann tun? Bleib noch ein Weilchen mein kleines Vögelchen und sing für mich, damit die Hallen nicht so still sind.«

Meist gab Anju dann Ruhe und versuchte nicht weiter zu erfahren, was ihre Mutter verheimlichte. Aber ganz ließ sich ihre Neugierde nicht bändigen.

Spät in der Nacht an einem Abend kurz vor der Hochzeit ihrer zweitältesten Schwester schlich sich ihre Schwester Emiya, mit der Anju sich ein Zimmer teilte, ins Bett. Emiya glaubte offenbar, dass Anju schon schlief, doch die hatte am Abend genau bemerkt, wie Emiya sich weggeschlichen hatte. Wütend schob Anju ihre Decke beiseite und setzte sich auf. Emiya gab ein erschrockenes Quieken von sich. »Anju! Warum schläfst du noch nicht?«

Anju presste die Lippen aufeinander. Emiya war nur zwei Jahre älter als sie und durfte doch schon in die Hütte. »Ich weiß, wo du warst«, erwiderte Anju knapp, und gab sich dabei keine Mühe, leise zu sprechen.

Emiya wurde blass und setzte sich rasch neben ihre Schwester. Sie bemühte sich aber, eine gleichgültige Miene aufzusetzen. »Das ist egal, weil ...«

»Zeig es mir«, verlangte sie.

»Was meinst du?«

»Das Mehndi. Zeig es mir.«

Emiya biss sich auf die Unterlippe und sah zur Tür. Anju kannte ihre Schwester gut – es ging ihr nicht darum, dass ihre Eltern sie möglicherweise überraschen konnten. Sie wollte sich nur wichtig machen, bis Anju vor Ungeduld bald platzte.

»Na gut«, seufzte Emiya schließlich theatralisch und schob das Ende ihres Saris, das sie über ihre Schulter gelegt hatte, zur Seite. Anjus Neid wuchs, als ihr Blick auf Emiyas Brüste fiel. Ihre Schwester hatte volle Brüste, die die Farbe von Milch hatten, mit fast hellrosafarbenen Brustwarzen. Sie waren rund und prall. Obwohl Anju schon länger als Frau galt, da ihre Monatsblutung schon oft gekommen war, schien ihr Körper die Meinung der Mutter zu teilen und einfach nicht erwachsen werden zu wollen. Ihre Brüste blieben klein; sie waren nicht größer als ein Paar frühreifer Äpfel. Anders als Emiyas war Anjus Haut auch nicht hell, sondern von der Sonne dunkel gebräunt. Früher hatten ihre Schwestern sie immer damit aufgezogen, dass sie so dunkel war, weil sie viel im Garten herumlief und spielte. Seit Anju das heiratsfähige Alter erreicht hatte, war der Spott verstummt, und manchmal sah sie sogar Mitleid in den Augen ihrer Schwestern aufblitzen.

Anju seufzte und konzentrierte sich stattdessen lieber auf das Muster, das Emiyas Rücken schmückte. Es zeigte einen Blütenstrauch, der an ihrem Steiß aus der Erde spross und sich in viele kleine Zweige verästelte, an denen wunderschöne stilisierte Blüten hingen. Das Mehndi war so filigran, so detailliert, dass Anju der Atem stockte. »Emiya, das ist ja wunderschön!«, entfuhr es ihr. Ihre Schwester lächelte verschämt, aber auch stolz und zog sich wieder an. »Danke.«

»Was ist in der Hütte?«, platzte es aus Anju heraus, in einer unseligen Mischung aus Neid und Ungeduld. Sie musste endlich wissen, was dort vor sich ging.

Emiya wich dem Blick ihrer Schwester aus. »Mutter hat gesagt, ich darf es dir nicht erzählen.«

Anju ballte die Hände zu Fäusten. »Mutter will, dass ich ewig ein Kind bleibe, damit ich sie niemals verlasse«, erwiderte sie leise. »Ich liebe Mutter, aber sie hat unrecht. Ich bin schon lange kein Kind mehr. Irgendwann muss sie es erkennen.«

Emiya seufzte. »Ich darf es nicht verraten.«

Anju spürte, wie der Ärger vieler Jahre in ihr hochkam – ihre Augen füllten sich mit Tränen. Sie berührte mit den Fingerspitzen den Rücken ihrer Schwester, dort, wo sich das Mehndi befand.

Wieder seufzte Emiya. »Mutter hat mir verboten, dir davon zu erzählen«, wiederholte sie, aber diesmal blitzte es schelmisch in ihren schwarzen Augen auf. »Aber sie hat dir nicht verboten, zur Hütte zu gehen.«

Anjus Herz schlug schneller. Endlich! »Denkst du ... ich kann einfach so ...?«

Emiya nickte. »Aber warte noch einen Tag. Ich gehe morgen hin und werde alles für dein Eintreffen vorbereiten. Geh, sobald der Mond aufgegangen ist. Versprich mir das!«

Anju versprach es ihrer Schwester sofort und umarmte sie glücklich. »Danke, Emiya. Ich danke dir.«

Anju konnte es kaum erwarten, bis der Mond sich endlich am Nachthimmel zeigte. Sobald die Sonne untergegangen war, trat sie immer wieder ans Fenster und suchte den Himmel ab, aber der Mond ließ sich von der Ungeduld einer jungen wissbegierigen Frau nicht antreiben. Gemächlich zog er seine Bahn und schob sich hinter den Wolken hervor.

Im Haus war es noch lange nicht still – wegen der Hochzeit befanden sich fast die gesamte Verwandtschaft des Bräutigams und sämtliche Frauen aus Anjus Familie im Haus, und alle waren mit Vorbereitungen beschäftigt. Das war einer der wenigen Vorteile daran, von der eigenen Mutter wie ein Kind behandelt zu werden: Anju konnte den ganzen Tag tun und lassen, was sie wollte. Dennoch war sie vorsichtig, als es endlich an der Zeit war zu gehen. Sie warf sich ein Tuch über und zog es sich tief in die Stirn, sodass man sie nicht auf den ersten Blick erkennen würde. So leise wie möglich schlich sie sich über die Treppe nach unten, die sonst für die Diener vorgesehen war. Als sie an der Küche vorbeikam, hörte sie lautes Lachen und das Klirren von Geschirr, von Töpfen und großen Löffeln. Der Duft von Kaju Katli, einer Art Marzipan, und gefüllten Aprikosen wehte durch den Türschlitz zu Anju, aber in dieser Nacht stand ihr der Sinn nicht nach Süßigkeiten. Rasch lief sie weiter und schlüpfte durch die schwere hölzerne Tür nach draußen, auf die dunklen Straßen der Stadt.

Als die kühle Luft der Nacht ihre erhitzten Wangen streifte, erschauerte Anju wohlig. Mit großer Sorgfalt sah sie sich um und rannte dann los, als wären tausend Geister hinter ihr her. Bald hatte sie die Stadtmauer erreicht und suchte nach der alten Tür, die ein wenig versteckt in der Nähe des großen Haupttores lag, das in der Nacht bewacht wurde. Emiya hatte ihr von dem geheimen Durchgang erzählt und tatsächlich fand Anju den Durchlass nach einigem Suchen hinter einem großen Haselstrauch. Die Tür wirkte nahezu verfallen, war aber erstaunlich stabil, als Anju sie aufdrückte. Noch ein letzter Schritt und die Stadt lag hinter ihr.

Die Hütte lag am Waldrand, noch in Sichtweite der Mauern, dennoch musste Anju eine Weile laufen, ehe sie sie erreichte. Auf dem Weg dorthin ging sie so schnell, dass ihr Herz raste und ihre Wangen heiß glühten. Als sie aber vor der Hütte stand, die sich wie ein lauerndes Tier an den Waldrand schmiegte, wurden ihre Schritte langsamer. Sie zog ihren Sari und das Tuch zurecht und blieb vor der windschiefen Tür stehen. Aus dem einzigen kleinen Fenster drang das flackernde Licht mehrerer Kerzen, und der Geruch der Zedern verlieh der kühlen Luft eine würzige Note. Anju glaubte ihr eigenes Herz schlagen zu hören, und zum ersten Mal mischte sich Furcht in ihre Neugierde. Was würde sie in der Hütte erwarten? Auf einmal war Anju sich nicht mehr sicher, ob sie es wirklich wissen wollte.

»Du solltest endlich hereinkommen. Da draußen muss es doch eiskalt sein.«

Die Stimme war weich, aber eindeutig männlich. Anju zuckte zusammen und verharrte wie festgewachsen. »Also, was ist?«, forderte die Stimme sie wieder auf, und schließlich fasste sie sich ein Herz und schob die Tür auf. Das Innere der kleinen Hütte bildete ein kreisrunder Raum. Kerzen standen auf niedrigen Regalen und auf Tischen. Trotz der kühlen Nachtluft war es durch das Kerzenlicht warm und behaglich. Die Einrichtung war Anju fremd – bunte Tücher bedeckten die meisten freien Flächen, hinter zwei Vorhängen verbargen sich wahrscheinlich Türöffnungen. Auf beide waren seltsame Tiere mit goldenem Faden gestickt – etwas, das aussah wie eine Schlange mit Flügeln, eine Ratte mit langen Ohren und ein Löwe mit Adlerkopf und Klauen.

In der Mitte des Raums stand ein Mann; er wirkte viel zu groß für die Hütte und auch viel zu kräftig. Sein Körperbau erinnerte Anju an einen Krieger. Er trug eine einfache Weste und Hosen, aber sein Haar war offen und es hatte, ebenso wie sein Bart, die gleiche goldene Farbe, in der auch die Stickereien glänzten. Noch nie zuvor hatte Anju so helles Haar oder so helle Haut gesehen. Der Mann wirkte fremdländisch und doch durch seine Kleidung seltsam vertraut.

Er lächelte, als er sie sah, und seine Augen – blau wie das Wasser – strahlten regelrecht. »Du bist Anju«, sagte er.

Sie lächelte schüchtern und fragte sich, woher er ihren Namen kannte. Aber dann erinnerte sie sich daran, dass Emiya versprochen hatte, alles vorzubereiten.

»Und du bist das große Geheimnis in der Hütte?«

Er lachte. »Nennt man mich in der Stadt so?«

Anju spürte, wie ihre Wangen mittlerweile förmlich glühten. »Eigentlich nenne nur ich dich so.«

»Emiya sagte mir bereits, dass du unbedingt herausfinden

wolltest, warum die Frauen mich hier in der Hütte besuchen. Bist du dir denn wirklich sicher, dass du das herausfinden willst?«

»Ich will nicht mehr wie ein Kind behandelt werden«, erwiderte Anju. »Male mir auch ein Mehndi. Ich bitte dich.«

Der fremde Mann mit dem goldenen Haar runzelte die Stirn. Er trat näher, und Anju nahm ganz leicht den Duft von wilden Rosen wahr. »Wenn ich dir ein Mehndi male, lässt du deine Kindheit für immer hinter dir. Das ist ein großer Schritt – willst du ihn wirklich gehen?«

Diesmal zögerte Anju keine Sekunde. »Ja«, sagte sie und machte selbst einen Schritt auf ihn zu. »Das will ich, von ganzem Herzen.«

Mit dieser Antwort schien der Mann zufrieden zu sein. Er nahm sanft ihre Hand und führte sie zu einem der Vorhänge. Er schob das Tuch beiseite und führte Anju in den Raum dahinter. Er war winzig, kaum größer als Anju selbst, wenn sie sich auf den Boden legte. In der Mitte befand sich ein riesiges Lager aus Kissen und Decken. Auf einem kleinen Tisch neben dem Lager befanden sich ein Mörser, eine Schale mit Wasser und einige Blätter Henna.

»Zieh deinen Sari aus«, verlangte der Mann. Anju bekam große Augen.

»Es gehört zur Malerei.« Er bemerkte ihr Zögern und berührte sie sanft an der Schulter. »Du musst hier drin nichts tun, was du nicht willst. Aber um das Mehndi zu malen, muss ich deinen Körper sehen.«

Anju klammerte sich in den Stoff ihres Saris. »Wird es wehtun?«, fragte sie mit brüchiger Stimme.

Der Mann sah sie ernst an. »Ich verspreche dir, dass in dieser Hütte noch nie einer Frau Leid angetan wurde und niemals angetan wird.«

Sie strich sich über den Bauch – die Angst war noch immer

da, aber sie musste an das glückliche Lächeln ihrer Mutter und ihrer Schwestern denken. In ihren Gesichtern hatte sie keine Angst und keine Furcht gesehen. Nur grenzenlose Freude.

Anju schloss die Augen und streifte ihren Sari und die Choli ab. Trotz der Hitze der Kerzen, die auch hier auf Regalbrettern an der Wand standen, fröstelte sie und eine Gänsehaut überzog ihren Körper. Als der Mann nichts sagte, öffnete sie zögerlich die Augen.

Er saß zu ihren Füßen neben dem Tischchen und betrachtete sie mit einem Ausdruck ungetrübter Ruhe. Ein winziges Lächeln deutete sich auf seinem Gesicht an, während seine blauen Augen über ihren nackten Körper wanderten. Sie konnte seine Blicke fast körperlich spüren, konnte spüren, wie sie ihren Hals entlangglitten, auf ihren winzigen Brüsten mit den Knospen verweilten und dann ihren Bauch streiften, fast wie eine liebkosende Hand. *Die Hand eines Liebhabers,* schoss es Anju durch den Kopf, und sie spürte, wie es zwischen ihren Beinen warm zu pulsieren begann. Das Gefühl war neu und ungewohnt, aber nicht unwillkommen.

»Leg dich auf den Bauch«, sagte der Mann, und diesmal zögerte Anju nicht. Die Decken bestanden aus bestickter Seide, der Stoff glitt kühl wie eine Schlange über ihre Haut. Anju seufzte wohlig.

Der Mann lächelte, sie konnte es in seiner Stimme hören. »Du entspannst dich, das ist gut.« Seine Fingerspitzen fuhren sacht, wie ein Windhauch über ihren nackten Rücken, und sie erschauerte. »Deine Haut ist wunderbar. Wie geschaffen, um darauf zu malen. Und du bist jung, ich spüre die Kraft in deinem Körper.«

Mit diesen Worten wusste Anju nichts anzufangen, aber sie dachte noch immer an das Lächeln im Gesicht ihrer Schwestern. Das, und das weiche Licht im Raum, die Wärme und die weiche Stimme des Mannes führten sie Schritt für Schritt immer tiefer in eine Welt aus Ruhe und wohliger Vorfreude.

»Ich werde diese Stärke festhalten – ich werde sie malen.«

Er ließ seine Fingerspitzen weitergleiten, sie wurden zu Pilgern, die die sanft gerundeten Hügel ihrer Pobacken passierten und sich hinab in das Tal zwischen ihren Schenkeln wagten. Anju versteifte sich ein wenig und keuchte.

»Dir wird nichts geschehen«, flüsterte er, und sein Gesicht war so nah, dass sie seinen Atem an ihrem Hals spüren konnte. »Aber die Hennapflanze braucht Feuchtigkeit, um ihre kostbare Farbe preiszugeben. Und eben diese werde ich mir aus deinem Brunnen holen.«

Anjus Augenlider flackerten. Brunnen? Was meinte... In diesem Moment streiften seine Finger ihre Yoni, und Anju hob erschrocken den Kopf. Sie verharrte, die Augen weit aufgerissen, aber irgendetwas hielt sie davon ab, einfach aufzuspringen und wegzulaufen.

Die Bewegungen an ihrem Schoß hielten inne, und der Mann gab keinen Laut von sich. Anju konnte ihn nicht sehen, er hockte direkt neben ihr, aber sie ahnte, dass auch er den Atem anhielt. Sie zitterte und verstand endlich, was das Geheimnis dieser Hütte war. Nicht der fremde Mehndi-Maler mit seinen exotischen goldenen Haaren war es. Nein, es war die Art, wie er die Farbe anrührte. Kein Wunder, dass ihre Mutter ihr niemals etwas davon erzählt hatte.

Anjus Herz klopfte laut und heftig, aber schließlich schloss sie wieder die Augen und ließ sich zurück auf das Lager sinken.

Der Maler nahm das als stummes Einverständnis, denn kaum hatte ihre Wange sich wieder auf die Kissen gebettet, strichen die Fingerkuppen seiner Hand über ihre Schamlippen. Zu ihrer eigenen Überraschung verstärkte sich das

Pochen in ihrem Schoß mit jedem Mal, wenn seine Finger über ihre Spalte streichelten. Anju spürte, wie Hitze von diesem Punkt aufstieg, wie sie sich in ihrem Körper ausbreitete, wie Ringe auf dem Wasser, wenn ein Stein hineingefallen war. Sie spürte, wie ihre Schamlippen sich unter seinem zärtlichen Kosen öffneten, wie die Blüte einer Blume bei Sonnenaufgang.

Seine Fingerkuppen fuhren die faltige Haut ihrer Schamlippen nach, verfingen sich in ihrem Schamhaar und zupften leicht daran. Ein süßer, haarfeiner Schmerz ging von ihnen aus, wann immer er sanft daran zog, aber Anju genoss es. Jede seiner Berührungen war wie ein Windstoß, der das Feuer in ihrem Schoß auflodern ließ. Sie spürte, wie ihr der Schweiß ausbrach. Sie keuchte und presste die Lippen zusammen, um zu verhindern, dass ihm noch mehr folgte, aber als er die winzige Erhebung an der Spitze ihrer Yoni streifte, entfuhr der jungen Frau ein gellender Schrei. Sie klammerte sich an den Decken unter sich fest, gleichzeitig spreizte sie ihre Beine, um ihm besseren Zugang zu ihrer intimsten Stelle zu gewähren. Sogleich spürte sie seine Finger wieder dort, und mit einem Rest Scham, der noch nicht von ihrer stetig ansteigenden Lust fortgespült worden war, erkannte sie, dass sie ihre Schenkel nicht gespreizt hatte, um es ihm zu erleichtern, sie zu streicheln, sondern vor allem, um ihn anzuflehen, sie noch einmal an dieser besonderen Stelle zu berühren. Sie wollte, dass er sie dort streichelte, wollte seine Finger an dem pochenden Knöpfchen zwischen ihren Schenkeln spüren.

Er ließ sich Zeit, wieder fanden seine Finger ihre Lippen, und diesmal glitten sie dazwischen, feucht und nass von dem Saft, der sich dazwischen gebildet hatte. Anju schrie wieder, diesmal aber vor Lust, als sein Zeige- und Mittelfinger tief in ihrer hungrigen Spalte verschwanden und sein Daumen an ihrer Klitoris verweilte und sie immer wieder zärtlich rieb.

Die Empfindungen ihres Körpers drohten Anju den Verstand zu rauben, sie kümmerte sich nicht mehr darum, warum sie hier war oder wer ihre gellenden Lustschreie hören mochte. Alles, woran sie denken konnte, war seine Hand, seine Finger, die ihr diese sinnliche Ekstase schenkten, von deren Existenz sie bislang nichts geahnt hatte.

Sie merkte nicht, wie er etwas von der Nässe in ihrem Schoß nahm, merkte nicht, wie er die Farbpaste anrührte und begann, auf ihrem Rücken zu malen, während seine andere Hand noch immer ihren Dienst in ihrem Schoß tat.

Die Schönheit des Rosenstrauches, der auf ihrem Rücken zu wachsen begann, würde sie erst viel später sehen. In diesem Moment spürte Anju nur Lust, Verzücken und ein Sehnen nach etwas, was sie nicht benennen konnte. Ihr Körper spannte sich, der Faden, den ihre Lust in ihrem Innern gespannt hatte, sirrte und drohte zu zerreißen. Anju wusste, dass sie Erlösung finden musste, sonst würde sie sterben, einfach vergehen in der Lust, die sie unbarmherzig in ihren Klauen hielt.

Und mit einem Mal rauschte der Höhepunkt über sie hinweg, der Faden riss, als der Maler seine Finger tief in sie schob, und sie verkrampfte sich, stöhnte, schrie, bäumte sich auf, und die Rosen auf ihrem Rücken erblühten in voller Pracht.

»Wie du siehst, kann auch eine unerfahrene Frau viel Lust empfinden, wenn ihr Liebhaber sich geschickt anstellt«, fügte die Erzählerin ihrer Geschichte noch hinzu.

»Viel wichtiger ist aber, dass sie ihren eigenen Wünschen und Bedürfnissen traut«, wandte ihre Zwillingsschwester ein. »Du musst wissen, was du willst, und darfst dich auch nicht scheuen, dir genau das zu holen, wenn du weißt, dass du es willst.«

Pooja versuchte, sich all das zu merken, aber ehe sie dazu kam, weiter über die Geschichte nachzudenken, stellte sich schon die zweite Zwillingsschwester neben die erste und begann zu erzählen.

Tanz um Mitternacht

»Der Kleine ist viel zu unschuldig. Lass ihn hier.« Mahuds Worte klangen verächtlich, als er auf Akasch herabblickte. Akash versuchte sich aufzurichten und so erwachsen wie möglich auszusehen, auch wenn es ihm trotz seiner achtzehn Jahre misslang.

Sein Freund Navin klopfte ihm freundschaftlich auf die Schulter. Er war zwar nur wenige Jahre älter als Akasch, hatte aber im Gegensatz zu ihm breite Schultern und Hände wie Pranken. Auch der beeindruckende Schnurrbart ließ ihn wesentlich älter wirken. Akasch hatte es aufgegeben, sich einen Bart stehen zu lassen, nachdem sein Bartwuchs sich darauf beschränkte, an einigen Stellen seines Gesichtes unkontrolliert zu wuchern, und dafür an anderen Stellen vollkommen ausblieb. Es sah aus wie ein Stück Wald nach der Brandrodung. Natürlich hatte ihn Mahud deswegen ausgelacht, und natürlich hatte Navin ihn in Schutz genommen. Seitdem rasierte er sich jeden Morgen mit einem geschliffenen Stein vor einer Spiegelscherbe. Das glatte Gesicht in Verbindung mit seiner dünnen Figur und den schmalen, fast schon mädchenhaften Schultern sorgte dafür, dass er von allen Leuten in der Stadt für einen halbstarken Jungen gehalten wurde, und nicht – wie Mahud und Navin – für einen richtigen Mann. Vor allem Mahud erinnerte ihn immer wieder daran. Akasch ertrug seine Gegenwart nur, weil sie schon immer Freunde gewesen waren, schon von klein auf. Früher hatten sie alles miteinander geteilt, aber seit sie in das heiratsfähige Alter gekommen waren, hatte sich einiges zwischen ihnen verändert. So hatte Mahud nur Navin eingeladen, ihn an diesem Abend zu begleiten, und Akasch bewusst ausgeschlossen. Wäre Akash nicht zufällig in der Nähe gewesen und hätte ihr Gespräch mitangehört, so wären sie vielleicht wirklich alleine gegangen. ›Nein, nicht Navin‹, dachte Akasch bei sich. ›Er hätte mich dennoch gefragt, ob ich mitgehen will.‹

»Wo wollt ihr überhaupt hin?«, fragte er laut und verschränkte die Arme vor der Brust, wie seine Freunde es oft taten.

Diesmal grinsten Mahud und Navin. »Das ist eine Überraschung«, erwiderte Mahud und schmatzte dabei, als würde er sich auf etwas ganz Besonderes zu essen freuen.

»Aber es wird dir gefallen«, beeilte sich Navin, ihm zu versichern. »Wir waren schon einmal da und es war wirklich gut.«

»Wann wart ihr da?«

Navin bemerkte, dass er sich verplappert hatte, und rieb sich verlegen über den Bart. »Als du mit deinem Vater fort warst. Es war eine spontane Idee, und wir wollten dir eigentlich auch noch davon erzählen.«

Akasch schwankte zwischen Enttäuschung und Aufregung. Wenn etwas so aufregend war, dass selbst Navin sich darauf freute, konnte es nur gut sein. Er atmete tief ein und rückte seinen Turban zurecht. »Dann erzählt mir jetzt davon«, schlug er vor, aber Mahud fuhr Navin über den Mund, ehe der etwas sagen konnte. »Nein, ich denke, es wird dir besser gefallen, wenn du es selbst siehst. Wir verraten nichts, aber komm jetzt, sonst dürfen wir nicht mehr rein.«

Akasch runzelte die Stirn, sagte aber nichts und folgte seinen beiden Freunden. Sie führten ihn in eine Gegend, in der er zuvor erst ein Mal gewesen war, und das auch nur aus Neugierde. Hierher gingen Männer, die ihren Samen loswerden wollten, die keine Frau zu Hause hatten oder einfach mal in anderes Fleisch als das ihrer eigenen Ehefrau stoßen wollten, ohne sich gleich eine Geliebte zulegen zu müssen. Die leicht bekleideten Prostituierten standen in den Eingängen ihrer Häuser, viele trugen keine Choli unter ihrem Sari oder hatten gleich ganz auf ein Oberteil verzichtet. Einige versuchten Akaschs Aufmerksamkeit auf sich zu ziehen, indem sie ihm ihre Brüste darboten oder das Unterteil ihres Saris anhoben. Einige flüsterten ihm zu, was sie ihm alles bieten wollten, wenn er nur bleiben würde, aber sobald er einfach weiterging, ohne auf ihr Angebot einzugehen, wandten sie sich direkt Navin zu, der hinter ihm lief.

»Gehen wir in ein Bordell?«, fragte Akasch Mahud.

»Besser«, erwiderte der über die Schulter hinweg und zwinkerte einer Frau zu, die an der Mauer lehnte und sich sogleich an seine Seite begab. Doch dann stieß er die Frau weg.

Akasch wandte den Blick ab und versuchte zu ergründen, was Mahud und Navin im Sinn haben mochten, wenn sie hierherkamen, ohne eine Frau kaufen zu wollen.

Die drei Männer liefen immer tiefer in das Gewirr der Gassen, auf denen Alkohol, Frauen und noch einige andere Dinge angeboten wurden, die Akasch nicht kannte und gar nicht erst kennenlernen wollte. Er hielt sich nah bei den anderen und war erleichtert, als sie endlich vor einem Haus Halt machten, das sich nicht groß von den anderen in der Straße unterschied. »Hier ist es«, erklärte Mahud stolz, als würde ihm das Haus gehören. Dann klopfte er in einem kurzen, konzentrierten Rhythmus an die Tür. Sie wurde einen Spaltbreit geöffnet, und ein Mann mit einem ungepflegten Stoppelbart und einem schief gewickelten Turban lugte heraus. Wortlos musterte er die drei Freunde, trat dann einen Schritt zurück und ließ die Tür ganz aufschwingen. Mahud trat ein, und Navin schob Akasch sanft hinterher, ehe er selbst folgte.

Im Innern war es stickig, das Licht drang nur gedämpft in die Ecken und Winkel des Ganges, den die drei durchschritten. Man konnte das Klingeln von Zimbeln hören, leise Musik, die mal an- und dann wieder abschwoll. Männer lachten, und es wurde geklatscht. Akasch wurde immer neugieriger auf das, was ihn erwartete, fragte aber nicht weiter, denn er ahnte, dass es nicht mehr weit bis zu ihrem Ziel war. Er behielt recht – der Gang mündete in einen großen Raum, in dem Männer auf dem Boden saßen. Einige hatten bunte Kissen ergattert, wieder andere lehnten mit dem Rücken bequem an der Wand. Viele Männer hatten Flaschen und Lederschläuche voller Wein dabei, aus denen sie tranken, und die sie auch untereinander teilten. Der Raum hatte keine Fenster, und dadurch wirkte das Gelächter der Männer so laut, dass sie zeitweise sogar die Musiker, die in einer Ecke des Raumes saßen, übertönten.

Auf der gegenüberliegenden Seite gab es mehrere Türöffnungen, die mit Tüchern und bunten Perlen an Schnüren verhängt waren. Mahud ging voran und bedeutete den beiden anderen, ihm zu folgen. Sie fanden eine Stelle im Kreis, in die sie auch zu dritt noch passten, und Navin besorgte Kissen, auf denen sie Platz nahmen. Der Mann neben ihnen beugte sich vor und seine Fahne traf Akasch genau ins Gesicht. Er schnaubte. »Guck an, so ... so junges Gemüse. Habt ihr Nelimas Tanz schon gesehen? Ja? Oder nicht?«

Mahud, der direkt neben dem Mann saß, der seine besten Jahre schon lange hinter sich hatte, verzog ebenso angeekelt wie Akasch das Gesicht. »Wir sind erst das zweite Mal hier«, erwiderte Navin dafür freundlich.

»Hah!«, erwiderte der Alte und schwenkte seine Flasche so übermütig, dass ein paar Tropfen des Inhalts auf den gestampften Lehmboden tropften. »Nelima, ich sage es euch, Nelima, die schafft es, die müde Wurzel wieder zum Leben zu erwecken. Bei ihr würde selbst ein Stück Seide steif werden!«

Akasch runzelte die Stirn. Was sollte an einem einfachen Tanz so aufregend sein? Er hatte die Mädchen seines Viertels schon oft tanzen sehen, entweder zu irgendeinem Tempelfest oder bei anderen Gelegenheiten. Auch wenn das hübsch anzusehen war, hatte er dabei doch niemals eine Erektion bekommen, und auch jetzt verspürte er bei dem Gedanken daran keine sonderliche Vorfreude. Dafür also das ganze Theater? In dem Fall hätten Mahud und Navin ihm auch weiter verschweigen können, wo sie hingingen und wieso.

Navin schien seine Enttäuschung zu bemerken. Er reichte ihm einen Krug mit rotem Wein und klopfte ihm auf die Schulter. »Zieh nicht so ein Gesicht«, lachte er. »Es wird dir gefallen, versprochen.«

Dessen nicht sicher, zuckte Akasch nur mit den Achseln und nahm einen tiefen Schluck aus dem Krug. Der Wein schmeckte sauer und billig. In der Hitze des Raums und der schlechten Luft stieg er ihm aber gleich zu Kopf und sorgte dafür, dass er sich ruhiger fühlte. Er nahm gleich noch einen Schluck und reichte den Krug dann an Mahud, der ihn leerte.

Mit einem Mal wurde die Trommel der Musiker lauter. Die Gespräche und das Gelächter der Männer verstummten, und alle blickten, wie auf ein geheimes Zeichen hin, geschlossen zu einer der Türöffnungen, hinter der sich etwas – oder jemand – bewegte.

Die Musik nahm einen sanften, ruhigen Rhythmus auf, und der Vorhang vor dem mittleren Türeingang wurde beiseitegeschoben. Eine Frau erschien, gekleidet in einen hellen, fast weißen Sari und eine ebenso helle Choli. Sie trug reichen Schmuck auf dem Kopf, um den Hals, an Händen, Armen und Hüften. Selbst an ihren Knöcheln konnte Akasch es leise klingen hören, und in ihren langen Zopf waren ebenfalls winzige Glöckchen eingeflochten. Ihr Gesicht war ebenmäßig und schöner als das jeder Frau, die er bisher gesehen hatte, vor allen Dingen schöner als alles, was er jemals an einem Ort wie diesem vermutet hätte. Ihr Alter konnte er nicht genau bestimmen – die winzigen Grübchen um die vollen Lippen und die Stupsnase ließen sie jung erscheinen, aber ihre Augen waren nicht die eines naiven Mädchens, sondern die einer Frau, die bereits ihre Erfahrungen gesammelt hatte.

Anmutig trat sie vor und schritt in die Mitte des Kreises. Jeder Blick eines jeden einzelnen Mannes folgte ihr, auch Akasch war kaum imstande, die Augen von ihr abzuwenden. Sie bewegte sich mit einer Grazie, die etwas in ihm berührte.

Die Musiker spielten einen langen, tiefen Ton und für einen Augenblick stand sie reglos in der Mitte des Raumes, bis der Ton plötzlich abbrach und von vielen heftigen Trommelschlägen abgelöst wurde. Sie verwandelten den Rhythmus in ein peitschendes, schnelles Lied, und die Frau in der Mitte bewegte sich so flink dazu, dass Akasch zurückwich. Ihre Hände malten Muster in die Luft, und ihr schwarzer Zopf schwang wie eine Peitsche durch die Luft, während sie mit den Hüften Kreise formte, deren Verlauf Akasch wie gebannt verfolgte. Die Männer hingen an jeder einzelnen ihrer Bewegungen, der Tanz der Frau war wie ein Zauber, der jeden Einzelnen von ihnen gebannt hatte. Sie drehte sich schnell und immer schneller um die eigenen Achse, ihr Zopf flog in einem Wirbel um ihre schlanke Gestalt und das Klingen der Glöckchen an ihren Füßen mischte sich in die Musik, die jetzt raste und ein wahnwitziges Tempo anschlug.

Die Frau bewegte sich durch den Raum, noch immer drehte sie sich dabei, und der Stoff ihres Saris flog durch die Luft. Akasch stockte der Atem, als die Frau mit einem Mal vor ihm stehen blieb und ihn ansah. Sie strahlte und beugte sich vor, die Hände auf seine Schultern gestützt. Er konnte ihre

Haut riechen, ein Duft wie Hibiskusblüten und Sandelholz, und sah feinste Schweißperlen auf ihrem Dekolleté. Sie lächelte ihn an, beugte sich dann vor, sodass ihre Brüste fast sein Gesicht berührten, und ergriff einen Krug, der hinter ihm stand. Mit einem letzten Zwinkern in seine Richtung erhob sie sich und bewegte sich zurück in die Mitte des Raumes. Wieder spielten die Musiker diesen lang gezogenen Ton, ein wenig höher als zuvor, und Akasch merkte, dass seine Freunde den Atem anhielten. Er heftete seinen Blick wieder auf die Frau, um ja nichts zu verpassen, und er tat gut daran. Sie stieß einen schrillen, frohlockenden Schrei aus, hob den Krug an und goss dessen Inhalt über sich. Das klare Wasser bedeckte ihren Körper, tränkte den Sari und die Choli, bis beides vollkommen durchsichtig an ihrer Haut klebte.

Jubel brach aus, aber die Musik setzte wieder ein, und die Männer beruhigten sich etwas. Die Frau, die nun praktisch nackt war, begann wieder zu tanzen. Sie schritt die Reihe der Männer ab, wiegte sich dabei in den Hüften und lockte sie mit ihren Fingern. Akasch sah, wie ihre kleinen Brüste und die steifen Nippel darauf sich unter dem nassen Stoff abzeichneten, sogar dagegendrückten, als würden sie darum bitten, geküsst und gekost zu werden. Immer wieder blitzte auch ein dunkler Schatten zwischen ihren Schenkeln auf, wann immer sie einen Schritt weiter vormachte, und er starb fast vor Begierde danach zu wissen, ob es sich dabei um das schwarze Nest zwischen ihren Schenkeln handelte, oder doch nur um einen Schatten. Ihm erging es so wie allen anderen im Raum. Kein Mann war in der Lage, seine Augen von dieser praktisch nackten Tänzerin zu lösen. Akasch erkannte einige der Bewegungen wieder, die sie vollführte, wobei sie ihre Schritte immer wieder im Kreis durch den Raum führten. Die Geste der Hände vor der Brust, die sich öffneten und schlossen, der Oberkörper, der sich dabei wellenförmig bewegte, das war eine Geste im Tanz, die von jungen Frauen ausgeführt wurde, die ihrem Liebsten ihre Sehnsucht zuriefen. So hatte es ihm zumindest eines der Mädchen auf dem Fest erklärt. Nelimas Tanz aber war durch ihren nassen Sari ganz anders, sie rief den Männern nicht nur ihre Sehnsucht zu, sondern versprach ihnen etwas, ein Vergnügen so süß und sinnlich zugleich, dass einige der Männer von ihren Kameraden fast schon mit Gewalt davon abgehalten werden mussten, einfach aufzuspringen und Nelima in ihre Arme zu ziehen.

Akasch spürte, wie sein Mund trocken wurde, und er atmete jedes Mal tief ein, wann immer Nelimas nasser Sari an ihm vorbeiwirbelte, in der Hoffnung, noch einmal etwas von ihrem Duft erhaschen zu können.

Schließlich schwoll die Musik ein letztes Mal an und verstummte dann mit einem letzten Schlag. Die Frau im Kreis verharrte mitten in der Bewegung, dann löste sie sich langsam und verneigte sich vor ihrem Publikum, das in wilden Jubel ausbrach.

»Wir haben dir nicht zu viel versprochen, oder?«, fragte Navin ihn grinsend, während Akasch in das ekstatische Klatschen einstimmte. »Das war unglaublich!«, stimmte Akash ihm zu und konnte nicht aufhören, diese Göttin im nassen Sari anzustarren. »Aber das Beste kommt erst noch«, grinste Mahud und rückte sein Hemd zurecht. Auch die anderen Männer im Raum zupften an ihrer Kleidung herum. Einige griffen in ihre Taschen und holten daraus Schmuck, Perlen und andere Kostbarkeiten hervor. Akasch wollte schon fragen, was das zu bedeuten hatte, als ein Mann in die Mitte des Kreises trat und sich neben Nelima stellte. »Die Vorstellung ist nun vorbei und wir werden gleich eure Spenden einsammeln«, sagte er laut, wie einer der Verkäufer auf dem Markt. »Zuvor kommen wir aber zu dem Höhepunkt dieser Nacht – die hoffentlich auch in einem Höhepunkt für euch enden wird.« Er grinste so breit, dass seine sämtlichen Zähne aufblitzten. »Die liebreizende Nelima wird sich ihren Gefährten für einen letzten Tanz aussuchen. Haltet eure Gaben bereit – vielleicht werden sie sie günstig stimmen und sie entscheidet sich für euch?«

Der Mann verließ den Kreis und die Musik setzte wieder ein. Nelima verschwand wieder hinter ihrem Vorhang, und Akasch merkte, dass er unbewusst selbst angefangen hatte, seine Kleidung zu richten. Im Stillen verfluchte er sich, weil er nicht mehr Wert auf sein Äußeres gelegt hatte. Aber andererseits hatte er ja gar nicht gewusst, was ihn erwartete.

Während er noch versuchte, seine Haare einigermaßen ordentlich unter den Turban zu stopfen, kam Nelima zurück. Sie trug einen Sari, der nicht so durchsichtig war wie der erste, und von dem Wasser war keine Spur mehr zu sehen. Dennoch ertönte ein angetanes Raunen. Die Tänzerin schritt langsam und bedächtig die Reihe der Männer ab. Jeden Einzelnen bedachte sie dabei mit einem aufmerksamen Blick, jeden Einzelnen lächelte sie an, aber immer ging sie weiter. Unaufhaltsam näherte sie sich Mahud. Der war schon ganz siegessicher und wollte gerade aufstehen, aber genau, als er sich bewegte, machte Nelima noch einen Schritt und berührte Akaschs Stirn. »Du sollst es sein«, sagte sie mit einer Stimme, die wie Honig und Wein in Akaschs Ohren klang.

Das Gemurmel um ihn wurde lauter, er hörte Dinge wie ›Natürlich muss es der hübsche Junge sein‹ und ›Das nächste Mal bringst du einfach mehr Gold mit‹, aber all das kümmerte ihn nicht. Er hatte nur Augen für Nelima, die ihn bei der Hand nahm und aus dem Raum führte, durch die Tür und hinter den Vorhang. Von draußen drangen nur noch wenige Geräusche zu ihnen herein. Das Zimmer hinter dem Vorhang war übersät mit Kerzen. Jede Stellfläche in dem winzigen Raum stand voller Kerzen, und sie erhitzten die Luft und erfüllten sie mit dem Geruch nach Wachs und Flammen. In der Mitte des Zimmers stand ein Stuhl, sonst nichts weiter. Akasch räusperte sich. »Vielen ... vielen Dank, dass ich ausgewählt wurde.«

Nelima, die gerade dabei war, einige der Kerzen, die ausgegangen waren, neu zu entzünden, drehte sich zu ihm um und lächelte. »Setz dich dorthin.« Sie deutete auf die Mitte des Raumes.

Unsicher, was als Nächstes geschehen sollte, nahm Akasch auf dem Stuhl Platz. »Ich kann aber nichts be...«

Nelima kam zu ihm und legte ihm den Finger auf den Mund. »Wen ich auswähle und warum ist allein meine Sache. Ich habe dich heute gesehen und du hast mir gefallen. Ich tanze nicht für Geld, Gold oder Juwelen. Ich tanze zum Vergnügen. Zu meinem Vergnügen. Und heute gehörst du dazu.«

Akasch wusste nicht, wieso, aber bei diesen Worten regte sich sein Lingam in der Hose und begann zu zucken. Nelima sah das und lächelte aufreizend. »Wie ich sehe, hast du verstanden«, sagte sie weich und begann langsam ihre Hände in die Höhe zu bewegen. Ihre Arme folgten, während ihre Hüften sich in einem trägen, hypnotischen Takt wiegten. Unter dem Stoff der Choli zeichneten sich noch immer die spitzen Nippel ihrer Brüste ab, und Akaschs Mund wurde trocken.

Nelima drehte ihr Bein, beschrieb damit einen Halbkreis und ihr Körper wurde durch den Schwung mitgerissen – sie drehte sich fast wie von selbst und stand nun mit dem Rücken zu ihm. Noch immer wiegten ihre Hüften sich im Takt, aber ihre Hände gingen ganz eigene Pfade über ihren Körper. Akasch konnte anhand ihrer Arme nur ahnen, was sie dort auf Nelimas Vorderseite taten, aber die Bilder, die sich in seiner Vorstellung bildeten, reichten aus, um seinen Lingam vollends erwachen zu lassen. Er schluckte und musste sich beherrschen, um nicht die Hand nach dem verführerisch wackelnden Hinterteil auszustrecken, das sich direkt vor seiner Nase bewegte.

Sie drehte sich wieder zu ihm herum und ihre Hüften schienen ein Eigenleben entwickelt zu haben. Sie wiegten sich nicht mehr nur hin und her, sondern zuckten in einem ekstatischen Rhythmus, als würde sie nicht tanzen, sondern sich auf einem harten Schwanz bewegen. Akasch stöhnte unwillkürlich auf. Diese Reaktion schien Nelima zu gefallen, denn sie beugte sich vor und öffnete mit einem Ruck sein Hemd, wobei der Verschluss abplatzte, aber nichts hätte Akasch in diesem Moment weniger kümmern können als das. Er hob die Hände, aber sie schüttelte den Kopf. »Ich bin diejenige, die berühren darf, nicht du.«

Akasch stöhnte frustriert auf, ließ die Hände aber gehorsam wieder sinken. Er schloss die Augen, riss sie aber gleich wieder auf, als Nelima sich mit gespreizten Beinen auf seinen Schoß hockte und begann, wild mit den Hüften zu bocken, ganz so, als würde sich nicht der Stoff seiner Hose zwischen seinem Schwanz und ihrer Yoni befinden. »Nelima!«, stöhnte er und klammerte sich an den Stuhlbeinen unter ihm fest, um irgendeinen Halt zu haben. Alles drehte sich um ihn, und er glaubte, sofort seinen Samen verspritzen zu müssen, wenn sie so weitermachte. Aber sie hielt still, als hätte sie seine Gedanken gelesen. Stattdessen ergriff sie von einem nahen Regal eine Kerze, hielt sie über seine haarlose Brust und kippte sie in einer raschen Bewegung zur Seite. Heißes Wachs ergoss sich über seine Haut und er brüllte auf. Nelima lachte leise, und während Akasch noch versuchte, des Schmerzes Herr zu werden, hatte sie seine Hose geöffnet, seinen Lingam gepackt und ihn in ihre weit offene, nasse, hungrige Spalte gesteckt. Akasch starrte sie ungläubig an. Seine Haut brannte noch immer, aber das wurde von dem köstlichen Gefühl, seinen Schwanz im weichen Schoß einer Frau zu spüren, überlagert.

Nelima lächelte auf ihn herab. »Ich habe eine Schwäche für junge, unschuldige Männer wie dich«, flüsterte sie und legte ihre Hände in seinen Nacken. Ihre Hüften vollführten eine kreisende Bewegung und allein das reichte aus, um Akasch fast bis zum Gipfel zu treiben. »Nelima«, stöhnte er wieder. Sie lachte leise, wiederholte das Kreisen und ließ die Abstände immer kürzer werden. Immer eiliger bewegte sie sich auf ihm, ihr Becken bewegte sich ruckartiger und hastiger, und in ihrem Gesicht stand reine Verzückung. Er wollte die Hände auf ihre Hüften legen, wollte sich an ihr festkrallen, aber ein strenger Blick genügte, und er hielt sich weiter am Holz des Stuhls fest, bot ihr Widerstand gegen ihre Stöße, während er immer höher und höher hinaufstieg. Und dann, mit einem letzten Stoß ihres Beckens, erreichte er den Gipfel, sein Schwanz fühlte sich an, als müsste er bersten, und zum ersten Mal in seinem Leben genoss Akasch die Erfüllung, die ihm nur ein weiblicher Schoß bieten konnte.

Wieder war es spät geworden, wie immer, wenn die Zwillinge ihre Geschichten zum Besten gaben, aber Pooja wusste, dass sie nicht würde schlafen können. All die Geschichten, alle Figuren darin hatten sich endlich in ihrem Kopf zu einem eigenen, logischen Sinn verbunden und ihr damit die Antwort auf die Frage geliefert, die sie die ganze Zeit über schon gequält hatte. Es war so einfach und doch so schwer, aber am Ende war sie froh, dass sie nun endlich wusste, was ihr Schicksal war.

Kurz bevor sie den Harem verließ, holte Abhaya sie ein und hielt sie zurück. »Du siehst immer noch so grüblerisch aus. Haben dir die Geschichten nicht gefallen?«

Pooja lächelte, und es war das ehrlichste Lächeln, das sie jemals jemandem geschenkt hatte. »Es waren wunderbare

Geschichten. Alle. Und ihr wart großartige Lehrmeisterinnen. Ich habe von euch viel gelernt.«

Abhaya sah sie an, als spräche sie in Rätseln. »Geht es dir gut, Pooja? Das klingt, als wolltest du Abschied von uns nehmen.«

»Mach dir keine Sorgen. Es ist alles in Ordnung.« Sie umarmte ihre Freundin und drückte sie fest an sich. »Schlaf gut, Abhaya«, sagte sie in deren dichtes Haar hinein.

Die ehemalige Artistin bedachte Pooja mit einem langen nachdenklichen Blick und strich ihr eine widerspenstige Strähne aus den Augen. »Du auch, liebe Freundin«, sagte sie und wandte sich dann ab. Noch lange sah Pooja ihr nach.

Poojas Geschichte

Langsam ging die Sonne über der Wüste auf und ihre schwachen, noch kühlen Strahlen ließen kaum erahnen, wie heiß es später werden würde. Tief in ihrem Inneren vermisste Pooja es jetzt schon – die Hitze, den Palast, den wild wuchernden Garten, aber vor allem die Frauen, mit denen sie gerade begonnen hatte, tiefere Freundschaften zu schließen. Aber manchmal weiß man, dass der Weg einen fort führt, und wer wusste schon, ob sie sich nicht eines Tages wiedersahen?

Ein Arm schlang sich um Poojas Bauch und zog sie zurück auf die Decke, die sie beide in der Nacht vom Sand getrennt hatte. Das Feuer, das wilde Tiere hatte fernhalten sollen, war fast ganz heruntergebrannt und glimmte nur noch schwach. Sie drehte sich wieder auf den Rücken und sah, dass der Himmel auf der anderen Seite noch dunkel war. Einige Sterne funkelten noch schwach, als wollten sie ihnen einen letzten Gruß zuwinken, ehe die Sonne sie ganz vom Firmament vertrieb.

Sie erinnerten sie an das winzige Öllicht, das sie bei sich gehabt hatte, als sie den Palast verlassen hatte. Man brauchte jemanden, der sich in der Wüste auskannte, hatte Rijad, der Haushofmeister gesagt, und auch, dass die Frauen den Palast nicht verließen, aus Angst vor der Wüste. Aber Pooja hatte nicht nur jemanden gefunden, der sich in der Wüste auskannte, sondern auch noch jemanden, der als Wächter des Harems mehr als nur einen unbeobachteten Gang aus dem Harem und dem Palast heraus kannte. Die nahe Wüste und die von ihr ausgehende Gefahr hatten Yash und seine Wachen leichtsinnig werden lassen – die wenigen bewaffneten Männer, die Pooja und ihr Begleiter auf dem Weg aus dem Palast gesehen hatten, hatten an den Wänden gelehnt oder gesessen und geschlafen. Selbst wenn sie nicht vorsichtig bei ihrer Flucht gewesen wären, hätte sie kaum einer von den schnarchenden Wachmännern bemerkt.

»Schläfst du denn nie?«, brummte Tam missmutig und riss sie aus ihren Gedanken an die Nacht vor wenigen Tagen, die ihr jetzt ein Leben weit entfernt schien. Sein Haar hing ihm wirr ins Gesicht, und er war eindeutig noch nicht lange wach. Pooja wandte sich ihm zu und küsste seine Stirn. »Du hast mich nicht schlafen lassen«, erinnerte sie ihn. »Und als endlich Zeit dazu war, musste ich dich die ganze Zeit anschauen. Da blieb mir keine Zeit zum Schlafen.«

Der Perser stöhnte gespielt auf und packte Pooja. Mit ein wenig Schwung rollte er sich auf den Rücken und zog sie auf sich. »Hey!«

»Deine Strafe dafür, dass du mich nicht nur geweckt hast, sondern mich auch noch heimlich beobachtest.«

Sie grinste auf ihn herab, und ihr langes, offenes Haar umhüllte sie beide wie ein Schleier. »Wenn das die Strafe ist, werde ich in Zukunft nicht damit aufhören«, neckte sie ihn, aber er grinste. »Dann werde ich eben andere Saiten aufziehen müssen.«

Noch ehe sie reagieren konnte, hatte er ausgeholt und ließ seine Handfläche mit einem vernehmlichen Knall auf ihren nackten Po klatschen. Pooja schrie auf und wollte sich losmachen, aber gegen Tams Kraft hatte sie keine Chance. Er versohlte ihr weiter den Hintern, bis Pooja vor lauter Protestschreien und Lachen nicht mehr konnte und um Gnade flehte. Tam hielt inne, ließ sie aber nicht los. Noch immer hielt er sie fest an sich gedrückt. »Wirst du jetzt gehorsam sein?«

Sie verschränkte die Arme auf seiner Brust und stützte das

Kinn darauf. Etwas Heißes, Hartes streifte die Innenseite ihres Schenkels, und sie lächelte, als die Erinnerung an letzte Nacht vor ihrem inneren Auge auftauchte. »Wirst du dich beherrschen?«, fragte sie im Gegenzug und bewegte ihr Bein so, dass ihr Schenkel gezielt gegen seinen Lingam stieß. Tam zuckte zusammen und sah sie an. »Für jemand, der bisher keine Erfahrung mit der Liebe hat, bist du ganz schön frech.«

Pooja lachte leise und schmiegte sich an ihn. »Ich habe den Konkubinen zugehört, jeden Abend. Sie haben mir viel beigebracht.«

»Das kann ich allerdings bezeugen«, murmelte Tam und umfasste ihren Hinterkopf. Ihre Lippen fanden sich zu einem sanften, innigen Kuss, der Poojas Blut erhitzte. Sie öffnete ihre Lippen für ihn und behutsam drang seine Zunge in ihren Mund, sanft suchend, kostend, tastend und schmeckend. Ihre Zungenspitzen trafen sich, umspielten einander und tanzten, bis Tam keuchend von ihr abließ. Dieser Kuss hatte gereicht, dass sein Lingam sich mehr als nur steif gegen ihr Fleisch presste. »Willst du noch mehr davon?«, fragte sie ihn lächelnd, und er lachte. »Wie kannst du mich so etwas fragen«, erwiderte er.

Pooja richtete sich auf und erhob sich. Tam blinzelte leicht und sog jede ihrer Bewegungen in sich auf. Sie konnte deutlich sein Begehren sehen, sah, wie seine Augen die Umrisse ihres Körpers nachfuhren, wie sie sie musterten. Sein Lingam stand steif und aufgerichtet zwischen seinen Beinen, ohne dass sie ihn angefasst hatte, und so etwas wie Stolz breitete sich in ihr aus. Seine Hüften lagen noch immer zwischen ihren Hüften, und sie begann, sich sanft zu wiegen, wie die Tänzerin Nelima, die mit ihrem Tanz hunderte Männer verführt hatte. Tams Augenlider senkten sich ein wenig, aber noch immer lag sein Blick wach und aufmerksam auf ihr.

Pooja ging wieder auf die Knie, ließ das Becken kreisen,

nicht zu tief, doch gerade tief genug, dass die Lippen ihrer Spalte immer wieder seinen aufgeregt zitternden Schaft streiften. Wann immer das geschah, stöhnte Tam auf und er umfasste ihre Hüften, drängte sie aber nicht in eine bestimmte Richtung, sondern genoss einfach das Gefühl ihrer Haut unter seinen Fingern.

Pooja lächelte auf ihn herab und fuhr mit der Hand über ihren flachen Bauch. Ihre schlanken Finger glitten durch das weiche Haar auf ihrem Lusthügel, ihr kreisendes Becken schien ein Eigenleben zu entwickeln und bog sich immer drängender, immer gieriger ihrer Hand entgegen. Der Anblick ließ Tam laut stöhnen, und er schloss die Augen, riss sie aber gleich wieder auf, als wollte er nichts von diesem Schauspiel verpassen. Genau das bot ihm Pooja. Wie Mira, die ihren Mann verlor und sich selbst mit der Elle Seide Lust verschafft hatte, ließ auch sie ihre Finger zwischen ihre Schenkel gleiten und berührte zum ersten Mal in ihrem Leben ihre eigene Yoni aus der Lust an der Erregung. Sie war nicht so kunstfertig wie die Frau des Seidenhändlers, aber was sie nicht an Wissen besaß, machte sie durch Neugierde wett. Ihre Hüften hielten jetzt still, aber direkt über Tams noch immer steifem Lingam ertastete sie selbstständig die Schluchten und Falten ihrer Spalte. Sie erfreute sich an der rauen Außenseite und der umso glatteren, zarten Innenseite. Sie führte eine ihrer feucht glitzernden Fingerkuppen an die Lippen und schmeckte sich selbst. Ein fremder, aber nicht unangenehmer Geschmack.

Wieder fanden ihre Finger die schlüpfrige Öffnung zu ihrem Schoß, tauchten tief hinein und spielten an den äußeren Lippen, bis sie keuchte.

»Pooja«, drängte Tam, aber sie ignorierte ihn. Er durfte zusehen, aber das Tempo bestimmte sie. Langsam, fast als würde sie sich einem Heiligtum nähern, ertastete sie die kleine Perle, von der sie schon durch Tams Zunge wusste, was für unglaubliche Gefühle sie in ihr auszulösen vermochte. Ein einziger Strich ihres Fingers genügte, und weitere Nässe rann ihre Schenkel hinab. Ihr Handrücken streifte versehentlich Tams Schwanz, und er stöhnte so laut auf, dass Pooja schon befürchtete, es würde ihm direkt kommen. »Warte noch ein wenig«, murmelte sie verträumt und fuhr fort, sich selbst zu kosen, bis ihre Knie zitterten und auch sie sich nicht länger beherrschen konnte. Sie ließ von ihrer Yoni ab und umfasste Tams Erektion. Sorgsam strich sie daran entlang, nahm die Struktur und seine Hitze in sich auf, als wollte sie sich das Gefühl für immer einprägen. Dann endlich hielt sie seinen Schaft an der Wurzel fest, spreizte mit der anderen Hand die Lippen ihres Schoßes und ließ sich bis zum Anschlag auf seinen zitternden Schwanz sinken.

Tam warf den Kopf in den Nacken und keuchte, und auch Pooja ließ jede Zurückhaltung fahren. Sie stützte sich auf seiner breiten Brust ab, krallte sich mit den Fingern fest und begann, ihre Hüften zu bewegen, als würde sie reiten, als würde sie Tam und seinen harten Schwanz reiten. Ihm blieb nichts anderes übrig als stillzuhalten, aber seinem Keuchen nach machte es ihm nichts aus, im Gegenteil, sie hatte ihn in der letzten Nacht kaum so hart erlebt wie jetzt. Er schien mit seinem Schwanz bis weit in ihren Bauch zu reichen und seine pralle Erektion füllte sie vollkommen aus. Sein Bauch rieb sich an ihrer Perle, und Pooja beugte sich zu ihm herunter, ohne auch nur einen Moment innezuhalten. Ihre Lippen fanden sich zu einem wilden Kuss, einem Austausch ihrer gegenseitigen Lust, die sie sich schenkten und die doch ihnen ganz alleine gehörte.

Pooja klammerte sich an Tam, suchte Halt bei ihm, als die Wellen der Lust sich immer höher türmten, ein Meer inmitten der Wüste, und sie war bereit, es zu entfesseln, sie wollte es loslassen, sich darin verlieren und es würde nicht mehr lange dauern, bis ...

Der Höhepunkt brach mit Macht über Pooja herein, dass jeder weitere Gedanke fortgerissen wurde. Sie verlor sich in sich selbst, sie zerbarst und wurde neu zusammengesetzt. Der Orgasmus füllte jede ihrer Zellen aus und erfüllte sie ganz und gar. Sie konnte nicht anders, als zu schreien, sie schrie ihre Lust, ihre Freude, ihr ganzes Leben weit hinaus und ihr Schrei hallte in der Wüste noch lange nach.

Als Pooja wieder zu sich kam, lag sie auf Tams Brust. Er streichelte träge ihren Rücken und sah sie an. Sie lächelte und blickte zur Sonne, die die Dünen der Wüste endlich überwunden hatte und begann, den goldenen Sand zu erwärmen. Das war der Weg, den Pooja gewählt hatte. Alles lag noch vor ihr. Sie konnte alles erleben, was sie wollte, ihre eigenen Erfahrungen machen und sehen, was dieses Schicksal noch für sie bereithielt. Vielleicht blieb Tam an ihrer Seite, vielleicht musste sie den Weg alleine beschreiten. Das würde die Zukunft zeigen. Aber Pooja hatte keine Angst davor. Sie war nun bereit, ihre eigene Geschichte zu schreiben.